人物设定

李洛

大夏国五大府之一“洛岚府”的少府主，南风学府学员

天生空相，拥有三个相宫

父亲李太玄，洛岚府创始者之一，大夏国最年轻的封侯境强者，被封“阳玄侯”

母亲澹台岚，洛岚府创始者之一，大夏国最年轻的封侯境强者，被封“岚侯”

姜青娥

李洛的未婚妻，其父母所收弟子

洛岚府天才，南风学府的传奇人物

圣玄星学府绝顶天才，现为洛岚府实际掌控者

拥有九品光明相，拜将境地煞将初期修为

万相之王 作品设定

ABSOLUTE RESONANCE

相性

人体相性大体被分为元素相与万兽相两大类。元素相便是天地间的诸多元素，如水、火、风、雷等。而这万兽相，乃是传说人族之始，有至尊强者欲要壮大人族力量，于是取万兽之灵，融入人族血脉，这才诞生了所谓的万兽相。

相性分为一至九品，九品为高，能够达到七品以上，便可称为高品相。

相宫

当人族幼孩成长到十数岁的时候，体内自会有一道窍穴开启，这道窍穴被称为相宫。而当相宫出现时，自然也会衍生出自身的相性。

初始体内都只会开辟诞生出一个相宫，若是踏入封侯境，则会诞生第二个相宫，到称王境时，则会拥有第三个相宫。

相师

第一个境界：十印境（一至十印）

第二个境界：相师境

第三个境界：拜将境（地煞将、天罡将）

第四个境界：封侯境

第五个境界：称王境

辅助职业

淬相师：自身拥有水相或者光明相，能炼制出诸多淬炼相性并提升其品质的灵水奇光。

炼丹师：需要木相、火相之类的相性。炼制出来的丹药，大多有提升相力的功效。

相具师：需要金相、火相、土相之类的相性，可打造各种相具。

相术

分级制度：入门级、将级、侯级、王级。

天蚕土豆 著

01 空相少年

中国致公出版社 知音动漫

目录

CONTENTS

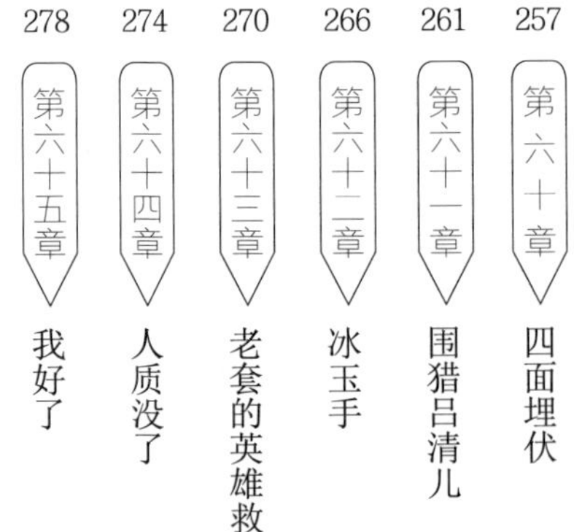

第一章

我有三个相宫

大夏国，天蜀郡。

六月的南风城，骄阳似火，炙烤大地。

南风中等学府宽敞明亮的训练场中，众多面容稚嫩、青春洋溢的少男少女穿着练功服，盘坐四周，目光望着场地中央。在那里，有两道身影在快速交锋比试，手中的木剑激烈碰撞间响起清脆的声音，回荡在训练场内。

场中两人皆是约莫十五六岁的年纪，右边少年身材颀长，面庞俊朗，眉下双目有神，身材气质皆是上佳，不提其他，光是这副顶尖好皮囊，就引得场内一些少女明眸闪亮，目光投来时眼含秋波，带着丝丝的羞涩之意。

“李洛，加油！”有胆大的少女发出助威声。

而在那名为李洛的少年前方，则是一名身材魁梧的少年，面容粗犷，皮肤黝黑，与李洛对比起来，当真宛如人与黑熊一般。

当他听见那些为李洛助威的少女喊声时，有些嫉妒地咧咧嘴巴，旋即喝道：“李洛，我可不放水了！”

他一步踏出，地板都抖动了一下，手中木剑划破空气，隐隐带起破风之声，斩向前方的李洛。

眼看剑影斩下，李洛目光一闪，脚尖一点，身影竟疾掠而出，步伐灵动如飞雀，直接避开了那沉重凌厉的一剑。

“是风雀步！”场中有人出声，带着赞叹之意。风雀步是一道低阶相术，在场会的人不少，可鲜有人能够如李洛这般娴熟。

李洛的身影如飞雀般欺进魁梧少年的身前，手中木剑陡然抽出，那一瞬，似有一道寒光闪过，以极快的速度刺向了魁梧少年的胸膛。

“小灵光剑！”又有人惊呼。李洛这一剑如羚羊挂角，灵光一闪，又快又狠，让他们不得不感叹，南风学府悟性第一人果真名不虚传。

剑影疾刺而来，魁梧少年面色一变，不过他的实力也不一般，危急关头强行稳住身形，脚掌一跺，急退数步。与此同时，他的身体表面有一层银光若隐若现，握住木剑的手掌仿佛化为一只模糊的银色熊掌光影，更有低低的熊吼声若有若无地从魁梧少年体内传出。

场中众多学员见到这一幕，顿时惊呼出声：“那是赵阔的五品银熊相，看来他是动真格了！”

在众多惊呼声中，赵阔一步踏出，地板都裂开了一道缝隙，他手中木剑裹挟着凶悍蛮力，带起一道风，狠狠斩向前方的李洛。

木剑之上银光升腾，破风声刺耳地响起。

“暴力斩！”

魁梧少年暴喝出声，银光斩下，直接与疾刺而来的剑影相撞。

“砰！”

下一刹，双剑硬撼在一起。

剧烈的碰撞中，李洛手中那柄木剑几乎是一触即溃，一股蛮横如暴熊般的力量涌来，整柄木剑都被硬生生震得破碎开来。

大力传来，将李洛震得连退了十数步。

李洛稳住脚步，低头望着手中破碎的木剑，无奈地笑了笑，道:“行，赵阔，你赢了。”

“唉！”

此言一出，场内一些少女顿时发出遗憾的声音，反观许多少年则是露出窃笑，毕竟身为血气方刚的少年人，他们当然对李洛在女孩子心中这么受欢迎感到羡慕、嫉妒。

“真是可惜了，明明是李洛的攻势更凌厉，在相术的运用上也比赵阔强不少，如果不是他没有相性，这次赢的必然是李洛。”有人点评道。

“是啊，赵阔拥有五品银熊相，力量惊人，而且他的相力恐怕达到了五印的程度，真不愧是我们二院目前最强的人。”

“李洛在修行相术上的悟性与天赋的确厉害，但他天生空相，这简直就是硬伤。没有足够强横的相力支撑，相术修炼得炉火纯青，也没有多大用啊。”

“哈哈，你就别同情别人了。李洛是谁，我大夏国五大府之一‘洛岚府’的少府主，他的父母更是大夏国最年轻的被封侯之人，短短十年，他们创立的洛岚府就跻身为大夏国五大府之一。莫说是在大夏国，就算是在大夏国之外，名声都不小。”

“唉，都什么时候了，还说这些老黄历。自从三年前李洛父母于‘王侯战场’失踪，洛岚府就大不如前了，而且据我听来的消息，洛岚府内如今分歧极大，指不定什么时候就分裂了，他这少府主怕是也当不了咯。”

“哦？还有这事？如今洛岚府的掌舵人应该是……姜青娥学姐吧？”

这个名字一出口，在场所有少年的眼神都变得炽热起来，因为在他们南风中等学府，姜青娥可是一个传说。

不过，当转念想到这位传奇学姐与李洛的关系后，他们看向李洛的目光不由得变得有些古怪了。

在场内众多少男少女窃窃私语时，场中的赵阔走向了李洛，他拍了拍对方的肩膀，咧嘴笑道：“没事吧？可别怪我胜之不武。”

李洛笑了笑。赵阔性子爽直，平日与自己关系不错，而且这事他并没有违规之处。毕竟天生空相本就是自身最大的缺陷所在，怪不到赵阔的头上去。

场边上，一名中年男子将目光从场内两人身上收回来。此人名为徐山岳，是二院的老师。他的眼中同样充斥着惋惜之色。

李洛的悟性极高，任何相术在他的手中都能比常人修行得更快，在这一点上，他显然继承了他那天骄父母的优点，甚至青出于蓝。

但令人惋惜的是……李洛天生空相，在相力的修炼上有些麻烦。

人族修行依靠自身“相性”，此为修炼的根本。以相性汲取天地能量，最终形成之物便被称为“相力”。

而人体相性有无数种类，大体被分为两大类——元素相与万兽相。

元素相便是天地间的诸多元素，如水、火、风、雷等等。而所谓的万兽相，乃是传说人族之始，有至尊强者欲壮大人族力量，于是取万兽之灵融入人族血脉，诞生了所谓的万兽相。不论是元素相还是万兽相，皆有品阶之分，以一至九品来论。

当人族幼孩成长到十数岁时,体内自会有一道窍穴开启,这道窍穴被称为“相宫”。

当相宫出现时，自然会衍生出自身的相性。如赵阔，他的相宫中便觉醒了一道五品的银熊相，属于万兽相的一种。此相性的特点是拥有巨力，再配合自身的相力，破坏力可谓相当惊人。

但李洛的问题就出现在这里。自他体内的相宫开启后，并没有显露出任何相性，其内空空如也，所以被称为罕见至极的“空相”。

没有了相性作为根本之物去吸收、提炼天地间的能量，李洛自然难以修炼出强大的相力……这就是他输给赵阔的根本原因。

他的相宫，没有相。

关于李洛空相的问题，南风学府内已进行过多次检测。因为他的父母太过杰出，当初李洛入学时，学府的高层们对他寄予厚望，觉得他未来必然能晋入大夏国最顶尖的高等学府——圣玄星学府。

刚入学那一年，李洛的确不负众望，在相术修行上展现出了极为惊人的天赋，直接被提入南风学府的一院，那里汇聚了整个天蜀郡天赋最为卓越的少年。

可随着时间推移，当学员到了相宫显现的年龄时，他遇到了最尴尬的状况——别人都拥有自身的相性，可他……相宫虽然诞生了，里面却是空的。

缺失了自身相性，虽说李洛在相术的修行上总是快人一步，但自身的相力提升得颇为缓慢，一年下来，甚至低于一院的平均水平。

修行相术是为了将相力发挥得更好，可如果相力薄弱，再高级的相术，威能都是有限的。

在经过一次次检测后，学府高层得出一个结论：这应该是李洛的体质原因。

这种体质，由于体内缺乏相性，所以难以吸收、提炼天地能量，往后的修行将会格外艰难。

这个结果一出来,一院的相师直接向学府高层提出申请,将李洛从一院降到二院。

这种情况其实也正常，毕竟一院是南风学府的骄傲所在，那位相师自然不想让李洛拖了后腿，当然最重要的是，李洛的父母在那时已经失踪许久，失去了这两位顶梁柱，底蕴在五大府中算是最弱的洛岚府，这些年在大夏国的境况已经变得有些尴尬。

李洛最终来到了二院。

徐山岳心中暗叹：当初李洛刚来二院时，赵阔还不是他的对手，可如今不过半年，李洛就已经开始被赵阔压制。按照这样下去，恐怕接下来的半年，李洛在二院的排名还会下滑。

如果李洛一直只是这种成绩的话，大夏国那座人人向往的圣玄星高等学府，恐怕就要与其无缘了。

徐山岳望着李洛那颀长的身姿以及俊朗的平静面庞，愈发觉得惋惜。其实这个少年已经很努力了，但因为他的父母太过杰出，导致旁人对他的期待很高，优秀的父母反而成了他的压力。毕竟旁人只会说虎父无犬子，不会去了解更深层的东西。

李洛迎着众多惋惜的目光，将身上的木屑尽数拍掉，旋即在一旁盘坐下来。他当然知道此时众人的心中在想着什么。

空相嘛……简直就是表明了前途黯淡。

只是……李洛微微撇嘴，手掌不由自主地摸了一下下腹。其实，除了他自己，没有任何人知道，他的特殊之处不只是所谓的空相。

世间的修行者，初始体内都只会诞生一个相宫，未来若是踏入封侯境，便会诞生第二个相宫，到称王境时则会拥有第三个相宫……不过，封侯境在整个大夏国内都屈指可数，而称王境更是鲜有听闻。

当然这并非绝对，传闻有天赋异禀的人在相力进阶时，可能会在未达到封侯境时就诞生出第二相宫，只不过这种概率极低。

而李洛另外的特殊之处就在此……虽然他现在还只处于最初期的十印境，但是他的体内不止一个相宫……而是称王境下闻所未闻的三个！

没错，原本踏入称王境的巅峰强者才能够达到的层次，却偏偏出现在了李洛的体内。

而更让人心情跌宕起伏的是，这三个相宫全是空的！

如果说一个空相是前途黯淡，那三个空相究竟是有前途还是没有前途？

李洛叹了一口气，神色忧郁。

在李洛心绪复杂的时候，赵阔在他旁边坐了下来，低声问道：“你那空相问题，还没解决吗？”

李洛闻言只是摇摇头。

赵阔见状，无奈地叹了一口气。他知道自己问了句废话，相性乃是天生，还从未听说能后天填入。

李洛这个问题显然是个巨大的难题。

当两人说话间，徐山岳走入场中，对李洛鼓励了几句，最后朝众多学员道：“各位，下个月就要到最重要的大考阶段了，你们未来能否进入高等学府，就看这次的考核，所以，努力修炼吧。”

众学员闻言，皆面色肃然。他们苦学数年，所为的就是下个月那场大考，若是能够借此进入一所高等学府，未来的成就将会大大提升。

徐山岳说完，便宣布下课。

李洛与赵阔并肩，顺着人流涌出训练场。

“我要再去修炼一下相术，今天被你打击到了。你这变态，如果相力再强一些，我应该会被你吊打。”赵阔出了训练场，惆怅地叹了一口气，然后与李洛挥手分别。

李洛望着他的背影笑了笑，他其实明白，赵阔是担心先前的胜负影响他的心情，所以先行走开。

只是，这么长时间下来，他早就习惯了。

李洛收回目光，然后顺着林间小道朝学府外走去。

沿路遇见许多学员，然而不论男女，都会将目光投在他的身上。除开这副俊朗的模样，李洛在学府内算是一个有着另类传奇的人。

对于这些目光，李洛倒是表现得颇为淡然。他沿着小道一路前行，直到在学府门口处，脚步停了停。

在前方，大量的人流汇聚，吵吵闹闹。学员围着的地方是一面青石墙壁，那是南风学府的荣誉墙，记录着自南风学府走出的所有天骄。

这面荣誉墙，南风学府的学员们已经看了不知道多少遍，按理说应该有些厌烦了，但每日这里依旧是最热闹的地方。

李洛抿了抿嘴巴，他当然知道原因，因为绝大部分人都是冲着她而来的。

李洛的目光投向荣誉墙上方的一个位置，那里有一颗水晶石，道道光芒自其中散发出来，交织成了一道纤细高挑、栩栩如生的身影。

那是一名女孩，她身穿白色的上衣，外披一件湛蓝色的短披风，随风轻扬，下穿黑色的短裙，短裙下是一双笔直纤细的长腿，白皙得晃眼。

她五官精致，琼鼻挺翘，睫毛浓密修长，肌肤胜雪。不过，虽说每一点都让人赞叹，但最让人记忆深刻的还是女孩的眼瞳。

那是一对金色的眼瞳，散发着一种难以言明的纯粹，若是直视久了，甚至会给人带来一丝压迫感。

她神情冷淡，目视前方，一只手叉着纤细腰肢，另一只手却扶着一柄重剑，飒爽、凌厉的强势感扑面而来。

这是一个不论容颜还是气质皆让人怦然心动的女孩。

在光影后面的墙壁上，镌刻着女孩的名字。

姜青娥，南风学府走出的璀璨明珠，身具九品光明相，其天赋之强，引大夏国无数人惊叹。入学两年，尚未到升学大考，她直接被圣玄星高等学府特招，成为天蜀郡百年间获此殊荣的第一人。

她已经成为南风中等学府的传说，后来的无数学员在此仰望她，而现在的她，在整个大夏国名气极大。

李洛怔怔地望着姜青娥的光影，然后察觉到了周围投在自己身上的目光，那些学员们，不论男女，此时看着他的眼神都带着一些不甘、羡慕与古怪。

对于他们的目光，李洛依旧无动于衷，他知道原因。

因为这位南风学府中不论男女学员都视为神女般的人儿，不仅是他父母曾收的弟子，而且……还与他有婚约。

说得直白一点，姜青娥是他的未婚妻。

第二章

不想退婚的未婚妻

在李洛的记忆中，他第一次见到姜青娥应该是在三岁左右。

那一次，他的父母似乎出了一趟远门，回来后，身边就带着当时约莫五岁的姜青娥。后来，他们将姜青娥收为弟子。从这个角度来说，李洛与姜青娥算得上是青梅竹马，而他的父母对她也是极为喜爱。

不过李洛与姜青娥幼时的关系却颇为微妙，因为姜青娥自小就出色，再加上她大李洛两岁，两人小时候的诸多争执，最终都是以李洛被姜青娥冷静地按在地上暴捶一顿而结束。

简直就是噩梦啊。

而姜青娥之所以会变成他的未婚妻，据说是在她十岁左右的时候，有一次老爹喝多了酒，说如果小娥儿是我家的媳妇那该多好啊。然后第二天，姜青娥就自己手写了一份婚约，交给了瞠目结舌的老爹。

那一次，老爹被赶回家的老娘差点捶傻了。最重要的是，还连累在一旁乐呵呵看戏的他也被他娘怒气冲冲地揍了一顿。

之后老娘让姜青娥把婚约收回去，但谁都没想到，她表现出了让人无奈的执拗，一直静静地跪在老爹老娘面前。

最终，无可奈何的爹娘只得由着她，但那纸婚约被他们收起来了，然后再不提起，犹如当其不存在一般。

此事随着时间流逝似乎渐渐没了下文，连李洛自己都忘了。

但就在前些年，姜青娥在南风学府时，因为一个追求者太过锲而不舍以及疯狂，最终导致她直接公开了自己与李洛已有婚约的事实。

此事可谓震撼了整个天蜀郡。得亏当时李洛还没进入南风学府，不然恐怕会被群起而攻之。但即便已过去几年了，余波还是让如今身在南风学府的李洛深刻感受到了姜青娥的魅力。

"老爹，你可真是坑儿子啊。"李洛心中暗叹一声。

"我说李洛，你每天在这里停留，是不是很享受其他人羡慕的目光啊？"就在李洛心中叹息时，突然有一道女孩的声音在他身后响起。

李洛转过头，只见身后立着一名容颜娇俏的少女，长发齐腰，容貌虽然比不上姜青娥，但也是一个美人坯子，贴身的校服包裹着娇躯，身材起伏有致。

此时，少女正双臂抱胸，目光有些讥诮地望着李洛。

面对她的目光，李洛的神色颇为平静。眼前的少女名为蒂法晴，是一院的学员，在南风学府中也算是一朵金花，另外，她出自天蜀郡三大家族之一的蒂法家族。

蒂法晴与李洛倒没有什么恩怨，但她是姜青娥的铁杆拥趸，还是极其疯狂、失去理智的那一种。在她眼中，姜青娥宛如谪仙般完美无缺，世间的任何男人都配不上她，其中当然包括李洛。

即便蒂法晴承认李洛拥有一副顶尖的皮囊，但她觉得只看外貌过于肤浅，姜青娥这般人儿，必须外在内在都是人中龙凤，方才与之匹配。而李洛利用其父母的优势，以不知道什么手段获得了与姜青娥的婚约，在蒂法晴看来，这简直就是对她心中女神的侮辱。

所以，自从李洛进入南风学府后，只要遇见蒂法晴，必然会迎来一通嘲讽，然后就是那孜孜不倦的一句质问——"李洛，你什么时候解除与姜学姐的婚约？"

不出意料地听到了这句重复了不知道多少遍的问题，李洛忍不住揉了揉眉心，没好气地道："关你屁事。"然后转身就走。

蒂法晴见状，俏脸顿时涌现出怒气，不依不饶地跟了上来，道："李洛，你就这么癞蛤蟆想吃天鹅肉吗？"

李洛依旧充耳不闻，理也不理，将蒂法晴气得脸色铁青。旋即她快步跟上，道："李洛，如果你不解除婚约，麻烦的只会是你，姜学姐越是优秀出色，你的麻烦就会越大。你父母失踪数年，你们洛岚府如今风雨飘摇，你这个少府主可没什么震慑力。

"你根本不知道如今大夏国有多少背景强大、天赋卓绝的年轻天骄倾慕姜学姐。

“你不能因为你父母对姜学姐有恩，就要她以这种方式来回报你！

“李洛，如果你不解除与姜学姐的婚约，不要说其他地方，光在这南风学府，都会有人找你麻烦。”

李洛的脚步终于停了，道：“哦？谁要找我麻烦？”

蒂法晴轻哼一声，道：“贝家的贝锟，你应该挺熟悉的吧。他已经放出话，说希望你不要借着身份的便利去接近姜学姐，另外，他让你两天后去清风楼聚一聚、聊一聊。”

李洛笑道：“当然熟悉，当年他可是很喜欢往我跟前凑。”

当年他父母尚在时，在天蜀郡内，洛岚府说话的分量不比总督府低，这位贝锟时不时来寻他。然而谁能想到，数年后洛岚府剧变，这位曾经很想跟他交朋友的权势子弟，却率先要找他麻烦？

以前贝锟最喜欢做的事就是在清风楼摆好宴，热情地请他前去，如今竟是想要他在那里摆宴相请自己？还真是够直接的啊。

蒂法晴道：“李洛，你不要觉得人家很可笑，世事本就如此。你家势大，自然有人捧你，如今洛岚府失势，别人又凭什么给你面子？毕竟之前那些面子都是你父母挣来的，又不是你。”

李洛点点头，认同地道：“你这话说得倒是有理。”

人情冷暖、世态炎凉，这两年李洛是亲身领教过的。所以他没再多说什么，加快步伐朝学府之外走去。

蒂法晴锲而不舍地跟着，一路魔音灌耳般喋喋不休，中心思想都是希望李洛还姜青娥一份自由。

李洛知道对付这种人最好的方法就是不搭理她，所以他一句话也懒得说，穿过条条走廊，最终出了学府。

当他迈出学府时，突然感觉到周围变得安静许多，连身旁如苍蝇般的蒂法晴都犹如被捏住了喉咙一般。

李洛转头看了她一眼，发现蒂法晴脸色涨红，眼中满是激动之意地望着学府石梯之下。

李洛若有所悟地顺着她的视线看去，只见一辆古色古香的车辇停在台阶之前，车辇宽敞而不乏贵气，由四匹通体暗红而健壮的狮马兽拉着，车辇上面还有着熟悉的徽印，正是洛岚府的标志。

而引得蒂法晴面色涨红以及附近学员们激动的，当然不只是洛岚府的车辇，而是在车辇前立着的女孩。

女孩一头长发在脑后随意地束起马尾，面容精致而淡然，在夕阳之下泛着诱人的光泽，她披着湛蓝色的短披风，穿着纤细的长靴，战裙之下修长笔直的白皙双腿让人注目。

当然最引人注目的，还是那一双如耀日般璀璨纯净的金色眼瞳。

那是……姜青娥？！

学府外有些骚动，不少学员眼神激动地望着那道修长的倩影，他们没想到今日竟然能够见到这位自南风学府走出的传奇人物。

李洛在那些炽热的视线中走下石梯，来到了姜青娥面前，有些讶异地道："青娥姐，你什么时候回的南风城？"

洛岚府虽说是在南风城起家，但在成为大夏国五大府之一后，重心已经转移到了大夏国的都城，大夏城。

姜青娥在进入大夏国最顶尖的圣玄星学府后，便也前往了大夏城，再加上这两年她还要掌管洛岚府，所以很难见到她回南风城，李洛已有许久没见到她了。

姜青娥看了李洛一眼，淡淡道："明天是你十七岁生日，加之洛岚府明日也有重要事情需要在这里商议。我今日刚到，顺道来接你回家。"

她的嗓音极为好听，如深山的幽泉击打着玉石。

李洛点点头，他对姜青娥这副态度并不感到奇怪，因为相熟多年，他知道她就是这个性格。

"那走吧。"他说道。姜青娥在南风学府太受欢迎，站在这里简直能感受到四周如刀剑般的目光。

姜青娥点头，不过她没有立即转身，而是将目光投向李洛身后一脸激动的蒂法晴，道："你叫作蒂法晴是吧？"

蒂法晴激动地连忙点头，脸色涨红道："姜学姐，您竟然还记得我？"

姜青娥平静地道："希望你以后不要再骚扰李洛了，否则，你那在圣玄星学府的哥哥，我可能会着重‘照顾’一下了。”

蒂法晴脸上激动的神色顿时凝固下来，半晌后，才在姜青娥那双金色眼瞳的注视下怯生生地点点头，哪还有先前在李洛面前骄横跋扈的样子。

姜青娥说完，这才转身，湛蓝披风轻扬，与李洛一起进入车辇，随后狮马兽长啸，踏着烟雾平稳地远去。

蒂法晴目送着车辇离去，许久后方才揉了揉小脸，满脸迷醉。

“姜学姐……真的是太酷了，真是爱死了！”

第三章

想要退婚的未婚夫

四匹狮马兽拉动着车辇奔驰于南风城宽敞的街道上，鳞次栉比的建筑飞快地后退。

车辇内颇为宽敞，温暖舒适，李洛与姜青娥各坐在茶几两侧。

两人之间并没有太多话语，李洛上车后便闭目养神，而姜青娥则打开了一本书认真品阅，一缕阳光自车窗缝隙间投射而进，照在她精致如玉般的脸颊上，使其更为晶莹剔透。

安静的氛围持续了许久，姜青娥那修长浓密的睫毛突然眨了眨，抬起俏脸，金色眼瞳注视着面前的李洛，道："看来我前些年在南风学府说的话，给你带来了一些麻烦。我很抱歉。"

李洛闻言，睁开了双目。他望着面前那张漂亮精致又带着掩饰不住的凌厉与强势的脸蛋，笑道："这道歉我可看不出半点诚意。如果你有诚意的话，就允许我解除婚约吧。"

姜青娥随意翻动着书页，道："难道这就是传说中的退婚？可是在话本戏剧中，主动提起这个的不应该是我吗？你会不会搞错了顺序？"

对于她这冷不丁的幽默，李洛有点哭笑不得。

姜青娥抬起头，看了李洛一眼，淡淡道："怎么？怕这个婚约给你带来更大的麻烦？"

李洛沉默了一下，摇了摇头，道："是怕耽搁你。你一个女孩子，何必背上一个没有必要的婚约？婚约怎么来的你又不是不知道，我老爹这些年因为这件事被我老娘打了多少顿？

“我老爹这事搞得荒唐，挨打我其实也赞成，但关键是凭啥每次我娘打我爹的时候，都要带上我也挨一顿？！”

说到最后，李洛的神情甚至有些怨念。

想起那个对自己很温柔，却插着腰、柳眉倒竖的优雅女人将家中一大一小两个男人打得鸡飞狗跳的场景，姜青娥忍不住微微一弯红润小嘴，旋即又平复下去。

“我不怕。”她摇摇头道。

李洛头疼地道：“那你以后遇见喜欢的人了怎么办？这简直就是瞎胡闹。”

姜青娥淡笑道：“未必会遇见吧，我的眼光还是挺高的。而且你我已经有了婚约，我也不可能再对其他人有什么心思。”

李洛盯着姜青娥，声音中猛地多了一些怒意：“姜青娥，你究竟在想什么？我知道我爹娘对你很好，你对他们很感激，可是你没必要用这种方式来表示你的谢意。你当我是什么？你用来表达感谢的工具吗？这个婚约，你同意了，我有同意过吗？”

李洛的突然发火让姜青娥怔了怔，她那纯粹的金色眼瞳注视着对方的面庞，安静了片刻，然后微微低头，道：“对不起，这件事情我的确没考虑到你的感受。”

李洛见状，道：“既然如此，那这个婚约……”

“不过……”姜青娥抬起俏脸，看着李洛认真地道，“你也应该知道咱们家的规矩是怎么样的。如果双方出现分歧，那就先打一场，赢家享有决定权。”

这个规矩是李洛的娘定下来的，这么多年家中的所有事情一直按此施行，所以每一次当她与李洛老爹出现意见分歧时，她就会挽起袖子，直接将李洛老爹拖进训练室。

“所以如果你对婚约抱有很大的意见，我们回到家后可以去训练室，按照规矩来。”姜青娥说道。

李洛的表情顿时僵硬下来，面色变幻不定，最后他咬着牙，指着姜青娥悲愤地道：“姜青娥，你不要太过分了，我现在一个十印境的初学者，跟你一个地煞将有得打吗？”

人族修行，开启相宫后便是筑基阶段的十印境，十印境后为相师境，唯有相师境后，修行方才真正开始登堂入室。

相师境后有三大境，拜将、封侯、称王。

封侯、称王太远，而拜将则分为上下两阶，上为天罡将，下为地煞将……姜青娥则为地煞将。

而能够在这个年龄达到拜将境，姜青娥的修炼天赋让无数人为之震撼，甚至有人猜测，大夏国最年轻封侯者的纪录恐怕将由她来打破。

可现在，地煞将的姜青娥竟要十印境的李洛跟她打一场……李洛真的担心，到时候万一她收不住力，会一巴掌将他给呼死。

姜青娥收起桌上的书，有些遗憾地道："看来你不同意这个方式，那就没办法了。"

李洛有些无语，他无力地靠着车窗，望着姜青娥光洁精致的容颜，特别是那一对金色的眼瞳，纯粹得让人有些迷醉。

他叹了一口气，声音低了许多："青娥姐，我们也算相处了许多年，我明白，你对我其实并没有男女之间的那种感情。而没有感情作为基础，这种婚约又有什么意思？"

姜青娥沉默了片刻，道："虽然我想说，你明天才十七岁而已，装什么老成……不过你说的的确有道理，但我对其他人没有任何兴趣，对你至少不排斥。"

李洛苦笑一声，道："青娥姐，那纸婚约更多是因为你对我爹娘的感激，我相信你对他们的感情，比起对我的要强烈不知道多少，但这种感激我真的不太需要。"

说罢，李洛垂下头，缓缓道："我知道让你收回婚约或许不太现实，但是……"他抬起头直视姜青娥的眼睛，"我希望你能给自己、也给我一个机会。"

李洛顿了顿，接着说："我们可以做一场交易，在我还没有足够的能力之前，你帮我掌管洛岚府，如果等我接手时它没有多大损失，那么作为感谢，我将婚约书还给你，如何？"

姜青娥没有说话，修长的玉指轻轻在桌上有节奏地叩着，持续了好半晌，最终她轻声道："李洛，你真不喜欢我？"

李洛一滞，旋即深吸一口气，道："青娥姐，你可能低估了自己的魅力以及优秀程度。对于我们这个年龄段的人来说，你十分具有吸引力，我如果说不喜欢，那可太违心太虚伪了。

"但是，我不需要这种婚约。"

姜青娥柳眉轻轻一挑，小手突然拍在了茶几上。

"砰！"

李洛一惊，连忙挪动屁股退后，道：“咱们有事好商量，可不要动手。”

姜青娥白了他一眼，淡淡道：“李洛，一段时间不见，你的口才倒是见长。不过你说的有几分道理，我可以把此事当作一场交易，等你成长起来后，我会把洛岚府完完整整地交给你，那个时候，你就将婚约书退给我。”

李洛闻言，顿时如释重负地松了一口气，但同时在内心深处不可抑制地有些莫名的失落，他不由得暗骂了自己一声：真是贱……

“你今日的说辞，倒是让我刮目相看，看来你不再是什么小孩子了。”

李洛有些怒了：“小孩子？我哪里小了？”

姜青娥没有搭理他这句话，只是似笑非笑地盯着他，道：“不过李洛，我还是要再提醒你一句，你真的打算进行这场交易吗？这份婚约书一旦退回，恐怕这辈子你就真的没一点希望了。”

李洛双目一眯，双臂按着茶几，直起身子，俯视着姜青娥，两人脸庞之间的距离不过半尺左右。

“姜青娥，这份婚约我真的一点都不稀罕，因为未来，我想让你再亲手将婚约给我，而不是给我爹娘。”

姜青娥金色眼瞳里倒映着李洛俊朗的面庞，唇角似笑非笑的意味更浓了。她当然明白李洛的意思，他之所以把这份婚约退给她，是因为现在的她对他并没有男女之间的喜欢之情，以后她再次将婚约给李洛时，就代表她喜欢上了他。

“坐下。”她红唇微启。

一股莫名的力量凭空而现，将李洛一把给按了下去，重重地坐回车座上，那力道让李洛忍不住咧嘴，先前的气势瞬间破功。

姜青娥托着香腮，有些慵懒地看了李洛一眼，道：“本事不大，口气倒是不小。这些年天骄见得多了，可还没人敢跟我说这种话。”

“李洛，不要好高骛远，你的目标太不切实际了。但如果你真想试试，我给你一个机会。”

她金色的眼瞳泛着光泽，神秘而深邃。

“我在圣玄星学府等你……这是第一步，如果你连这个都做不到，今日这些话就当作年少气盛的叛逆心作祟，然后忘掉吧。”

李洛这一次没有再多说什么，他只是靠着车窗，眼睛渐渐闭拢，平静地道："那你就等着吧。"

姜青娥望着车窗外掠过的街道与建筑，阳光四射，落入眼中，旋即她微不可察地笑了笑，眼中有着一丝难得的柔和。

车马飞驰，许久后，李洛突然睁开眼，有些疑惑地道："这不是回家的路？"

姜青娥轻声道："去一趟金龙宝行，取一个东西。"

她金色眼瞳看向李洛。

"师父师娘临走之前，专门留给你的东西，说是让你十七岁时再打开。"

李洛闻言，心头顿时一震：老爹老娘留了东西给他？

第四章

金龙宝行

大夏国有各方豪强、诸多势力，其中有两大特殊势力处于相对超然地位，不论是各大府，甚至大夏皇室，都不会轻易招惹。

一为圣玄星学府，二为金龙宝行。

圣玄星学府不必多说，可谓大夏国无数少男少女的终极梦想，每年自其中走出来的年轻俊杰，不论是皇室还是各方势力都梦寐以求。

金龙宝行则是经营存取以及拍卖、兑换各种物品等业务的地方，财力之雄厚足以让无数势力眼红，但从未有人敢打它的主意，因为金龙宝行势力之庞大远超大夏国任何势力的想象。而且，大夏国内的这家宝行只是其分支之一，真正的金龙宝行在大夏国之外更为辽阔浩瀚的地方，声名显赫。金龙宝行出品的金龙票，更是号称只要是有人的地方就可以兑换等额的天量金。

南风城作为天蜀郡的郡城，自然也有金龙宝行，位于城中央最繁华的地段。

当李洛走下车辇，望着眼前那座金碧辉煌的建筑时，尽管不是第一次所见，仍不免啧啧赞叹一声，光是一座分行就这般气派，金龙宝行的财力当真是让人难以想象。与这种庞然大物比起来，洛岚府显得如此渺小。

姜青娥倒是表情平淡，眸光未曾多看一眼，直接迈步朝宝行内走去，李洛见状连忙跟上。

进了气派异常的宝行内，姜青娥取出一张金色的票单，递给一名侍女，那侍女仔细检查一番后，连忙恭敬地将两人迎入贵宾室。

两人在贵宾室等待了片刻，便见到一名珠光宝气、十指皆戴着不同色泽的宝石戒指的中年胖子，面带喜气地走了进来。

“呵呵，原来是洛岚府的少府主与姜小姐大驾光临，当真让我宝行蓬荜生辉啊。”不得不说，能在金龙宝行做事的人的确是八面玲珑，对方既然认出了李洛，自然也明白他如今的处境，却没有丝毫怠慢，甚至连称呼顺序都将李洛摆在了前面。

“这是金龙宝行在天蜀郡的吕会长。”姜青娥显然认识对方，顺便为李洛介绍了一下。

“吕会长,带我们去取货吧。”介绍完后,姜青娥便展现出了雷厉风行的行事风格。

吕会长笑着点点头，转身在前引路。三人一路穿过重重门禁，最后似是深入了地下。

在吕会长的指引下，最后三人来到一座完全封闭的房间内，房内四周的石墙黝黑光滑，仿佛镜面。吕会长伸出手掌，在石墙上轻轻拍了拍，墙面于是开始打开，有一方不知是何金属所制的箱子缓缓呈现。

“两位，这就是当初两位府主所存之物，若要开启，则需少府主亲自来此，并以鲜血为钥匙。”吕会长笑着说了一声，然后便自觉地退出了房间。

李洛望着面前的箱子，一时有些出神。不知道老爹老娘搞这么神秘，究竟给他留了什么东西。不知为何，冥冥之中他觉得这东西对他而言似乎极为重要，说不定就会改变他的未来。

于是，他深吸一口气，上前两步，伸出手掌按在那箱子上，顿时感到指尖一疼，似有一滴鲜血被吸入了箱内。

“咔嚓！咔嚓！”

下一刻，宛如一体铸成的箱子传出机械般的声音，紧接着箱子表面有淡淡的光泽浮现，然后直接从中间缓缓裂开，其内之物终于落入李洛眼中。

那是一颗漆黑的水晶球，极为光滑，倒映着李洛的面庞，显得有些神秘。

“这是……”李洛眨了眨眼睛。

“先收起来吧。师父师娘说过，让你十七岁生日的时候再打开。”姜青娥递过来一个手提箱。

李洛点点头，小心翼翼地将黑色水晶球取出，放入箱子，然后用力握紧，眼睛似乎有些湿润。

“怎么了？”姜青娥疑惑地看着。

“我有预感，我快要翻身了，有些激动。”

李洛晃了晃手提箱，对姜青娥郑重地道：“你等着，我一定会退婚成功的！”

姜青娥懒得理他，转身朝着地库密室外走去。她知道此时李洛的心情有些激动，不皮两下不舒服。

两人出了地库，再度见到等待着的吕会长，不过这一次，他的身旁立着一名俏生生的少女。

少女穿着青衣，娇躯颀长，模样极为清丽，眼睛明亮幽深，青丝如瀑般垂至柳叶似的纤细腰间。她的肌肤最引人注意，有一种雪白的晶莹感，仿佛冰肌玉骨一般。另外，她的双手戴着宛如蚕丝般的纤薄手套，而即便有手套遮掩，依旧能够感受到玉指的纤细修长，若是摘掉手套，想必那一对玉手定会让人目光流连。

论容貌气质，眼前的少女比此前所见的蒂法晴显然要更出色一些。

不过当李洛见到她时，面色却微不可察地变了变，十分不自然，然后又迅速恢复平静。

“呵呵，这位是鄙人的侄女，吕清儿，如今也在南风学府修行，对姜小姐崇拜得很，缠着我一定要跟来见一下，还望姜小姐莫要见怪。”吕会长冲姜青娥拱了拱手，满脸笑容。

“见过姜学姐。”吕清儿对着姜青娥落落大方地行了一礼。

姜青娥打量了一下吕清儿，道：“既然你也在南风学府修行，那与李洛应该相识吧？”

吕清儿看了一眼旁边的李洛，浅笑着轻点头，眸光幽深地道：“以前李洛指点过我相术，我一直很感谢他，只是这两年他好像不太想见到我。”

李洛闻言顿时露出尴尬的笑容，连忙打着哈哈道：“没有没有，你可别瞎说，只是分属两院，难得遇见而已。”

他的心中泛起一丝无奈。眼前的吕清儿在南风学府的名气比起蒂法晴可高了整整一个档次，因为她不仅长得漂亮，还是如今南风学府的新招牌，即便在人才辈出的一院，都是妥妥的第一人。

李洛尚在一院时，众多学员都还没有开启相宫，而他在相术上的悟性天赋，无疑让他成为一院的翘楚，所以很多学员都来请他指点，其中就包括吕清儿，两人的关系在当时其实算是不错的。

只是后来出现了那些变故，再加上李洛被踢出一院，去了二院，他们的关系就变得尴尬许多。当然主要还是因为李洛有点躲着吕清儿，并非讨厌对方，只是见面实在尴尬，毕竟以前他是一院第一人，现在吕清儿却顶替了他的位置……

李洛也是一个意气少年，为了省却那种尴尬的场景，所以在学府他一般都是躲着吕清儿走。只是没想到今天会在这里碰见。

对于李洛这些敷衍的话，吕清儿不置可否，并没有多说什么，而是将目光转向姜青娥，微笑着与其轻声交谈起来。

最后，吕会长与吕清儿将姜青娥、李洛送到了宝行大门处。

“呵呵，姜小姐，听说这两天洛岚府会很热闹。”离别时，吕会长笑容满面，意有所指地道。

姜青娥神色平淡，道：“吕会长的消息真是灵通。”

“唉，真是可惜了。”吕会长感叹了一声，旋即道，“以后有什么需要的地方，两位可尽管来找我，我金龙宝行信奉和气生财。”

一旁的李洛有些疑惑，却没有多问，只是跟着姜青娥上了车辇，迅速离去。

吕会长摸了摸油腻的胖脸，看向旁边的吕清儿，发现她那剪水双瞳正望着车辇离去的方向。

“咳。”吕会长突然咳嗽一声，道，“我说丫头，你、你不会对那李洛有意思吧？”

吕清儿白了吕会长一眼，声音轻柔地道：“我只是为李洛感到可惜而已，而且当初他的确为我指点了相术。对于他，我只有以前的欣赏，如果不是因为空相，他会是我在南风学府最大的竞争对手。”

吕会长拍了拍胸口，松了一口气，道：“那就好，那就好……清儿啊，人家有婚约在身，还是别去理会了。以你的条件，大夏国什么少年才俊配不上？”

吕清儿摇摇头，不理会自家二伯的言语，直接转身而去，带起一阵香风，留下在原地摸着脑袋憨笑的吕会长。

第五章

师兄裴昊

离开金龙宝行后，车辇中，姜青娥未说话，李洛便依然保持沉默，只是抱着箱子，不知在想些什么。

直到车辇抵达一座恢宏的庄园外，可看见庄园内小山起伏，亭阁林立，气派至极。

这里便是当年李洛爹娘创立洛岚府的老宅所在。

四匹狮马兽于庄园门口处停下，李洛与姜青娥下了车辇。

“这里比起以前，真是冷清了许多。”姜青娥望着庄园，有些感叹地道。

李洛的爹娘尚在时，此处便是洛岚府总部所在，那时的门庭若市，与如今的冷清形成了鲜明的对比。

“洛岚府的总部早已迁到了王城，这里只是一处老宅，冷清是自然的。”李洛笑道。

在两人说话间，大门后有人迎了上来。

领头的一位老者面带淳朴温和的笑容，其身后跟着一名女子，女子的妆容颇为成熟，面容姣好，特别是那身材丰腴，玲珑有致，宛如熟透的蜜桃，摇曳间风姿动人。

“刘叔。”

李洛冲着老者叫了一声。刘叔是早年就跟着爹娘的老人了，如今打理着这座老宅，也照顾李洛的起居。

但那位陌生的成熟女子，让李洛感到有些疑惑。

“刘叔，许久不见了。”姜青娥冲着老者轻轻点头，然后向李洛介绍道，“这一位是蔡薇姐，她是我在王城中的助手，帮我打理洛岚府的诸多事务。”

“见过少府主。”名为蔡薇的成熟美人冲李洛露出盈盈笑意，眸光似是打量了一下李洛。

李洛点头一笑："辛苦蔡薇姐了。"

"之后一段时间，蔡薇姐会留在南风城，打理洛岚府在天蜀郡的一些产业，所有事情她都会向你汇报。"姜青娥接着说道。

李洛一怔。随着洛岚府将总部转移到王城，天蜀郡这边的诸多产业一直没什么变化，眼下青娥姐怎么会突然派得力干将前来接管？

"是出了什么事情吗？"李洛沉吟了一下，还是问了出来。

此次姜青娥突然回来，显然并不只是他十七岁生日的原因。

姜青娥沉默了一下，精致的容颜变得冷峻了些，旋即她迈步朝庄园内而去，同时示意李洛跟上。

"虽然你留在南风城，但想必也听闻了一些关于洛岚府的风声吧？这些事之前我没有跟你说，怕影响到你。"行走于碎石小道上，林荫间光斑落下，姜青娥的声音清清冷冷。

李洛点点头。虽说他没有插手管理洛岚府，但也能猜到，随着爹娘失踪数年，洛岚府必然不会风平浪静。

在大夏国想要开府并非简单的事，其中一大硬性条件，便是唯有到达封侯境方可开府。如今大夏国内有五大府，洛岚府是其一。而五大府中洛岚府的创建时间最短、崛起速度最快，因为当初李洛的爹娘皆踏入了封侯境。

阳玄侯，李太玄；岚侯，澹台岚。

一府双侯，这是当初洛岚府创建后迅速跻身五大府的最重要原因。与其他四大府源远流长的历史相比，洛岚府无疑极为年轻，若是论起底蕴，洛岚府要比其他四府弱上不少。

原本这不算什么问题，以李太玄、澹台岚的天赋与实力，足以在接下来的时间将差距补上。但可惜，他们突然失踪了。

失去了两大顶梁柱，洛岚府的实力可谓急速下降。最初，双侯余威犹在，无人敢挑起风波，可随着时间推移，李太玄与澹台岚迟迟未有消息，最后甚至有风声传出他们已陨落于王侯战场。

洛岚府作为五大府之一，其下产业不知有多少，这是一块肥到难以形容的肉，大夏国内不知多少势力虎视眈眈、垂涎万分。

所以，随着李太玄、澹台岚的余威渐渐减弱，这一两年开始有势力忍不住对洛岚府露出了獠牙。

面对这种境况，尚在圣玄星学府修行的姜青娥，不得不暂时接手洛岚府。虽说这两年姜青娥在大夏国的名气越来越大，但她毕竟未踏入封侯境，在实力与威慑力上有所不及，因此面对环伺的群狼，她果断抛弃洛岚府一些产业，打算以此来获得一点恢复壮大的时间。

这种不断放弃的行为，也是让外界认为洛岚府风雨飘摇的主要原因之一。

李洛对此却很认可，毕竟没有足够的实力，若还强占着金山，只会引来更大麻烦，适当地隐忍方才是长远之计。

“这两年洛岚府虽说声势下落了许多，但总体来说，应该已经开始稳住了吧？”李洛有些疑惑地问道。

姜青娥抿了抿红唇，平静地道：“外部的压力暂时减缓了，但这一次问题出在洛岚府内部。”

李洛眼神顿时一凝，缓缓道：“是那位裴昊师兄吧？”

姜青娥以及一旁的蔡薇，皆有些诧异地看了李洛一眼。

“青娥姐虽然接手洛岚府的时间不长，但你的魅力无人能及，如今你的威望可不低，而放眼洛岚府，还能与你分庭抗礼的就只有这位我爹娘收的记名大弟子了。”李洛迎着她们诧异的目光，笑了笑。

裴昊，少年时流浪落魄，后来因为得罪了仇家险些被杀，李洛爹娘当时偶然将其救下，看其可怜就收入了洛岚府。进府之后，他勤勉做事，显出了不错的天赋，倒是在洛岚府混开了，最后李洛爹娘将其收为记名弟子。

有了这个身份后，裴昊在洛岚府中的地位节节攀升，待李洛爹娘失踪时，他在洛岚府内的权势已颇盛。

当初爹娘尚在时，这位裴昊师兄时不时会来与他接触，这两年却少了许多，特别是他空相的消息传出后……从这一点看，这位裴昊师兄还挺现实的。

“裴昊这些年对于我执掌洛岚府一直有异议，府内的诸多决策他也擅自妄为。而且他在洛岚府的威望不低，府内九阁，有近一半的阁主亲近他，这造成了很不好的影响。”姜青娥淡淡地道。

"如果他能为洛岚府出力，这一切我都能忍受，甚至这个所谓的执掌之位，如果不是师父师娘临走前任命，我也不想出头。"

李洛点点头。姜青娥的性格其实并不喜欢管理府内事务，以她的天赋，专心修行才最合适。当然，说到底还是因为他这个少府主不顶事……但是，他和姜青娥都明白，以他现在的状态，所谓的相术天赋根本服不了众，如果让他来掌管洛岚府，他爹娘创立的基业恐怕很快就要分崩离析。

毕竟，在这个世间，实力才是让人信服的根本。

"真是辛苦青娥姐了。"李洛诚恳地感激道。

姜青娥摇摇头："不必。毕竟你我有婚约，洛岚府也有我的一份。"

好直接。李洛哑然，一旁的蔡薇则掩唇轻笑，风情动人。

"自从师父师娘失踪后，府内人心浮动，虽然我尽力安抚，但洛岚府的情况还是一眼可知，而裴昊趁机收揽人心，处处牵制我。此前我调查过，怀疑他身后有其他势力在暗中相助。"姜青娥继续说道。

李洛伸手接下面前飘落的树叶，道："这是……养了一个白眼狼啊。"

"明日裴昊会率人来南风城与我一谈，大概率会谈不拢，而最坏的结果恐怕是洛岚府直接分裂，这对洛岚府如今的境况而言，将是一次重创。"姜青娥金色眼瞳此时显得格外冰冷，甚至隐隐有杀意流转。

李洛眉头紧皱。如今洛岚府在大夏国本就是被群狼环伺，一旦真的分裂，洛岚府的实力将会被大大削弱，往后也会愈发麻烦。

可最终他只能无奈地叹一口气。以他的实力状态，对这个局面根本不会有任何影响，洛岚府内恐怕没多少人会正眼相看这个所谓的少府主，甚至说不定不少人都已将他给忘了。

这一切，还是因为他自身没有实力，也没有未来。

"抱歉，给不了你什么帮助。"李洛说道。

姜青娥摇摇头，轻声道："放心吧，就算洛岚府眼下不太平，但交给你的时候，我一定会让它完完整整的。"

李洛未说话。其实他对此并不是特别在意，洛岚府再强也是外物，这个世间唯有自身强大才是根本。有朝一日他若能踏入王侯之境，一切难题都会迎刃而解。

接下来两人回到老宅，一起用了饭，之后姜青娥便径自忙去了，为明日做准备。

李洛没有打扰她，去训练室修炼了两个小时的相术后，就回房间休息了。

今夜李洛久久未眠，直到过了凌晨，他直接自床上翻下来，然后从床底将从宝行取出的手提箱打开。

神秘的黑色水晶球被取出，他小心翼翼地捧着，这一刻，李洛能够感觉到，自己的心脏仿佛剧烈跳动起来。

“老爹，老娘，你们究竟给我留了什么呢？”

李洛轻轻拍了拍剧烈跳动的心脏，然后自我安慰地调侃：“该不会是一个存放了几年的生日蛋糕吧……”

第六章

后天之相

表面光滑如镜的黑色水晶球倒映着李洛的面庞，让他可以看出自己有着明显的期待与紧张。

他很想知道，老爹老娘费尽心思给他留的东西究竟是什么……

“应该怎么打开呢？”

李洛努力压下心中的紧张，左右看了看这漆黑而神秘的水晶球，然后试探地将双掌轻轻按在了上面。

“嗡！”

就在他的手掌触碰到水晶球时，只见球体似乎有了细微的震荡，原本坚硬光滑的表面宛如变成了液体，渐渐覆盖李洛的双掌。与此同时，李洛隐隐感觉到，似有如针般的细微东西刺入掌心，鲜血也被汲取了一些。

随后，黑色液体渐渐脱离双掌，光芒开始自其中散发出来，最后在李洛惊异的目光中，于上方交织成两道光影。

望着那两道熟悉的身影，顿时一股酸意涌上李洛的鼻尖。

“老爹，老娘……”

两道光影，一男一女。男子的模样格外英俊，身躯挺拔如枪，一身白衣，帅气逼人，他面带温和笑意，温润如玉，给人一种难以形容的安全感。女子则身穿紫色大衣，长发盘起，双手悠闲地插在衣兜里，容颜极为美丽，端庄而优雅。

两人正是李洛的爹娘，李太玄与澹台岚。

“哈哈，小洛，你看见我们的留影时应该已经十七岁了吧？这时候我们大概率没陪在你身边。”在李洛望着那两道光影时，李太玄开口说话了。

“小洛应该变得更帅了吧？在学府里有没有被女孩子追求啊？”一旁的澹台岚也笑盈盈地说道。

李洛揉了揉眼睛，自言自语道：“你儿子现在除了长得帅，简直就是一无是处，哪会有人追求啊。”

“小洛现在是不是在自怨自艾？觉得自己一无是处？”李太玄的光影似是知晓李洛心中的想法一般，再度笑道。

澹台岚道：“是因为体内的空相吗？”

听到这里，李洛顿时一惊，因为在他体内相宫出现的时候，李太玄与澹台岚已经失踪了，他们怎会知道他的情况？

“小洛不要吃惊哦，其实空相的情况在你相宫未出现前，我们就以特殊秘法观测到了，包括你的三座相宫。”澹台岚目光温柔地说道。

李洛张了张嘴。这一刻他想起很多，原来爹娘比他更早知道他体内的特殊情况，那么爹娘的失踪会不会与此有关系呢？你们现在……究竟在哪里？情况还好吗？为什么这么多年都没有消息传来？

“小洛，首先我要告诉你，天生空相并非无用之物，在我看来它反而是世间最强大的体质，你不必因此沮丧，应该为之感到欢喜才对。”李太玄一句话如同石破天惊一般，让李洛目瞪口呆。

“老爹，你要安慰我也不用这么过分吧？”李洛一脸“你就忽悠我吧”的表情。空相连相力都难以修炼，还最强体质，老爹你忽悠谁呢。

“你天生空相，无法吸收、提炼天地能量，这的确是触及根源的问题，但这并非没有解决之法。”李太玄微微一笑，道。

“既然是空相，那想办法填进去一个就行了。”澹台岚笑道。

李洛紧皱眉头。这件事说起来简单，实则根本不可能啊。相性乃是先天而生，后天填入简直闻所未闻，他之前做过类似尝试，无一例外地失败了。

“寻常之法的确不可能做到，但我们自从知晓你天生空相后，便一直在为此努力，找寻办法。皇天不负苦心人，我们终于找到了。”

当李太玄此话说出口时，李洛能清晰地听见自己的心如擂鼓般跳动起来，让他都出现了瞬间的眩晕感。

“我们翻阅无数古籍，推演上面记载的秘法，最终找到一法，名为‘小无相神锻术’，以此术可锻造出后天之相，而若是在锤锻时加上融合之人的精血与灵魂，最终所成之相便可融入相宫之中。

“小洛，你天生空相，未必就是坏事。先天之相随机性太强，难以掌控，而以小无相神锻术锻造而出的后天之相，却可按你的意愿来打造。

“若要元素相，就可往元素相的方向打造；想要万兽相，那就往万兽相的方向而去。

“待得修为提升以后，你的三座相宫内皆可配置上你精心锻造的三种相，到时候彼此相生，威能将会远胜先天之相。”

李洛眼睛不由得一亮。这话倒是不差，万相众多，很多人相宫开启的时候，相性就被固定了，无论如何都无法更改，而他虽然没有先天相性，却胜在后天可塑性强。

“小洛，小无相神锻术锻造的后天之相，还有一个绝妙好处。”澹台岚补充道。

虽然知晓眼前的只是留影，但李洛顿时精神抖擞起来。你要说好处，那我可就不困了。

“先天之相绝大多数都是单一元素，而小无相神锻术锻造而出的后天之相却不同，它蕴含着两种属性，一主一辅。

“两种属性，若能选择相生之属，必然会令其如虎添翼。虽说天地间有天材地宝也可能让人的相宫诞生其他元素，但收效甚微，顶多只有一点增益而已，和一主一副的相性比起来差得太远。”

“牛啊、牛啊！”

李洛用力地拍掌。他当然明白这一点是何其珍贵，如果他选择以火相为主，再增添雷相元素为辅，火雷叠加，无疑会大大增强他相力的威能。想到此处，他激动不已。这样看来，他这所谓的空相还真比先天之相更为精妙！

“咳，不过万事很难达到完美。虽说后天之相与空相无比契合，但也有缺陷，那就是锻造出的后天之相，初始品阶都不会超过四品。”李太玄突然干咳一声，说道。

李洛顿时一愣，有些迟疑。四品之相的确有点低，跟姜青娥的九品光明相比起来，差距不是一点半点。在这种品阶之差下，就算他拥有主辅两种元素，都未必能轻易追赶。

迟疑只是短暂的，毕竟如今他的情况已经差到不能再差了，就算是四品之相也不错了！

“当然你也不用着急，虽说后天之相起点低，但可以利用后天之法提升啊。”澹台岚最疼儿子，当即点醒道。

李洛恍然大悟。世间还有诸多奇药奇宝有着提升相性品阶的神效，特别是有一种职业，名为淬相师，能够炼制诸多淬炼相性的灵水奇光，最受相师的欢迎。

只是依靠外物提升相性品质，终归是有限制的，一般来说能够提升一两品就已是极限了。而他这后天之相，如果起步就只有四品，经过种种提升，顶多也就止步于五六品了。

“小洛是在担心外物提升相性终有极致吗？”在李洛思虑时，李太玄的笑声响了起来。

“哦？”见到李太玄的笑容，李洛的眉头挑了挑。难不成，这一点缺陷也有方法弥补？

就在李洛满脸期待时，一旁的澹台岚突然轻咳了一声，打断了想要说话的李太玄，只见她有些不满地道：“什么都被你说完了，我还和小洛说什么？”

李太玄闻言赶紧道：“老婆我错了，接下来你跟儿子说。”

李洛看见这一幕，无奈地摇摇头。老爹的求生欲真是没得说，这是被活生生打出来的吧？

“小子，是不是在嘲笑你爹？”李太玄的光影仿佛知道李洛见到这一幕会是什么反应，当即哼了一声，然后极为严肃地道，“你还小，不明白，我这不是怕你娘，而是对你娘的爱太过深沉。我跟你说过很多次了，爱老婆是我们家的第一家训，以后你跟青娥在一起，也要严守家规，知不知道？”

李洛听到这话，忍不住冷笑一声：老爹啊，每次你跟我说起这些的时候，如果不是脸上顶着新鲜的拳印，我还真的差点就信了。

不过说起姜青娥，李洛又叹了一口气。青娥几乎是由老娘一手带大，所以性格跟她很像，动不动就想打他。这以后可怎么办哦！

心中忧愁，李洛抬头看了一眼老爹的光影，而老爹仿佛看懂了他心中所想，一时间父子俩皆心有戚戚。

“李太玄，不要在这里耍宝浪费我的时间行不行？”就在父子俩为彼此感到心酸时，澹台岚柳眉微竖地说道。

李太玄闻言，赶紧点头表示知道了。

澹台岚看向李洛，语气变得温柔：“外物提升相性品阶的限制，只是针对先天之相，因为那些外物不管如何提纯，终会含有一些杂质，而正是这些杂质的累积，最终会导致相宫彻底封闭，再难提升相性品阶。

“但是小洛你的空相不在这个范围，因为别人的相宫天生有属性，会排斥那些淬炼外物，而你的空相并无属性之分，空即是无，无也代表着可容万物。

“你可以不断依靠外物淬炼去提升相性品质，虽说品阶越高难度也越大，但的确是有机会让你的后天之相趋于完美。”

“所以我才说这所谓的空相恐怕才是世间最强大之相，它欠缺的只是开启的钥匙。”老爹接着道。

李洛心潮剧烈翻涌。几年来，体内的空相让他承受了不少压力，最开始他也感到不甘与愤怒，但最终这些都化作无力感，只能接受现实。然而现在老爹却告诉他，空相不是无用之物，而是世间最强？

这一刻，李洛忍不住红了眼睛。

“小洛，我们之前取了你的精血与一缕灵魂，已经炼制出了第一道后天之相，就在这水晶球内部。

“小无相神锻术也在其中。”澹台岚说道。

李洛心中涌过暖流，旋即他张开双手：“老爹老娘，谢谢你们。来吧，我准备好了，把那一道后天之相和小无相神锻术传给我吧，让你们的儿子从现在开始开启飞跃的人生。”

此时，李太玄的神色变得郑重，他沉默了数息，然后道：“最后还有一点需要与你说明，将后天之相融入体内，并没有你想象的那么简单。

“后天之相在融入时会吸取你大量的精血，之所以要求你在十七岁的时候开启此物，也是因为到了这个年纪，你才能够勉强扛得住这些精血的损耗。

“最重要的是……融合后天之相损失的不仅仅是精血，还有……寿命。

“从融合的那一刻起，你的寿命就只有五年了……除非你能在五年内踏入封侯境，进化生命层次，否则，五年后你的寿命就会走到终点。

“这件事你娘与我争执许久，毕竟这个代价实在太大了，但你已经长大了，我们决定将此事告诉你，让你自己做出选择。小洛，是选择维持现状，以后做一个富贵闲人，平安一生，还是选择融合后天之相，开始与天搏命，踏上那无尽险途……

“若是选择前者，只需将水晶球关闭即可，里面的一切都会自毁；而若是选择后者，那就把手掌伸入其中。如何抉择，只能交给你自己。但不管你做什么选择，爹与娘都会永远支持你。”

话音戛然而止，李太玄与澹台岚的光影不再说话，只是静静地望着前方，眼神温柔。

李洛缓缓地坐了下来，眼睛盯着漆黑的水晶球，神色阴晴不定。

他之前就觉得，空相的潜力如此之大，又怎会没有一点后遗症，原来是在这里啊。

现在，他要做的选择，就是决定自己是当弱小鬼还是短命鬼吗？

第七章

如何抉择

房间中安静无声。

漆黑的水晶球散发出淡淡光芒，映照着李洛阴晴不定的面庞，气氛显得有些诡异。

现在的他，陷入了一场极为艰难的抉择之中。

在爹娘的倾尽全力下，体内的空相突然给予了他极大的希望与曙光，只是没想到，这个希望竟要付出如此沉重的代价。

仅有五年的寿命。如果五年之内他不能踏入封侯境，进化自身生命形态，那么他的生命就会彻底终结。

五年封侯?

现在的他十七岁，五年后就是二十二岁……据李洛所知，在大夏国的历史中似乎从未有过这么年轻的封侯者。这是需要何等的天赋、机缘与努力方能创造的奇迹?

李洛不知道……所以这一刻，他感觉仿佛有一股巨大的压力笼罩而来，让他有些难以呼吸。

他可以选择继续平庸下去，爹娘留下的洛岚府是一份不小的基业，就算他无法掌控，可若是愿意退让，凭此当一个富贵闲人不成问题。

而若是选择后天之相的道路，就必须时刻保持紧绷，争分夺秒、竭尽全力地激发自己的每一丝潜力，与天相搏，争取那格外艰难的一线生机。

两者，应该如何选择?

李洛缓缓闭上眼睛，心绪翻涌。

这一刻他想到了很多。他想到了学府里那些异样的眼光，他们喜欢说虎父无犬子，说为何那么优秀的父母，孩子却如此平庸?他也想到了那一对纯粹而美丽的金色眼瞳，他的内心深处对姜青娥是带着几分喜欢与向往的，这一点李洛并不否认，正如他所说，姜青娥的优秀对同龄人有着巨大的吸引力，窈窕淑女，君子好逑，本是人之常情，并不丢人。

从小时候开始，李洛就与姜青娥在很多方面较着劲，但各种各样的原因导致李洛输多赢少，这种较劲持续到两人长大，之后倒是渐渐变少了。特别是他相宫开启的那一刻，李洛知道双方的差距彻底被拉开。姜青娥也是自那个时候起，很少再与他比较过什么。

这些年的遭遇令李洛仿佛变得平和了，然而只有李洛自己知道，他的内心深处潜藏着何等强烈的好胜心。

与姜青娥的交易，未必不是对自己的一种逼迫。

按照正常情况，他想要追上已经甩下自己一大截的姜青娥，简直难如登天，然而现在……却有了一点希望。这点希望，他要放弃吗？

答案是……不可能！

李洛陡然睁开眼睛，眼神中有一种前所未有的锋利。

他盯着面前李太玄与澹台岚的光影，轻声道："老爹，老娘，其实我一直都有一个野心，虽然这个野心在别人看来会有些可笑与不自量力……

"我不仅想追赶上青娥姐，而且还想要超越她，甚至不止是她，我还想……超越你们。"

他咧嘴一笑，露出白牙："我想要以后别人看见我时，不会说这是李太玄与澹台岚的儿子……而是让他们在看见你们的时候说，这就是那个传说中的李洛的爹娘啊。"

李洛低笑着，道："老爹老娘，我很感谢你们在我十七岁生日这一天，送给我这么一份礼物。放心吧，我不会让你们失望的，不就是五年封侯吗……这个挑战，我李洛接了！"

当最后一个字落下时，李洛的眼神变得决然，旋即他再没有丝毫犹豫，直接伸出手掌，径直按在了黑色水晶球上。

"嗤！"

水晶球顿时有了剧烈反应，这一刻，李洛感到掌心传来剧痛，仿佛有无数长针刺入掌心。再然后，黑色水晶球开始缓缓分裂，在其内部最深处，静静躺着两物。

一个是一枚黑色玉简，若是所料不差，其中应该记载着所谓的小无相神锻术。

另外一个则是一件奇特之物，它仿佛是一团液体，又仿佛是某种虚幻的光流，蔚蓝的色彩中折射着细微的神圣之光。

李洛的目光紧紧地盯着那似液体又似光流的神秘之物。他知道，这就是能够改变他命运的东西……他的爹娘费尽心血炼制出的一道后天之相。

而且他感觉得到，当第一眼看见此物时，他就生出了一种源自灵魂深处的契合感，仿佛此物本就自他体内而生一般。

看来正如爹娘所说，这一道后天之相是以他的灵魂与精血锻造而成，自然与他无比契合。

“唉……”

当李洛目光痴迷地盯着那一道神秘的后天之相时，一道蕴含着复杂情感的叹息声轻轻地响起。

李洛抬头，便见到李太玄与澹台岚的光影再度闪动起来，他们的面色都有些复杂。

“小洛，看来你还是做出了选择。”李太玄缓缓道。

“身为父亲，你的选择虽然让我有些心疼，但是从一个男人的角度来说，又让我感到欣慰与自豪。此后的路虽然充斥着艰难险阻，可我李太玄的儿子，又怎会惧怕这些？”

一旁的澹台岚眼中似有泪花闪烁。想来在留下这道光影时，她想到李洛做出这种选择，就极为难受吧。身为一个母亲，很难接受自己的孩子只剩下五年的寿命啊。

但她没有劝阻，她知道这种选择只能由李洛自己来做，既然他心意已决，她就只会全力地去支持他、相信他。

“小洛……既然你做出了选择，那就由娘来为你说说这道我们为你炼制的后天之相吧。”

听到澹台岚此话，李洛的精神一振。

“你爹与我经过无数次的试验，才从无数材料中找到了最契合之物，最终炼成这道后天之相。此相为四品，乃是以水相为主，光明相为辅。”

李洛闻言，顿时愣了愣，旋即苦笑道：“这……怎么会是个水相？”

元素相虽然没有高低之分，但若论起攻击力和破坏力，自然是以火、雷、金等相性最强，而水相在诸多相性中偏温润柔和。

他没想到，爹娘为他炼制的第一道后天之相竟然会是这种相性。

“呵呵，小洛，是不是觉得水相柔弱，不符合心中所想？你可不要小瞧了水相，水相或许攻击力、破坏力稍弱，可它的绵长雄浑之意却要胜过其他诸相。只要你能发挥出它的优势，它不会比任何相性弱。

“而且……你的水相可不普通，还有光明相为辅，水与光明的结合如果能好好开发，最终效果恐怕会出乎你的意料。

“当然，爹与娘最终为你将第一道相定为水与光明，还有另外两个极其重要的原因。

“你在融合了第一道后天之相后，将会损失大量精血，寿命的折损也会给你带来极大的创伤，而水相温润，修炼而来的水相之力能够滋养你受创的身躯，让你迅速恢复。”

李洛这才恍然大悟，原来如此。若要论修复伤势之力，水相与光明相的确是此中翘楚。

“那第二个原因呢？”李洛心中好奇地想着。

并未等待太久，李太玄便笑道：“第二个原因是我们希望你能成为一名淬相师，来辅助自身未来的修行。你可记得淬相师的基本条件？”

李洛愣了愣，旋即回道：“淬相师的基本条件是拥有……水相或者光明相？”

相性修炼大行其道，自然衍生出了许多辅助职业，淬相师便是其中一种，其能力就是炼制出诸多能够淬炼相性并提升其品质的灵水奇光。

此外还有炼丹师，需要木相、火相之类的相性。而相具师打造各种相具，需要金相、火相、土相之类的相性。

淬相师与炼丹师有些相似，但本质的区别是，淬相师只能提升相性品质，而炼丹师炼制出来的丹药大多能提升相力。

水相与光明相皆拥有净化之效，所以它们是成为淬相师的基本条件。

“为什么要成为淬相师？”李洛有些疑惑。

还不待他问出来，李太玄的声音就已经响起：“因为你拥有空相，能够无限制地淬炼自身的相性，如果成为淬相师，往后对此就会有更深的了解，也更有可能让自身之相趋于完美。

“另外，其他淬相师大概率只拥有水相或者光明相之一，你却是水相为主，光明相为辅，两种净化之力互相配合，拥有这种条件，如果不成为一名淬相师真有点暴殄天物啊。而由你炼制出来的灵水奇光，品质应会远胜其他淬相师。”

澹台岚掩嘴轻笑：“小洛，这也算是爹娘为你留的一条后路，如果洛岚府被你玩破产了，最起码还有一技傍身，去哪里都不会吃亏。”

李洛张了张嘴，最终只能挠挠头。他还能说什么，只能说还是爹娘老谋深算吧，他们为他设想的职业，算是将这第一道后天之相的能力发挥到了极致。

“不过小洛，第一道后天之相只是入门，所以爹娘能够用你的灵魂与精血帮你锻造而出，可第二道与第三道更为高深复杂……只能依靠你自己去摸索。

“爹娘建议，当你的实力踏入相师境时，再去考虑锻造第二道后天之相。我们在那枚玉简里留下了一些具体的锻造思路与经验，你可以作为参考。

“这枚玉简内的小无相神锻术只能锻造第二相，至于第三相的神锻术则被我们放置在王城，玉简内有具体信息，到时候你看时机到了，再去王城取了便是。”

说到这里时，李洛发现李太玄与澹台岚的光影开始变得黯淡，他神色一紧，明白这次的交流怕是要结束了。

“老爹，老娘……”李洛忍不住伸出手抓向光影，却抓了个空。

李太玄与澹台岚低头望着他，眼中充满慈和与宠爱之意。

“小洛，这一次可能就要到此结束了……

“爹和娘都相信，既然你选了这一条路，必然会成功走出五年绝境。

“爹娘知道你担心我们，放心吧，没有再见到你之前，我们可舍不得出事。

“最后，小洛你要记住，不管你有多么担心我们，在未封侯前都不可来找寻我们。”

光影不断变得黯淡，最后终于彻底消失，房间之内再度恢复了安静。

李洛坐在黑色水晶球面前，眼睛通红，但他没有落泪，只是擦了擦眼睛，轻声道：“爹，娘……谢谢你们为我所做的一切。请你们等着吧……等以后再次相见时，我一定会让你们为我感到震撼与自豪。”

渐渐收起心中翻涌的情绪，李洛先是将水晶球内的那枚黑色玉简收起，然后目光投向另外一道闪烁着神圣之光的奇物。

“从今天开始……我也是拥有相性的人了。”

李洛眼中炽热涌动，旋即他不再犹豫，直接伸出手掌，猛地抓向那一道后天之相。

“嗤！”

在接触的一刹那，先是一股冰凉之感自掌心涌来，紧接着一种难以形容的剧痛在李洛体内骤然爆发。

剧痛之强烈，瞬间淹没了李洛的理智，他眼前陡然一黑，整个人便缓缓瘫倒下去。

第八章

新的开始

“哐！哐！”

将李洛从黑暗中惊醒的是一阵阵拍门声，他竭尽全力地缓缓睁开沉重的眼皮，映入眼帘的是熟悉的房间布景。

“这是……怎么了？”他喃喃自语道，然后发现自己的声音虚弱到吓人，气若游丝，犹如风中残烛一般。

李洛挣扎着想要从地上爬起来，尝试了半天，却发现手脚一点力气都没有。

最终他只能躺在地上缓了半晌，这才有了力气踉跄地站起身来，然后一屁股坐在旁边的椅子上。

“少府主，你还好吗？”此时，房间外传来一道女子的声音，似乎是姜青娥的助手蔡薇。

李洛咳嗽了一声，回道：“起得晚了，怎么了？”

“青娥让我来通知你，洛岚府九阁阁主都已到了，还请你准备一下。”蔡薇酥柔的声音传来。

“好的。”李洛看了一眼窗外，此时天已大亮，他在地上躺了一夜。

听到李洛应下，门外的蔡薇虽然奇怪他的声音虚弱，但还是退下了。

李洛目光转向昨夜摆放水晶球的位置，惊愕地发现黑色水晶球早已没了踪迹，只有残留一堆黑色的灰烬。

想来应是黑色水晶球中的自毁装置启动，将一切都抹除了。

李洛看向一侧的镜子，镜中映出他的面庞，他只是看了一眼，面色便忍不住一变。因为镜子中的人，面色苍白得可怕，仿佛体内血液被尽数抽离了一般。

变化最大的是他的头发……原本一头黑发，此时变成了灰白色，显然是精血损失太多所致。

李洛呆呆地望着镜中一头白发的少年，好半晌后方才吐了一口气："竟然……变得更帅了。"

苦中作乐一番，李洛又苦笑道："果然，融合了后天之相，自身储备了十七年的精血已被消耗了大半……"

精血损失过度，让他感到极度虚弱，走几步都有眩晕的感觉。

除此之外，他还感觉到身躯内有一种莫名的空虚感，那并非心境的空虚，而是……寿命的缺失。

李洛抿了抿没有血色的嘴唇。从现在开始，他就只剩下五年的寿命了吗？真是……让人感到紧迫啊。

李洛吐了一口气，闭上眼睛，开始感应体内的相宫。

他的感知沉入体内的相宫所在。以前，三座相宫皆空空如也，可现在第一座相宫内却绽放出了蔚蓝色的光彩，一股温润柔和的力量不断地散发出来，滋润着枯竭的身体。

李洛的心神凝视着那座蔚蓝色的相宫，这一刻，饶是他早已经有了心理准备，依旧忍不住心潮澎湃。

果然，后天之相融合成功了。从今天开始，他的空相问题彻底解决了！

而且，曾经给他带来诸多麻烦的空相，将会逐渐显露出独属于它的特殊与神妙！

李洛睁开眼睛，他能够感觉到周围游离的天地能量，其中有两种在自动朝他靠拢，那是水与光明的能量。

以后，他就能够吸收这两种能量，继而将它们转化为属于自己的相力。

不过前提是得修炼能量引导术，但这都不是事，洛岚府好歹基业颇大，收藏的引导术并不少。

李洛想着，缓缓站起身来，一番洗漱后换了一身整洁的衣衫。

之后，他对着镜子打量了一下，镜中人虽然面容憔悴，头发灰白，但依然难掩俊朗好看的五官。于是，少年露出了灿烂的笑容。

"李洛，新生活欢迎你。"

南风城的这座老宅，往日一直都颇为冷清，可今日的气氛却罕见地凝重，宅邸四周布满重重岗哨与护卫。

大厅中的气氛更是沉闷，让人喘不过气来。

宽敞的大厅内，座分两侧，正中有两座，一座空着，另外一座则端坐着姜青娥，她平静的神色中带着些许凛冽。

姜青娥金色眸子淡然地盯着大厅内，眸光偶尔掠过左侧那排，那里有四道人影，皆散发着强横的能量波动。特别是左侧为首者，那是一名看上去约莫二十七八岁的青年男子，模样算不上多出众，双目微微内陷，鼻翼有些狭长，右耳垂处挂着一枚剑形的耳坠，隐隐有寒光流转。

他脸上时刻都带着温和的笑容，让人容易生出好感。然而熟悉对方的姜青娥却明白，眼前的人可不是什么善茬，她执掌洛岚府以来，正是受到此人掣肘。

此人正是李太玄与澹台岚所收的记名弟子，如今洛岚府内的权势人物——裴昊。在其下侧的三道人影，则是被他拉拢的三位阁主。

在他们这一排的对面，坐着洛岚府另外六位阁主，其中有四位支持姜青娥，还有两位保持中立，并未偏向任何一方。

光从这一点上就能看出如今的洛岚府究竟是何等混乱……失去了李太玄与澹台岚这两位顶梁柱，底蕴尚浅的洛岚府风雨飘摇。

气氛沉闷的大厅中，安静的氛围持续了许久，唯有众人品茶发出的细微声响。

直到某一刻，左侧之首的裴昊突然将茶杯不轻不重地放在了桌上，清脆的声音在大厅中响起，顿时引得气氛一滞。

裴昊抬起头，目光投向姜青娥，微笑道："小师妹，大家伙儿来这里等半天了，少府主怎么还不出来？虽说他是少府主，但大家都是在为洛岚府打拼，要知道当初师父师娘在的时候，这种场合都不会迟到，这也表明了他们二老对我们这些人的看重啊。"

他的话说出来，场中九位阁主有人神色不动，有人则眉头微皱，也有人低声耳语。

姜青娥神色冷淡地道："以前师父师娘在时，怎么没见你这么没耐性？"

裴昊双目微眯，笑着看了姜青娥一眼，道："小师妹，人终归是要往前看的。"

他顿了顿，望着众人，道："既然少府主迟迟未露面，我建议大家就不必再等了，直接开始议事吧，毕竟……”裴昊似有些无奈地笑了笑，道，“少府主的情况大家都知道，今日所议之事其实他不在场更好，让他清静一些吧。”

大厅内，众人神色各异，除了姜青娥，一时无人说话。

“既然大家没有异议，那就直接开始吧。”裴昊见状一笑，挥了挥手，就要决定下来。

姜青娥神色一冷，刚欲说话，一道笑声突然自大厅的珠帘后响起。

“几年不见，裴昊师兄比起以前当真霸气了不少，我爹娘若是知道师兄如今这么有出息的话，想必也会感到欣慰吧？”

随着笑声响起，大厅的珠帘被掀起来，一名身躯修长、模样俊朗的少年面带笑意地走了出来。

当大厅内的众人见到那张面庞时，他们的身体竟不由自主地抖了一下，一时间条件反射般站了起来。

因为那张面庞，与他们心中敬畏的那两人格外相似。甚至连那裴昊脸上挂着的笑意此时都微微僵硬了一瞬，身子似是不受控制地微曲了一下。就在他惯性般准备站起来的刹那，心中陡然清明了许多。

眼前的人可不是那两位……这只是一个空相的废人而已。

于是他伸出手掌，突然拍在旁边桌子的茶杯上，一道清脆的声音响起，整个茶杯都被他拍成了粉末。

这番动静让在场九位阁主惊了惊，然后他们猛然间回过神来，接着脸上都浮现出尴尬之色，裴昊旁边的三位阁主更是立刻坐了回去。另外一排的六位阁主则在犹豫了一下后，对着走出来的李洛抱拳行礼。

“见过少府主。”

他们此时再定神看着李洛，才发现他虽然与李太玄、澹台岚有些相似，但终究没有那种令人敬畏的气势，显得稚嫩青涩得多。先前只是一晃眼间的错觉，没回过神而已。

然而，最让他们感到诧异的是李洛那一头灰白的发丝，连姜青娥的眸光都带着惊疑在他头上停了停，这家伙明明昨天都还好好的……

李洛对着六位阁主点头示意，然后目光转向坐在椅子上动也不动的裴昊，笑道：

“几年不见，裴昊师兄与以往当真是判若两人啊。”

在场的九位阁主目光闪了闪，听出了李洛话语间的暗含之意。

以前，李太玄与澹台岚尚在的时候，每一次裴昊见到李洛可都是笑容温和得像个大哥哥般，甚至还会费尽心思给他带上诸多礼物。恐怕那个时候，就连李太玄与澹台岚都未想到，这个对他们毕恭毕敬的弟子，在他们失踪多年后，会显露出这般野心吧。

裴昊面带些许笑意，抬头注视着李洛，道：“许久不见，小洛真是长大了许多啊。”

他言语忽然顿了顿，皱着眉认真地道：“只是为何脸色如此惨白，头发也白了，看上去……倒是跟没几年可活了一样？”

第九章

府内议事

裴昊的声音在大厅中传开，引得气氛瞬间凝固。谁都没想到，这个以往对李洛颇为和善的人，眼下竟说出如此恶毒的话。虽说现在李洛的面色的确惨白，气色不太好，但也不至于诅咒别人没几年可活吧？

裴昊下首的三位阁主面色略有些尴尬，但也没有说什么，只是目光闪烁地盯着地面，好似脚下地板的花纹格外吸引人一般。

另外六位阁主，倒是面有怒意。

“砰！”一道响亮的声音陡然响起，众人一惊，目光看去，见到姜青娥玉手拍在桌上，精致的容颜上布满寒霜。

还不待姜青娥出声，裴昊连忙拍了拍嘴，笑道：“对不住对不住，我这嘴真是太口无遮拦了。还望小洛不要怪罪。”

李洛盯着裴昊，仔细打量了一下对方，旋即笑了笑。虽然这几年他见惯了人前人后的嘴脸，可那些毕竟是府外之人，而这裴昊，若说爹娘对他有救命、再造之恩，都绝对不为过。

没有李太玄、澹台岚，裴昊恐怕早就被仇家打断四肢，丢在臭水沟等死了，哪还有今日的风光？然而眼下裴昊表现出来的，显然对他爹娘没有一丝的感激，反而怨恨颇深。

李洛感叹，爹娘英明那么多年，还是看错了一次啊。

“裴昊掌事只是本性流露而已，有什么好怪罪的。而且现在我就算是怪罪，又能怎么样呢？所以就不必再说废话了。”李洛摇摇头，然后在空着的首座上坐了下来。

裴昊面带笑意，随意转动着手指上的一枚扳指，没有因李洛言语间蕴含的讽刺之意而显露怒气，因为根本没必要，正如李洛所说，就算他想怪罪，又能怎么样呢？

如今洛岚府不是以前了，没有那两座大山压着，在洛岚府内，他裴昊不惧任何人。一个没有前途的少府主不过是傀儡罢了，如果不是还有姜青娥，裴昊恐怕早就彻底掌控洛岚府了。

“既然少府主到了，那议事可以开始了吧？”裴昊目光转向姜青娥。

姜青娥面无表情，淡淡道：“那你就先说说，你管辖的三阁今年为何一枚天量金都未上缴给府库吧。”

裴昊轻叹一声，道：“我那三阁今年情况极为不好，之前小师妹应该听说过，三阁库房突然被烧，我怀疑是觊觎洛岚府的势力捣鬼，彻查了一番，但还未有结果，所以今年暂时没有供钱上缴。”

李洛只是安静地听着，虽然他知道裴昊的理由滑稽得可笑，但他没有插话，因为他明白现在自己在洛岚府没多少话语权。在府内各方人物看来，所谓的少府主或许只是一个吉祥物罢了。既然如此，他自然没必要开口自讨没趣。

姜青娥深深看了裴昊一眼，道：“裴昊，这就是你的理由吗？”

裴昊微微一笑，道：“小师妹既然要理由，那我只能随便给你找一个了，有些事情，何必要问得明白呢？也罢……既然已经说到这一步，我也和小师妹、少府主都交代一下吧，三阁不仅今年不会上缴供金，从今往后也不会上缴。”裴昊声音虽轻，可落在大厅众人耳中，却宛如惊雷。

姜青娥浑身散发的冷气犹如要将空气凝滞，她声挟冰寒地道：“看来你是打算自立门户了？”

裴昊笑了笑，道：“我可舍不得离开洛岚府……只是如今洛岚府没有真正的府主，供金交上去也不知道落在了谁的手中，与其如此，不如等以后有了真正令人信服的府主，我再上交也不迟。”

大厅内气氛压抑，另外六位阁主的面色有些难看。如果真让裴昊这么做了，洛岚府恐怕会成为其他四大府的笑柄，因为裴昊此举已经算是拥兵自重，意图分裂洛岚府了。

“裴昊，你是想搞垮洛岚府吗？洛岚府倒了，你以为你能得到多少好处？”右侧一名中年男子沉声说道。此人名为雷彰，正是支持姜青娥的一位阁主。

裴昊摇摇头："我说过，我不想让洛岚府倒。"

他似是沉默了数息，然后目光转向一言不发的李洛，笑道："其实要我守规矩，从今往后如数上缴供金不是不可以……前提是，少府主能答应我一个条件。"

大厅内众人皆是一惊，没料到裴昊突然将话题扯到李洛身上。

李洛原本在眼观鼻、鼻观心地倾听，闻言盯着裴昊，似有些好奇地道："我想知道，裴昊掌事能有什么条件？"

裴昊视线从李洛的身上转向姜青娥，望着对方精致凛冽的容颜以及窈窕的身姿，眼眸深处掠过一丝炽热的贪婪。

"我希望少府主能够解除与小师妹的婚约。"

此话一出，大厅内的气氛顿时降至冰点。

李洛虽未勃然大怒，但原先还算和煦的脸色此刻已面无表情。虽说之前他与姜青娥讨论了退婚的事，甚至还为此达成了一个约定。但婚约是他与姜青娥之间的事情，他们二人可以讨论……裴昊，算个什么东西？

"轰！"

就在李洛心中森寒之意涌动时，一股强横的能量波动突然于大厅中爆发。

那股能量璀璨夺目，遮蔽了大厅的所有光线。

然后，李洛隐约见到，坐于一旁的姜青娥，身影宛如一抹惊鸿暴射而出，直指裴昊。

突如其来的攻击让裴昊眼神一凝，下一瞬，锋锐金光于他体内爆发，右耳垂挂着的剑形耳坠迅速脱落，迎风暴涨间化为一柄金色长剑。

长剑之上，锋利的金光相力奔涌，吞吐不定，宛如无数金虹。

"当！"

金铁碰撞之声响起，狂暴的能量冲击波爆发，顿时将大厅内的桌椅尽数震得粉碎。

九位阁主连忙出手，化解那能量余波，然后定睛看着场中。

只见姜青娥手持一柄重剑，剑身之上流淌着璀璨的光，极为夺目，光是看着就让人眼睛刺痛。而且那股精纯的神圣、灼热之感，令他们心头一惊。

好霸道的光明相力！

在姜青娥对面，裴昊手持金色长剑，从他体内涌出的金色相力异常锋锐凌厉，正是金相之力。

双剑碰撞，相力对冲，震得地板慢慢龟裂。

裴昊双目微眯地笑道："九品光明相，果真名不虚传。小师妹明明只是地煞将初期，然而相力之雄浑霸道，竟不比我这地煞将后期逊色多少。"

"你这金相应该已升至七品了吧？看来往日没少私吞洛岚府的财物。"姜青娥冷声道。

以前裴昊的金相是六品，可此次交手，姜青娥察觉到对方的金相之力变得更为凌厉。要知道六品金相若要晋升到七品，所需的灵水奇光可不是小数目。

裴昊不置可否，下一刻，他与姜青娥几乎同时爆发体内相力，剑尖硬碰一记。

"当！"

金铁声裹挟着能量冲击，两人的身影皆后退了数步。

"裴昊，你放肆！"此时雷彰等几位阁主立即出现在姜青娥身后，面色铁青地喝道。

也有三位阁主出现在裴昊身后，面露戒备。

这里的动静传出，在大厅之外，同样引得老宅发生了混乱，两拨人马如潮水般冲出，对峙起来。

"小师妹，你是打算让整个大夏国都知道洛岚府发生了内乱吗？"裴昊淡笑道。

姜青娥脸色冰冷，美目中杀意流转："裴昊，如果你不想死的话，之前那些话还是吞回肚子吧，我们的事你没资格插嘴。"

裴昊沉默了数息，皱眉道："小师妹，你何必如此，那份婚约对你而言恐怕是个累赘吧？我知道你对师父师娘有感恩之心，但没必要委身于李洛，他……真的不配。"

"狼心狗肺的人，当然不懂感恩为何物。"姜青娥淡淡地道。

裴昊摇摇头，目光转向李洛，道："李洛，你其实挺聪明的，我想你应该知道什么叫作怀璧其罪。洛岚府对你而言是美璧，小师妹这等天之骄子，对你而言更是不可触及之人。相信我，如果你想以小师妹对师父师娘的感恩来禁锢她，最后只会为你带来一场灾难。"

李洛平静地道："依你的意思，这洛岚府与青娥姐，我都得放弃了？"

"如果你足够聪明的话，就应该如此。"裴昊点点头，有些悲悯地道，"我这也是为你好，如果没有本事，那就收敛贪婪，这样还可以做一个富贵闲人。”

李洛笑了笑，道：“裴昊，你就真的不担心，万一哪一天我爹娘突然回来吗？”

裴昊的瞳孔微微一缩，其身后的三位阁主也是面色变幻。

最终，裴昊轻轻摇头，道：“李洛，不要抱着这种可悲而幼稚的期望了，从我得来的消息看，师父师娘怕是回不来了。”

他看着李洛，面露同情地叹了一口气。

“你最大的靠山，已经没有了。

“现在的你，跟当年的我又有什么区别？不，现在的你，未必就比得上当年的我……毕竟那时候我虽然没有背景，穷途末路，但最起码还有潜力。

“而你……什么都没有了。”

第十章

白眼狼

裴昊的言语宛如利刃，刀刀诛心，大厅内几位支持姜青娥的阁主听后皆面带怒意。

他们将目光投向李洛，却惊讶地发现对方脸上并没有显露出任何震怒，这让他们松了一口气，同时有些感叹，这位少府主虽说天生空相，但这份心性还是相当不错的。

裴昊同样发现了李洛对他的言语无动于衷，不免有些诧异，不过旋即便了然，想来这几年的变故早已让李洛明白了这些残酷的事实。

“说完了吗？”李洛声音平静地问道。

裴昊淡淡地笑了笑。

“其实我挺奇怪的，明明我爹娘对你有大恩，为何你对他们反而以怨报德？”李洛问道。

裴昊闻言，沉默了数息，淡声道：“师父师娘对我的确不错，只是他们一直都知道我想要的是什么。我想成为他们真正的弟子，而不是一个所谓的记名弟子。为了达成这个目标，我为洛岚府立下了多少功劳，他们却始终不曾开口……你知道我有多少次的期盼最终化为失望吗？”

李洛笑道：“这就是升米恩斗米仇吧？不过现在看来，我爹娘做得倒是不错。若他们真的将你收为亲传弟子，我可不觉得你这白眼狼的性格就会收敛。有了亲传弟子的身份，只会加剧你的野心，让你更轻松地把洛岚府据为己有。”

裴昊摇摇头，不与李洛在这个话题上纠缠过多，只淡淡道：“看来你对我的提议不怎么感兴趣。”

李洛点点头，道：“你就别白费心思了，婚约是我与青娥姐之间的事，不会因为你的任何威胁而改变。"

裴昊闻言，一声轻叹，道："李洛，贪心会付出惨重的代价，现在不是从前，你已经没有任性的资本了。"

李洛盯着裴昊，虽说气势上他弱于对方太多，但他目光中蕴含的东西却让裴昊感觉到了不舒服。

"裴昊，这句话我也送给你。"李洛说这话时神情格外认真。

裴昊哑然，笑道："李洛，真以为小师妹能一直护着你吗？你太天真了。"

"既然你不赞同我的提议，那就罢了。正如我之前所说，从今天开始，我所管辖的三阁将不再上缴供金。同样，府内的任何指令……三阁会不会实施，就看我的心情吧。"

大厅内其他六位阁主的神色渐渐变得冷峻。

虽说有两位阁主是中立派，但如果裴昊真要分裂洛岚府的话，必然会影响到他们的利益。若是如此，他们恐怕只能听从姜青娥的命令，对裴昊以及支持他的三阁进行围剿了。

只是一旦到了那一步，洛岚府分裂的现状就会暴露在大夏国各方势力的眼中。

"怎么，想对我出手？"裴昊似是察觉到他们眼中的寒意，当即一声轻笑。

望着裴昊脸上的笑意，雷彰等六位阁主的眼中不由得掠过一抹忌惮。裴昊之前有一句话倒是不假，在洛岚府崛起的这些年，他的确功劳不小，那些阻拦洛岚府发展的强敌有不少死在裴昊的手中。

如今裴昊乃是地煞将后期，而这些阁主中除了雷彰是地煞将中期，其余皆是初期。在场众人中，恐怕只有身具九品光明相的姜青娥能够与其抗衡。

当然最重要的是裴昊并非独自一人，他也有忠于他的人马，不止眼前投靠他的三位阁主。一旦双方在这里撕破了脸，无疑是昭告天下洛岚府内部分裂，这将导致洛岚府在大夏国的处境雪上加霜。

"各位，我今日来此不是为了逞口舌之利，我所为的也是能让洛岚府继续屹立于大夏国。如果小师妹愿意与少府主解除婚约，你我联手，未来的洛岚府必然会更上一层楼。"裴昊环顾众人，淡笑道，"眼下走到这一步，只能怪咱们这位少府主过于贪心……不过，我是不会罢手的。"

说到此处，裴昊自怀中掏出一枚令牌，上面铭刻着一个“墨”字，当众位阁主见到此物时，面色都是一变。

“这是墨长老的令牌？”雷彰失声道。

在洛岚府中，除了九位阁主，还有三位供奉长老，他们可说是除了李太玄、澹台岚之外洛岚府的最强战力，三位皆是天罡将境。

只不过这三位长老一般不会插手洛岚府的事，只有外敌来袭时才会出手，这是当初李太玄与他们的约定。

雷彰口中的墨长老，就是三位供奉长老之一。

谁都没想到，这位本来最应该保持中立的人，他的贴身令牌竟然会出现在裴昊手中，其中之意已不言而喻。

“当年师父请来三位供奉长老时，曾说过他们拥有监督之权，所以明年府祭时，如果有人获得两位供奉长老以及四位阁主的支持，他就有权力竞争洛岚府府主之位。”

裴昊轻轻一笑，道：“所以，你们不必担心我会分裂洛岚府，因为我想要的，是一个完整的洛岚府。”

大厅内，雷彰等阁主面容惊怒，他们都没想到裴昊竟然打着这个主意，而且看眼下的样子，他未必没有成功的可能。显然，为了今日，在两位府主失踪之时，裴昊就开始做准备了。

裴昊看了一眼容颜冰冷的姜青娥，然后转向一旁的李洛，淡淡道：“所以，珍惜最后这一年的时间吧，等府祭来临，洛岚府恐怕跟你就没多大关系了。

“那时候的你，将会真正的一无所有。”

话音落下，裴昊直接转身大步而去，那三位阁主紧随其后。

随着裴昊离去，大厅内紧绷的气氛缓和下来，但众人脸上皆有愁容。

虽然大家对此早有预料，但当这一幕真正出现时，还是让人感到极为头疼。

此时姜青娥倒是恢复了冷静，她声音放缓，安抚了一下六位阁主，又交代一些事情后，方才让他们退下。

待众人退下后，大厅变得安静下来。

李洛的目光盯着面前的地板，直到一双笔直纤细的玉腿出现在眼前，方才回神，他抬起头来，见到姜青娥正低着头，金色眼瞳静静地看着他。

“看来你虽然表面上平静，心里还是很生气啊。”姜青娥声音清淡。

李洛苦笑一声，道：“怎么可能不生气？”

裴昊今日将他视为无物，所谓的解除婚约，更是想将他的脸按在地上摩擦。

“你表现得不错，并没有失态。”姜青娥红唇轻轻掀起一抹笑意，声音中带着一丝赞扬。

李洛叹道：“其实如果可以，我更想当场把他捶死，帮爹娘清理门户。”

没有失态，更多是因为他真的做不了什么。这个时候，李洛再度清晰地感受到了自身力量的重要性，所谓的少府主，在失去爹娘的庇护之后，其实什么都不是。

当然，他明白更重要的还是他天生空相，所有人都认定他毫无潜力，自然轻视他。

“没有人会是一帆风顺，适当地隐忍并不丢人。”姜青娥开解道。

李洛点点头，道：“经过今日的事，我算是知道咱们洛岚府的事务有多麻烦了，这两年真是难为青娥姐了。”

洛岚府当初崛起得太快，正因为如此，根基才会这般不牢，导致作为创始人的李太玄、澹台岚失踪后，这座高塔就不再稳固。如果不是姜青娥这两年竭尽全力地稳住人心，恐怕如今生出歪心思的不止裴昊一人了。

姜青娥在一旁坐下，修长白皙的双腿优雅地叠在一起，道：“裴昊之前说的话，你不必放在心上，我会收拾他的，只是需要一些时间。”说着话时，那一对纯粹的金色眼瞳中掠过淡淡的杀意。

“既然你和我有过约定，我自然会在约定达成时，将洛岚府完完整整地交给你。所以洛岚府的事你暂时不必头疼，你现在应该想的……还是下个月南风学府的大考，若你进不了圣玄星学府，一切约定可就失了效力。”姜青娥红唇微启道。

旋即她话音顿了顿，微微偏头，冲着李洛淡笑道：“如果你觉得可能性不大的话，现在就和我说一声，我可以把那份约定当作是你一时冲动之言。”

李洛眨了眨眼，然后伸出手掌，道：“把你的手给我。”

姜青娥瞧着伸到面前的手，微微愣了愣。若是旁人这么对她，她大概率会一剑斩过去，对李洛嘛……两人关系毕竟很特殊。

于是，她神色不动地伸出一只小手，放在李洛的掌心中。

李洛缓缓握住那只小手，那般娇嫩让人心中一荡。或许因为姜青娥身具光明相，她的肌肤尤为晶莹雪白，宛如美玉，让人爱不释手。

李洛强行忍住想要摩挲小手的冲动，驱使一道极为微弱的相力自掌心涌出。

姜青娥的神色原本颇为平静，可当那道微弱相力涌来时，她的面色瞬间变得凝重起来。她修长的五指反扣，直接抓住了李洛的手掌，一道感知涌入他体内，然后她发现李洛那一道原本空空如也的相宫，如今却散发着蔚蓝色的光彩。

姜青娥震惊地看着李洛带着笑意的面庞，片刻后才道："这是……水相？你有相了？！"

好半晌后，姜青娥才缓缓松开手掌，道："是师父师娘留下的东西为你解决的？"

李洛点点头。

姜青娥轻吐一口气，轻声道："这真是今天最好的消息了。你这道水相品阶似乎并不高，却有一种特殊的纯净感，或许是师父师娘留给你的某些天材地宝所致。不管怎么样，这是一个好的开始。"

看得出来，姜青娥此时心情不错，略显凌厉的纤细双眉微微舒展开来，最后还跟李洛开了一个玩笑："恭喜你，距离想要跟我解除婚约的目标，更近了一小步。"

李洛无奈地一笑，旋即沉默片刻，道："你觉得先前他说的那句跟我爹娘有关的话有多少可信度？"

姜青娥修长的睫毛轻轻眨了眨，平静地道："虽然我不知道他是从哪里得来的消息，但我觉得他这种目光短浅之辈，怎么可能知晓师父师娘的强大。即便他们两位因某些原因暂时被困住了手脚，但我相信他们必然会平安无事。"

李洛闻言，缓慢而用力地点了点头："我也这么觉得。"

姜青娥站起身，来到窗边。此时有阳光倾洒而下，落在她玲珑有致的娇躯上，顺着曼妙曲线而动，让人怦然心动。

"我明天就回王城了，如果你有任何需要都可以直接和蔡薇姐说，她会在天蜀郡停留一段时间，帮忙打理洛岚府在此处的各项产业。"

交代之后，姜青娥微微偏过头，侧望着李洛，阳光照射着她完美的轮廓，那对金色眼瞳在阳光下熠熠生辉，令人望之便深陷其中，难以忘怀。

"所以……李洛，希望下次见到你，是在圣玄星学府。"

她微微一笑，轻声低语。

第十一章

能量引导术

第二日，洛岚府老宅的大门处。

李洛目送着姜青娥的车辇远去，在其身旁，刘叔束手而立，除此之外，还有身材高挑丰腴的蔡薇。

“吁。”李洛望着车辇消失在视野，迎着朝霞轻吐了一口气，然后转头对刘叔道：“刘叔，帮我跟学府请假一周吧，我想在家里休养一段时间。”

他因为融合了后天之相，眼下气血极差，这种状态去学府怕引来闲言碎语。

现在他拥有了水相，最紧要的还是寻找一部能量引导术修炼，提升自身的相力等级。南风学府虽说也有不少能量引导术，但置换条件颇多，还不如自家的藏书阁来得方便。

只不过下个月就要大考了，他这时候请假一周，恐怕会在学府中引起议论，但李洛已经顾不了这些了。

“是，少府主。”老实本分的刘叔闻言，立即应下。

“蔡薇姐。”李洛说完，目光又转向一旁的蔡薇。

蔡薇狭长妩媚的美目看过来，矜持地微笑道：“少府主有什么吩咐？”

“还请你帮我采购一些灵水奇光，四品品阶的。”李洛笑道。

蔡薇浓密的睫毛眨了眨。灵水奇光是用来提升相性品阶的，可李洛似乎是天生空相，他要这个做什么？

虽然心中疑惑，但她还是应了下来，声音酥柔地道：“少府主需要几份？”

李洛想了想，道：“先采购五十份吧。”

饶是蔡薇是个冷静理智的熟女，五十份的要求落入耳中，不免让她一脸愕然地盯着李洛，觉得自己是不是听错了。

“少府主，你说的是五十份四品等级的灵水奇光？”蔡薇忍不住重复了一下。

李洛迎着她惊愕的目光，认真地点点头。

蔡薇贝齿轻轻咬了咬性感红唇。灵水奇光价格不菲，四品的价格更是不低，在市面上，一份大概要一千枚天量金，五十份就是五万枚。

洛岚府在整个天蜀郡内的商会、产业加起来，每年的收入大约有三十万枚天量金，而且现在还随着这些年洛岚府的状况在逐渐减少。

当然，天量金的多少不算太大问题，洛岚府好歹家大业大，五万天量金还不至于让蔡薇失态，只是一下子采购五十份四品灵水奇光，着实显得有些奇怪。

因为灵水奇光的主要作用是淬洗相性并提升品阶，可众所周知，灵水奇光中蕴含着各种材料融合时产生的杂质，这种杂质会渐渐侵蚀相宫，日积月累之下，便会导致相宫逐渐封闭，到那个时候，相性的提升就算达到了极致。

很多人在使用灵水奇光时，不会毫无节制，而是会适当地控制，比如说一个月使用一两份，这样不仅会减少杂质对相宫的影响，也能最大化利用灵水奇光的淬洗之力。所以，一般人购买灵水奇光都是少量的，像李洛这样一次性买五十份，是要存够几年的量吗？

蔡薇实在不能理解李洛这么做究竟是为了什么……但他毕竟是少府主，而且姜青娥说过，她留在这里主要就是为了配合李洛，于是她最终轻轻点头。

“好的。”

“那就麻烦蔡薇姐了。”李洛温和地笑了笑，然后转身进了老宅。

蔡薇望着他的背影，无奈地轻叹了一口气。这位少府主似乎有些乱来啊，经过昨天的事情，难道他还不知道洛岚府如今满是内忧外患吗？

就算他因为身体没有办法为青娥分忧，可也没必要添乱吧？照这样胡乱挥霍，洛岚府每年在天蜀郡的收入经得起多少折腾啊。

难道到时候还得向姜青娥申请援助吗？如今洛岚府处境不好，正是需要大量资金的时候啊。

蔡薇轻轻揉了揉眉心，看来她在天蜀郡这段时间不会过得太顺心了。

对于蔡薇的心思，李洛没有理会，此时他正怀着兴奋与期待，前往老宅的藏书阁。

藏书阁收藏着洛岚府搜集而来的诸多引导术、相术，虽说其中大部分都已转至王城的总部，但老宅依旧保留了不少。

此处是老宅重地之一，平日里，巡逻的护卫随处可见。身为少府主，李洛没有受到任何阻拦就进入了藏书阁。

"少府主。"藏书阁中，有管事见到李洛进来，虽然愣了愣，但还是立即恭敬地迎了上来。

李洛点点头，吩咐道："把藏书阁内适合四品相的能量引导术都给我找来。"

管事闻言，心中有些疑惑。以前李洛即便来藏书阁，也只是看一些相术，能量引导术则是半点不看，因为他天生空相，能量引导术对他而言效果不大。

不过他可不敢有什么异议，不管怎样李洛都是少府主，在老宅中更是拥有最高话语权。

于是他立即应下，麻利转身按照李洛的要求去找寻能量引导术。

李洛寻了一个安静的房间，耐心等了片刻，那管事便满头大汗地抱了一堆水晶简进来。

"少府主，藏书阁中所有适合四品相修炼的能量引导术都在这里，其中入门级有二十八部，将级有六部。"

李洛点点头，挥手将其屏退，开始仔细翻阅这些能量引导术。

在大夏国，能量引导术有等级之分，与相力等级差不多，分为入门级、将级、侯级、王级。除了入门级，其余三级还被细分为上、中、下三品。

入门级的能量引导术能够让人完成十印境到相师境的修炼，若是想从相师境踏入拜将境，就需要将级的能量引导术，以此类推。

入门级的能量引导术随处可见，但将级能量引导术唯有一些中等势力才能拥有。而侯级能量引导术就更加稀罕了，顶尖势力才能够拥有。

李洛记得，洛岚府就有两部侯级能量引导术，正是他爹娘留下的。

至于王级能量引导术……珍贵程度就没法说了，若是真的出现，想必会引起大夏国内诸多顶尖势力的疯狂争夺，甚至引发一场大国间的战争。

一般来说，越是高级的能量引导术，修炼条件也会越苛刻，其中很多都会对修炼者的相性等级有要求。现在李洛的"水光相"只是四品，可以越级修炼将级能量引导术，所以他只能让管事将他够资格修炼的找来。

时间流逝，桌上的水晶筒被李洛迅速翻阅完毕，最终，他从中挑选了三部能量引导术。

九段吞吐法，将级下品；沧澜冥想图，将级中品；灵化诀，将级中品。

三部能量引导术都属于将级，意味着如果修炼到最高层次，自身等级即可突破到将级。

这三部能量引导术的品阶潜力尚可，虽然算不上顶尖，但也不是一般引导术可比的，最关键的是，刚好适用于李洛的四品水光相。日后等他提升了相性品阶，再找寻合适的能量引导术转修便是，不会有多大麻烦。

李洛在三部能量引导术中踌躇了一会儿，最后选择了那部沧澜冥想图。依照这部能量引导术修炼出的相力，特点是连绵雄厚如大海，与李洛的水光相更为匹配。

“就你了。”

李洛大手一挥，收起沧澜冥想图，迫不及待地直接起身离开，前往藏书阁地下由爹娘专门打造的修炼密室。

在这里，他将开始体验到真正的修炼。

第十二章

相力修炼

李洛走入藏书阁最底层，以一滴鲜血开启了精铁打造的厚重大门。大门之后，是一间灯火通明的修炼室。

这间修炼室并不普通，乃是以纯粹的天量金打造。天量金是一种埋在地底、在天地能量经年累月的淬炼下方才形成的特殊金属。

天量金不仅是流通的硬货币，还对天地能量有极强的吸附性，因此由天量金打造的修炼室一直都是顶尖势力的标配。

“真是豪奢。”李洛踩了踩坚硬的地面，啧啧赞叹。据他所知，老爹老娘当初打造这座修炼室花费了数十万枚天量金，在这里修炼能够达到事半功倍的效果，以往只有他们两人和姜青娥来这里修炼过，李洛还是第一次来。

这是货真价实的金屋。

不得不说，一分钱一分货，这些天量金花得不亏。李洛仅仅只是站在这里，就能清晰地感觉到天地能量远比外面精纯。

感叹之中，李洛来到修炼室中央处，这里有两座石台，上面各有一方蒲团，显然是爹娘往日修炼时所用。

李洛在一方蒲团上随意盘坐下来，手握水晶简，双目微闭，心中默念着沧澜冥想图记录的修炼口诀，同时，他的呼吸也按照冥想图的节奏开始吞吐。

六吐三吞，九轻四重……继而开始不断变幻。

刚开始尝试，不出意外失败了数次，不过很快李洛就展露出了超凡的悟性，他迅速掌握了沧澜冥想图的关键要点，然后渐入佳境。

李洛心神凝定，渐渐的，他仿佛听见耳边传来了海水浪涌的声音。

所谓沧澜，取自凛冽壮阔之意，李洛想象着自己盘坐于海流之中，任由一重重的海浪冲刷而至。再然后，他渐渐感觉到四周的天地能量开始流动起来，其中以水能量最强，还蕴含着一些光明能量。

这些能量顺着李洛周身毛孔的开合以及呼吸间的吞吐，渐渐涌入他的身体。

水能量的柔和温润，光明能量的纯净……两股能量在李洛体内欢快地流淌，在它们的浸润下，他原本气血枯竭的身躯渐渐恢复活力。

两股能量在体内流转一圈后，最终归于那座闪烁着蔚蓝色光泽的相宫，化为李洛的相力。随着相宫之中蕴含的相力逐渐增长，李洛开始沉醉其中，全身心投入这来之不易的修炼。

时间不知不觉流逝，转眼便是大半日过去。

李洛从修炼状态中惊醒时，首先便感觉到体内传来了若有若无的刺痛感，这是身体在提醒他，今日的修炼已经达到极限。

以引导术吸收天地能量，会对人体经脉造成负荷，据说品阶越低的引导术，造成的负荷就越大。一旦抵达负荷的极限，修炼就只能暂时停下，歇息一段时间后，方才能够继续。

现在的李洛就是这种状态。

突然被打断，李洛有些意犹未尽，但也无可奈何，毕竟他修炼的沧澜冥想图只是将级功法，能够修炼这么久已是极限了。从这一点就足以看出一部高级别的引导术对相力的修炼究竟是何等重要。如果能一开始就拥有一部高品阶的引导术，经年累月下来，自然会将其他人远远甩在身后。

可惜，高品阶的引导术不仅罕见珍贵，而且还有严苛的修炼条件，光是相性品阶这一点，就足以拦住绝大部分修炼者，包括现在的李洛。

洛岚府不是没有侯级引导术……但据他所知，那起码需要七品的品阶。

好在沧澜冥想图只是李洛的暂时之选，等他提升了相性品阶，自然会转修更高级的引导术。由此来看，提升相性品阶，还真是越快越好。

李洛感叹一声，然后伸出手掌，掌心有一道蔚蓝色的相力缓缓涌现。

这就是他修炼出的相力，水相力……同时还有光明相力。两股相性的力量融合在一起，比起单纯的水相之力无疑更为精纯。

“我的相力，应该达到了三印的程度。”李洛自言自语。

李洛以前虽说因为空相导致相力积累艰难，但也不能说完全没有基础，而此次修炼后，他的相力直接稳固在了三印境的程度。按照这般修炼速度，李洛有信心在七天内将相力提升至五印境。

四品相或许不算多高,但李洛毕竟是洛岚府的少府主,在海量修炼资源的堆积下,他相信自己的进度会超过南风学府的许多人，包括一院的一些优秀学员。

“不过，这可不够啊。”李洛喃喃自语。下个月就是学府大考，他的目标是进入圣玄星学府，而那座大夏国最顶尖的学府，录取条件极为苛刻。

每年不知道有多少自诩优秀的少年，最终被圣玄星学府高高的门槛拒之门外，任你撞得头破血流，达不到条件也不会为你敞开。李洛想要追赶，以眼下的进度，还是不太够。

“说到底，还是需要提升相性品阶，四品对我而言太低了！”

李洛心中沉吟，旋即直接起身，出了修炼室。当他走出藏书阁时，有早已等待在此的人上前恭声道：“少府主，蔡管事让小的来提醒您，您让她准备的东西都已送到您的房中了。”

李洛闻言，心中赞叹一声，这位蔡薇管事不愧是青娥姐的得力助手，办事相当有效率啊，原本以为起码得等到明天才能拿到货呢。

他挥手屏退报信之人，然后径直回了房间。

一进屋，他就见到桌上摆放的精致的檀香盒子，盒子开启，数十支晶莹剔透的水晶瓶整齐地立着。

李洛好奇地随手拿起两支水晶瓶，只见一支中流淌着蓝色的液体，给人一种极为透彻之感，轻轻晃荡间，宛如溪流流淌的声音。另外一支水晶瓶中则更为奇特，里面仿佛装着一道道流光，如丝如缕，偶尔看过去，又似淡淡的烟雾。

两者一个是液体，一个是光流，却都散发着纯澈之意。

“这就是灵水奇光？”

李洛啧啧称奇。眼前这东西，只有水相与光明相的淬相师才能炼制出来，它们跟丹药一样，是无数相师一生修行中必不可缺的辅助之物。

李洛转动着水晶瓶，然后在上面看见了贴着的标签——蓝晶灵水，四品，淬炼力:

五成八。

蓝晶灵水是市面上比较常见的四品灵水，所谓淬炼力，是因为每一份灵水奇光在被吸收时，都会有一部分被相宫排斥化解，而能够通过相宫的天然排斥进入其中，将淬洗之力发挥出来的另外一部分，就被称为灵水奇光的淬炼力。

简单来说，越纯净的灵水奇光，淬炼力就越高，效果也就越好。

蓝晶灵水具有五成八的淬炼力，就是说在使用时有四成二的灵水会被排斥，成为无用之物。

不过，淬炼力能够达到五成八已经算合格了，市面上的四品灵水奇光，淬炼力大多都在五成六，能够超过这个比例的灵水奇光便可算是上品，价格更加高昂。

对很多人而言，相性品阶的提升总会有极限，品质越高的灵水奇光蕴含的杂质就越少，使用更多高品质的灵水奇光，能令他们的相宫因为杂质侵蚀较少而封闭得更晚一些。

李洛面带微笑地望着面前这些晶莹剔透的小可爱，到了此时，他的天生空相才算到了发挥作用的时候。别人会因为惧怕一次性或者说短时间内使用灵水奇光过多，造成杂质堆积侵蚀相宫，进而导致相宫加速封闭，所以使用时都谨小慎微，可他……完全没有这方面的困扰。

天生空相，让他可以肆无忌惮地使用。

眼下就先试试，看看把这五十支灵水奇光尽数吸收了，他的四品相究竟能有多少提升。

想到此处，李洛的心跳都加快了。

第十三章

李洛的无底洞

怀着激动的心情，李洛一夜未眠。

清晨，房间的阁楼上，李洛揉了揉沉重的眼皮，眼神却有些遗憾地望着面前的檀木箱子，还剩下将近一半的灵水奇光未用完。

李洛发现自己还是忽略了一点，虽然他自身空相，不担心灵水奇光中杂质的侵蚀，但是……吸收一支灵水奇光是需要时间的，他也不可能将几十支混杂在一起直接使用，那样相互之间干扰，反而会令灵水奇光失效。所以一晚上下来，他只吸收了二十七支。

当然，如果这件事被外人知晓，恐怕会认为李洛疯了……因为他们从未听说过，竟有人敢这么玩……一夜吸收二十七支灵水奇光，其中蕴含的杂质堆积起来，恐怕要不了多久就会使其相宫封闭。一般只有穷途末路之人，才会选择这种破釜沉舟、近乎疯狂的举动，真的是不成功便成仁了。

“不过，效果倒是不错……”

李洛只遗憾了一会儿，眼睛便变得明亮起来，因为在他的感知中，体内那第一座相宫的光芒比起昨天已更为纯澈，甚至连带着其中流淌的相力都更雄浑精纯了一分。

李洛估算了一下，按照这种进度，如果他想将自身的水光相提升到五品，还需要一百多支四品灵水奇光。这样算的话，从四品相提升到五品相，他大概会消耗掉近二十万枚天量金。

这个数额李洛其实能够接受，可是……当他后面要继续晋升时，就有点不好办了。因为五品之后的灵水奇光，价格会成倍递增，而相性品阶的晋升也会更为艰难。

这样说来，从五品到六品，岂不是得消耗近百万枚的天量金？而六品到七品……就是数百万？再往后呢？

一时间，李洛都有点窒息了，他虽然不怎么管事，但也知道整个洛岚府一年的收入不过数百万枚天量金。就算他把洛岚府生吞活剥了，恐怕都很难提供让他晋升到八品所要消耗的天量金吧？

这所谓的后天之相……简直就是一个无底洞！

李洛揉了揉眉心，老爹老娘给他留下的洛岚府，以后恐怕还真养不起他这个“败家子”……

“如果以后我能自己炼制灵水奇光，倒是可以省下不少。”李洛想起他的水光相，从某种意义来说是独属于他的优势，如果能够发挥好，未来他炼制出的灵水奇光将是市面上的独一份儿，这么来看，淬相术的学习得提上日程了。

“看来老爹老娘也想到了这一点……所以才让我成为淬相师，免得到时候洛岚府被我吃垮了。”李洛感叹一声，再度佩服自家爹娘的深谋远虑。

李洛没敢继续想这个问题，反正至少在六品之前，应该还能够勉强支撑，至于以后，到时候再看吧。

他摇摇头，回到卧室，倒头休息去了。

接下来的两天，李洛开启了疯狂模式，白日修炼沧澜冥想图，直到达到极致，然后再修行两个小时的相术，之后又开始服用灵水奇光提升相性品阶。

全力修炼的效果不错，他的相力等级迅速提升到了第四印，四品水光相也变得越来越精纯。这个时候，李洛觉得没有什么能够阻挡他前进的步伐。

直到灵水奇光告竭。

老宅，账房内。

蔡薇身穿长裙，身姿窈窕，胸前颇有些波涛汹涌，但此时那美丽的鹅蛋脸上却微蹙着柳眉，看着面前的账本。

“古管事，今年洛岚府在天蜀郡的收入似乎下降得有些厉害。”蔡薇的目光从账本中抬起，看着面前数位管事。

被称为古管事的中年男子苦笑着点点头，道：“大管事说得没错，洛岚府在天蜀郡共有九家商会，十八处矿产、药产……因为府内变故，这一年天蜀郡其他三家对我们蚕食得有些厉害，其中以宋家为最，九家商会中有两家都在今年被宋家以各种手段打压，最后被其吞并。”

蔡薇美目微凝，洛岚府自天蜀郡南风城发家，此后以惊人的速度崛起为大夏国五大府之一。但天蜀郡除了洛岚府外，还有三大家存在，虽说在整体规模上这三家无法与完整的洛岚府相比，但在天蜀郡内，他们也算根深蒂固，底蕴颇深。

两位家主尚在时，洛岚府如日中天，三家倒是十分乖觉，一个个听话得很。没想到两位家主失踪后，他们便趁着洛岚府内忧外患之际上蹿下跳起来。

蔡薇之前就听姜青娥说过，三家的背后说不得就有其他顶尖势力的指示，无非是为了不断地试探洛岚府的虚实。

天蜀郡三家，宋家、贝家、蒂法家，以宋家实力最强，这两年做的手脚也最多，不断以各种手段染指、打压、侵吞洛岚府在天蜀郡的商会、产业。要知道宋家的家主以前可是年年都会提着礼物登门拜访，这前后的转变，当真宛如唱戏般跌宕起伏。

蔡薇经历了不少，自然不是幼稚的人。洛岚府的存在本就挤压了三大家的利益，他们见洛岚府内忧外患，想要踩几脚也在意料之中。

可惜，如今的洛岚府真的腾不出多余力量来天蜀郡救火，毕竟在其他方面也是，处处需要支援，再加上裴昊……更是让洛岚府雪上加霜。

蔡薇沉默了片刻，最后果断地道：“一些无法扭转盈亏的商会，就暂时关闭了吧，没必要和对方纠缠。”

一时的隐忍是必须的，只要洛岚府稳定下来，到时候这三家吃了多少，都得老老实实地吐出来。

听到她的决定，几位管事齐声应下。他们也明白如今洛岚府在天蜀郡的情况，的确是有些艰难。

“咚咚。”

此时，突然有人敲响了房门，蔡薇说了一声“请进”，房门被推开，只见李洛走了进来。几名管事见状，连忙行礼。

李洛摆了摆手。蔡薇让管事们先行退下，然后美目投向李洛，道：“少府主有什么事情吗？”

李洛轻咳了一声，笑道：“的确是有点小事要麻烦蔡薇姐。”

蔡薇明亮而略带妩媚的美目眨了眨，隐隐感觉到一丝不安，问道：“何事？”

李洛露出温和的笑容，道：“也不是别的事，就是之前的五十份四品灵水奇光消耗完了，所以想麻烦蔡薇姐再帮我采购一百份。”

蔡薇白皙光滑的鹅蛋脸上，神情一点点凝固起来，她美目瞪圆地盯着李洛，胸前微微起伏。

“再采购一百份？四品灵水奇光？”蔡薇双手忍不住握紧了。她才管理洛岚府在天蜀郡的财务几天，难道就要宣告破产了吗？

她忍了又忍，终于忍不了了，一巴掌拍在桌子上，柳眉倒竖。

“李洛，你是不是不想让老娘干了啊？”

第十四章

发怒的蔡薇

蔡薇这么大的反应将李洛吓了一跳，他瞧着对方脸上的怒意，不免有些尴尬，连忙道："蔡薇姐这说的是什么话，你的能力有目共睹，我怎么可能不想让你干？"

蔡薇盯着李洛，好半晌后方才冷静下来，道："少府主莫怪，先前是我言语过激了。"她顿了顿，接着说，"可是……少府主你还要采购一百份灵水奇光？这、这并非小事啊。而且，少府主应该也知道，灵水奇光虽然能够提升相性品阶，但若是胡乱使用，反而会导致相宫提前封闭。"

蔡薇知道李洛天生空相的问题，有些话她不好说得太直白，担心触及李洛的敏感处。

蔡薇想了想，眼神突然变得锐利，道："是不是有人暗中欺骗少府主，想借助你的身份获得灵水奇光？"

虽说能够留在老宅的人都已经过重重筛查，但毕竟两位府主失踪多年，难保有人不会生出异心，而灵水奇光又是昂贵之物，未必没有人欺瞒少府主骗取灵水奇光。

如果真有这种事，蔡薇必要那胆大包天者付出代价。

李洛摇摇头，认真地道："蔡薇姐不要瞎想，灵水奇光的确是我自身需要的。"

蔡薇柳眉紧蹙，道："虽然有些逾矩，但不知道能不能问一下，少府主要这么多灵水奇光究竟是要做什么？我并非要审问少府主，只是担心你心急之下出了什么差错……如果你真的出了事，我没办法跟青娥交代。"

她知道李洛所谓的天生空相给他带来了很大压力，少年人正是喜欢冲动的年纪，她怕李洛不知道从哪里得来一些偏方，想尝试破解天生空相的问题。

李洛闻言，沉吟了一下，最终道："此事告诉蔡薇姐也无妨。其实是爹娘给我留下的秘法，能让我诞生相性，而灵水奇光是必需之物，此事青娥姐也知晓。”

他拥有相性这件事，迟早会被披露，到时候定然会引来众人好奇，说是爹娘留下的秘法倒是一个很好的幌子。再者，如果他之后想采购更多的灵水奇光，终归还是得经过蔡薇同意，还不如先解答她的疑惑。

蔡薇一惊，道：“两位府主留下的秘法吗？”

她有些半信半疑，盯着李洛的眼睛，只见对方神色坦然，不像在作伪。

最终，她只能点点头。

“如果是这样的话，我回头就去帮少府主采购。”蔡薇轻叹一声。这一百份四品灵水奇光又得花费十数万天量金，这样一来洛岚府在天蜀郡的资金便减少了一半，而她还要应对另外三家咄咄逼人的攻势，就更麻烦了。

但她分得出轻重，如果真的能让李洛诞生相性，就算抛弃洛岚府在天蜀郡的所有产业也是值得的。

李洛望着蔡薇微微蹙起的眉头，有些不好意思地问道：“是不是我这里抽调了太多资金，导致蔡薇姐有困难了？”

蔡薇抬头，望着李洛那虽然有些青涩，但继承了其父母优良基因的俊美面庞，心情不由变好了一些，她轻声笑了笑，道：“的确有点束手束脚，但也不算太大的麻烦，少府主放心吧，我会解决的。”

李洛心中暗叹。眼下只是一百份灵水奇光就让蔡薇焦头烂额，可是与往后相比，现在这些不过是杯水车薪啊。

“洛岚府总部暂时无法调动资金吗？”李洛问道。

蔡薇轻轻摇头，有些歉然道：“少府主，洛岚府的情况你应该知道一点，加上之前裴昊侵吞了三阁应该上缴的供金，更是让总部雪上加霜。”言下之意，总部也无法抽调资金了。

李洛点点头，旋即不再多说什么，与蔡薇笑谈了一会儿便离去。

蔡薇望着他离去的身影，出了一会儿神。她想，少府主其实性格不错，待人温和，没有傲慢之气，而且长得帅气俊朗，论模样想必以后不会逊色于他曾经引得大夏国不知多少名门贵族娇女心心念念的父亲李太玄。

从这个角度来看，他与姜青娥还是挺般配的。唯一的缺陷便是天生空相，在这个世间，不论何等财富、权势，终归是要建立在力量之上。

如同洛岚府，李太玄与澹台岚尚在时，它就是大夏国的五大府之一，光芒万丈，无人敢觊觎。可一旦两位顶梁柱消失，光芒开始黯淡，洛岚府也变得风雨飘摇。

以姜青娥的天赋，未来必定前途无量，说不定会打破大夏国最年轻封侯境的纪录，若真到了那个时候，与李洛的婚约恐怕会成为她的累赘。

蔡薇与姜青娥是情谊深厚的好友，知晓她不是凉薄的性格，但就怕到了那个时候，反而是李洛承受不了各种各样的压力。

不过听李洛说两位府主留了秘法，或许能解决他天生空相的缺陷，若真是如此，至少能拉近他与姜青娥的差距。

只是，任重道远啊。

作为姜青娥的朋友，长年身处王城那种风云际会的地方，蔡薇太清楚姜青娥是何等瞩目，又有多少顶尖天骄为其倾倒。与那里相比，南风城只是一座普通小城而已。

最终，蔡薇压下心中翻涌的思绪，起身将人招来，去准备李洛要求的采购事宜。

李洛所需的东西半日之后就尽数到手，他在赞叹了蔡薇的办事能力后，便拎着两箱灵水奇光直奔阁楼而去。

在剩下的几天假期里，李洛将所有时间都用在了相力修炼及相性品阶的提升上。

之前李洛的相力等级从三印境提升到四印境仅仅花费了两日，速度快更多是因为他以前的积累，而接下来的四印境到五印境则要慢一些。只是这个慢是相对前者而已。

当假期还剩最后一天时，李洛的相力等级终于再度得到提升，达到了五印境。

除了相力的提升，李洛的那道四品水光相，随着最后一支灵水奇光被他服用吸收，也完成了第一次的进阶，成为五品。

至此，李洛一周的假期结束。

清晨，李洛走出老宅，头发因相力的增强而隐隐显出如银般的光泽，他迎着阳光露出了灿烂的笑容。

这一周对他而言，无疑是脱胎换骨般的变化，曾经的空相少年，已开始逆转人生。

他站在门口，望着一周前姜青娥离开的方向，深吐了一口气。

"圣玄星学府……

"我一定会去的。"

第十五章

再回学府

当李洛再次走入南风学府，虽说过去不过短短一周的时间，他却有一种恍若隔世的感觉。

他望着来来往往的人流，沸腾般的喧嚣声显露着少男少女的青春朝气。

不过李洛注意到，来往的人群中有不少奇特的目光在盯着他，隐隐间听见了一些议论。

“这不是李洛吗？他总算来学府了啊。”

“头发怎么变白了？是染发了吗？”

“他似乎请了一周假吧，学府大考只剩最后一个月了，他竟然还敢这么请假，是打算破罐子破摔了吗？”

“我听说李洛可能要退学了，说不定都不会参加学府大考。”

“不至于吧？”

“……”

听着那些低低的议论声，李洛有些无语，只是请假一周而已，没想到竟会传出退学这样的流言。

但他也没兴趣辩解什么，径直穿过人流，朝着二院所在的方向快步而去。

就在抵达二院教场门口时，李洛的脚步慢了起来，因为他见到二院的导师徐山岳正站在那里，目光有些严厉地盯着他。

李洛脸上露出尴尬的笑容，赶紧上前打招呼：“徐师。”

徐山岳盯着李洛，眼中带着失望，道：“李洛，我知道空相给你带来了很大的压力，但你不该在这个时候选择放弃。”

李洛连忙道：“我没放弃啊。”

徐山岳沉声道：“那你还敢在这个节骨眼上请假一周？别人都在争分夺秒地苦修，你倒好，直接请假回去休息了？”

李洛无奈，他知道徐山岳是为了他好，所以没有辩解什么，只是老实地点头。

徐山岳在训斥了一番后，最终只能暗叹一口气，深深地看了李洛一眼，然后转身走入教场。李洛赶紧跟了进去。

教场宽敞，中央是一方数十米长宽的平台，四周石梯呈环形将其包围，由近至远层层叠高。石梯上有一个个的蒲团，盘坐着一位位少男少女。

当李洛走进来的时候，引来了众多目光关注，继而窃窃私语声响起。

显然，消失一周的李洛，在南风学府又成了一个话题。

李洛平静地迎着那些目光，直接去了自己的蒲团，他的旁边就是身材魁梧的赵阔，对方见到他，讶异地问道：“你这头发怎么回事？”

李洛看了他一眼，随口道：“刚染的，颜色似乎叫奶奶灰，是不是挺潮的？”

赵阔：“……”

李洛突然见到赵阔的脸上似乎有些瘀青，刚想问，徐山岳的声音就中气十足地传来：“各位同学，距离学府大考越来越近，希望你们都能在最后的时刻努力一把，若是能够进一座高级学府，未来自然有诸多好处。

“在这里表扬一下赵阔以及袁秋同学，现在他们两人的相力已经达到六印境了，若是再加把劲，未必不能在大考前冲击七印境。”

场内响起感叹的声音，李洛惊讶地看了一眼赵阔，看来这一周有进步的不止自己啊。

徐山岳表扬了赵阔、袁秋后，便不再多说，开始讲述今日的课程。

李洛全神贯注地听着，徐山岳教授的是三道相术，两道低阶，一道中阶，他不厌其烦地将这些相术的各个精要之处来回讲解，耐心十足。

相术的分级跟引导术相同，只不过入门级的相术换成了低、中、高三阶，三阶之后便同样是将、侯、王三级相术。

当然，那种程度的相术对于他们这些仍在十印境的初学者来说还太遥远，就算学会了，凭自身那点相力恐怕也很难施展出来。

在相术的修炼上，李洛的悟性不必多说，如果单纯比拼相术的话，他相信南风学府中比他更优秀的学员应该找不出几个。

所以徐山岳讲解了没多久，他便已初步掌握了这三道相术。

“好了，今日的相术课先到这里。下午是相力课，你们可得好生修炼。”两个小时后，徐山岳停止授课，叮嘱众人一番之后，这才宣布休息。

李洛坐在原位，伸了一个懒腰，一旁的赵阔凑过来，笑道：“小洛哥，刚才那三道相术等会儿帮我指点一下？”

赵阔相当清楚李洛对于相术的悟性，以前他遇见难以入门的相术时，不懂的地方都会请教李洛。

李洛笑骂一声：“要帮忙就知道叫小洛哥了？”

赵阔一脸憨笑，不过笑起来扯到脸上的瘀青，又痛得咧嘴巴。

“你这是怎么回事？”李洛问道。

赵阔眉头一皱，道：“是一院贝锟那家伙，他这几天不知道发什么神经，一直在找我们二院的麻烦，我看不过去跟他打了几场。”

他指了指脸上的瘀青，有些得意地道：“那家伙下手还挺重，不过我也没让他讨到好处，差点把他那小白脸给捶烂了。”

此时有人围拢过来，义愤填膺地道：“那个贝锟简直太可恶了，我们明明没招惹他，他却总是过来挑事。”

“还好有赵阔，不然还真没人治得了他。”

赵阔摆了摆手，将这些人都赶开，然后低声问李洛：“你最近是不是惹到贝锟了？他好像是冲着你来的。”

听到这话，李洛突然想起之前离开学府时，贝锟似乎通过蒂法晴给他传了话，要他去清风楼摆宴请客，他当然只是当个笑话，难不成这蠢货还真去清风楼等了一天不成？而这一周他又没来学府，于是贝锟就迁怒二院的人？

李洛笑了笑，拍拍赵阔的肩膀，道：“可能还真是，看来你替我挨了几顿。”

“我倒无所谓，如果不是跟他打那几场，说不定我还没办法突破到第六印呢。”赵阔耸耸肩膀，旋即道，“你现在来了学府，下午的相力课，他恐怕还会来找你。”

他想了想，拍着胸脯道：“到时候就让我出面吧，看看再打几次，能不能让我直接突破到第七印。”

李洛笑笑，赵阔这人性格爽直又够义气，是个不可多得的朋友，但让他躲在后面看朋友去顶缸，这不是他的性格。

于是他笑道：“到时再说吧。”

下午时分，相力课。

在南风学府的北面有一片辽阔的密林，葱葱郁郁，有风吹拂而过时，犹如掀起层层绿浪。

在密林中央，有一棵色泽暗黄的巨树巍然而立，高两百多米，粗壮茂密的枝干延伸开来，犹如一张巨大无比的树网。最奇特的是，上面每一片树叶的长宽都约莫两米，厚尺许，似台子一般。

这就是相力树。

相力树并非天然生长出来的，而是由诸多奇特材料打造而成，似金非金，似木非木。树的内部有一座能量核心，能够吸取、储存极为庞大的天地能量。而那些宽大叶子则宛如一座座修炼台，每一片都能供一名学员修炼。

相力树是每座学府的必备之物，只是规模有大有小、相力有强有弱而已。从某种意义而言，这些树叶就如同洛岚府老宅的金屋一般，当然，论起效果定然还是金屋更好一些，毕竟是封侯强者日常修炼的地方。

相力树叶被分为三级，以金叶、银叶、铜叶来区分。从远处看则会发现，相力树上超过六成都是铜色叶子，而银色叶子占三成，金色叶子只有一成左右，且都集中于树顶。

不用想都知道，在金色树叶上修炼，效果自然比其他两种树叶更强。

不过金色树叶绝大部分都被一院占据，这也是无可厚非的事情，毕竟一院是南风学府的牌面。

整个二院几百号人，分到手中的金色树叶仅仅十片，至于三院、四院那更是没有资格享受……由此可见金色树叶是多么稀罕。

相力树每日只开启半日，当树顶大钟敲响，便是开树的时候，这一刻是所有学员最期盼的。

此时，在钟声回荡间，众多学员已满脸兴奋，如潮水般涌入这片密林，然后沿着如大蟒般蜿蜒的木梯，登上巨树。

李洛随着人流来到相力树之上，他望着上方的十片金叶，一时有点尴尬。二院的十片金叶，以前有一片属于他，毕竟按照实力划分，他在二院仅次于赵阔。

只是后来因为空相，他主动将那片金叶让了出去，导致现在的他似乎没位置了，他也不好意思将之前送出去的金叶再要回来。

“算了，先凑合用吧。”

李洛想了想，走向了二院的一片银叶。

在李洛有所动作的时候，在相力树上方，有一些目光带着各种情绪停在他的身上。

第十六章

相力树

在接近树顶的位置，粗壮的枝干盘在一起，形成了一座木台，此时，木台上正有一些目光居高临下地望着李洛所在的位置。

“李洛失踪了一周，总算来学府了啊。”

蒂法晴双臂抱胸，贴身的校服包裹着发育良好的娇躯，再配上带着一丝妩媚的娇俏容颜和雪白娇嫩的肌肤，引得附近不少少年的目光若有若无地投来。

她盯着李洛的身影，轻轻撇了撇嘴，道：“这是怕被贝锟找麻烦吗？所以采取这种方式躲避？”

“真是可惜了这么帅的一张脸啊。”在其身旁，一堆小姐妹感叹道。

“嘻嘻，小妮子，我记得当年李洛还在一院的时候，你可是人家的小迷妹呢。”有同伴取笑道。

被取笑的少女顿时脸色涨红，跺足反击道：“说得跟你们没有一样！”

少女们嘻嘻一笑，眼中掠过一丝惋惜。当初李洛初至一院，简直是无人可比的风云人物，不仅人长得帅，显露出来的悟性也卓绝，最重要的是，那时候的洛岚府如日中天，一府双侯，显赫无比。

人长得帅，有天赋，背景深厚，这样的少年哪个少女不喜欢？然而随着时间推移，李洛周身的光环慢慢消散。首先是父母的失踪，让洛岚府的实力、地位大降，此后又被测出天生空相，更是将李洛打入低谷。于是，曾经一院的风云人物被“发配”到了二院。到了这个时候，再说倾慕他，显然就不合时宜了。

蒂法晴听见旁边小姐妹们叽叽喳喳的声音，没好气地摇摇头，道：“一群肤浅的花痴。”

李洛刚刚在一片银叶上盘坐下来，然后听见周围有些骚动声，他目光抬起，就见到贝锟在一群狐朋狗友的簇拥下，来到他的前方。

贝锟身材高壮，面庞白皙，只是眼中的阴鸷令他整个人看上去有些沉郁。

“李洛，我还以为你不来学府了呢。”贝锟盯着李洛，皮笑肉不笑地说道。

李洛瞧了他一眼，懒得搭理。

李洛这副态度顿时令贝锟怒火中烧。当年洛岚府强盛时，他百般讨好李洛，然而对方始终是这副爱搭不理的样子，那时候他不敢说什么，可如今还以为是在以前吗？

“李洛，你让我在清风楼白等一天，这个事你说怎么算吧？”贝锟咬牙道。

李洛没好气地道：“不要把你的蠢怪到我头上来行不行！你是什么智商才会觉得我会去清风楼请你啊？”

贝锟眼神阴沉，道：“李洛，你现在当面给我道个歉，这个事我就不追究了，不然……”

李洛挥了挥手：“滚。”

周围传出一阵窃笑声。贝锟在南风学府也算一霸，平日里没少欺负人，显然李洛一点都不受他的威胁。

贝锟阴沉地盯着李洛，旋即道：“嘴巴这么硬，敢不敢下来跟我玩一玩？”

李洛摇摇头：“没兴趣。”

贝锟着实太低级了，以前他不想搭理，现在更加不想理会，如果对方想玩他就要奉陪，岂不是显得他跟对方一样低级。

贝锟冷笑一声，不再多言。只见他挥了挥手，顿时那群狐朋狗友便吆喝起来：“二院的人都是胆小鬼吗？”

更多难听的话不断地冒出来。

附近二院的学员顿时面露怒意，但又慑于贝锟的恶名，一时间敢怒不敢言。

“李洛，何必因为你的问题牵连整个二院呢？”贝锟不怀好意地道。

贝锟倒是有点心计，故意扩大事态，激怒二院的学员，而这些学员不敢对他如何，自然会将怨气转向李洛，继而逼得李洛出面。

“你们给我闭嘴。”

不过很快就有一道怒喝声响起，只见赵阔站了出来，怒视贝锟，道：“想打的话，我来陪你。”

“又是你。”贝锟眉头一皱，道，“看来上次没把你打痛。”

赵阔刚欲说话，却见李洛挥手将他阻拦，有些无奈地道：“你理会这些狗屎做什么。”

旋即李洛的目光转向贝锟那些狐朋狗友，叹道：“你帮我把这些人给记下来，回头我让人去教教他们怎么跟同学和平相处。”

虽然洛岚府如今的问题不少，但好歹是大夏国五大府之一，而且留守在老宅中的力量也不算太弱，一些相师级别的护卫还是拿得出手的。

周围的学员听到此话，有些目瞪口呆，贝锟的狐朋狗友们也一脸愕然。

大哥，要不要这样？我们这只是小孩子在学府里的玩闹而已啊，你直接回家找人打我们？这算什么事啊！

他们面面相觑，忍不住退后几步，叫嚣的嘴巴也停了下来，因为他们知道，李洛真的有这个能力。虽然人家是空相，但好歹是洛岚府少府主啊，派一些相师高手蒙头暴打他们一顿还是很轻松的。

贝锟也愣了愣，旋即骂道：“李洛，你丢不丢人，竟然玩这种手段。”

李洛皱眉道：“不服气就请你贝家的高手来打我。”

贝锟张了张嘴，发现接不了话。虽说洛岚府现在内忧外患，但瘦死的骆驼比马大，在它还没有真正崩塌前，贝家只敢偷摸地咬几口。至于让他去搬贝家的高手，不说搬不搬得动，难道搬动了，就真的敢对李洛做什么吗？那样做引发的后果，他显然承受不了。

于是，一时间他愣在了原地，有点凌乱。

……

在相力树最顶处有一座树屋，此时树屋前有几道身影正望着下方那些学员间的争吵。

“呵呵，洛岚府的这个小家伙还挺有意思的。”一名身披黑白大衣、头发花白的老者笑道。

老人是南风学府的院长，名为卫剎，在天蜀郡声名显赫。

“学员间的争执却要请家里的力量来解决，这可不算什么有意思。洛岚府那两位人杰，怎么生了这么一个无赖儿子。”一旁有声音说道。

那是一名瘦削的男子，给人一种斯文的感觉，然而眉宇间却透着清高傲气。这一位正是南风学府一院的导师，林风。此前就是他极力主张将李洛从一院踢出，降到二院。

“林风导师说得也太难听了，那贝锟明知道李洛空相，还要去找事，岂不是更恶劣。”一旁的徐山岳闻言，顿时反驳道。

林风淡淡道：“同学之间的竞争，有利于他们彼此提升。”他懒得与徐山岳在这个话题上争吵，将目光转向旁边的老人，道：“院长，前些时候我说的提议，不知您老觉得如何？”

卫院长眨了眨眼，道：“哪个提议？”

林风见状有些无奈，只能道：“学府大考即将来临，我们一院的金叶不太够用，我想让院长再分五片金叶给我们。”

“我不同意！”出声的正是徐山岳，他怒视着林风。如今相力树上的金叶，除了一院手中的，就只有二院还有十片，林风想要再分五片，还能从哪里分？不就是他们二院吗？！

这家伙，真是太得寸进尺了。

第十七章

竞争金叶

巍峨如巨楼的相力树树顶，林风与徐山岳这两位一院、二院的负责人，因为金叶的分配有了争执。

“徐山岳，你应该明白，我们一院汇聚了多少优秀学生，他们的天赋远比南风学府其他院的学员卓越，如果能够给他们更好的修炼条件，取得的成果将远超其他学员。”林风沉声说道。

徐山岳冷哼道：“一院学员的确优秀，但我们二院的也不见得就没有天赋，不配享受金叶吧？而且相力树上总共才五十片金叶，如今已经有四十片在一院手中了，你难道还不知足？”

林风皱眉道：“这不是知足不知足的问题，而是一院的学员本来就能够更大地发挥出金叶的价值。我并非针对二院的学员，但事实本就是如此。”

徐山岳冷笑道：“你不就是想占尽南风学府的一切资源，让你多教出几个能进入圣玄星学府的学生，为你的履历添几分光，最后也升任到圣玄星学府去吗？”

不仅诸多学生视圣玄星学府为目标，连这些中等学府的导师同样将那里视为圣地，他们的一切努力都是为了进入圣玄星学府执教，这对他们的身份地位以及未来的成就，都有着极大提升。

有这种目标不算坏事，但徐山岳觉得林风做事的功利心太强，而且只顾及自身的利益，就如同当初将李洛踢到二院，其实没有太大的必要，李洛即便是空相，也不至于真就拖了后腿。当时林风这么做，恐怕更多是以李洛来立威，好令一院那些优秀学生不敢挑战初来南风学府不久的他。

林风闻言，面色顿时变得阴沉许多，道：“徐山岳，你不要胡搅蛮缠。”

一旁的南风学府其他导师瞧着两人吵出火星，连忙出声劝解。

老院长有些头疼，相力树上的金叶本就稀缺，每个院都想分到更多，这是无可厚非的事情，毕竟学员的成就关系到导师的评价以及升迁。

这件事林风磨了他许久，他一直拖着，看来今日，还是要给一个答复了。

卫刹望着下方相力树上的诸多身影，沉吟了片刻，道：“二院的金叶不能毫无理由地分出来，不能因为一院学员更优秀，就完全剥夺二院学员追求进步的权利。若是你们都想争夺金叶，就得靠学员自己来争取。

“这样吧，一院和二院各找三位学员，相力等级要求不能超过六印境。双方进行比试，若是一院胜了，二院就分出五片金叶；可如果是二院胜了，那么一院就需要从你们的份额中分出十片给二院。”

老院长的话音落下，林风与徐山岳顿时停止争吵，眉头微皱。

“院长，凭什么一院输了要给十片金叶？”林风不满地问道。

卫刹笑道：“因为金叶之争是你提起的，另外一院本就更强，若是不付出更大的代价，二院为何要平白与你去争？”

林风皱着眉头想了想，最终道：“可以。”

这种比试，虽然被要求相力不能超过第六印，但一院依旧有很大的优势。

徐山岳则有些犹豫，虽说一院输了要让出十片金叶，可他明白，一院是南风学府的牌面，学员的质量远胜其他所有院。

“院长，我们二院相力达到六印的学员到现在只有两人。”徐山岳无奈道。

林风笑了笑，道：“你放心吧，一院的学员不会让你们拖到那种僵局的。”

徐山岳面色一沉，眼中涌现出怒意。

老院长叹了一声，道:“小徐,你放心吧,这次就算输了,来年我也会给二院补上的,眼下距离学府大考就一个月了。”

听到老院长这么说，徐山岳沉默了数息，最终只能有些沮丧地点点头。显然，在老院长的心中，作为南风学府牌面的一院，的确能够享有一些特权。

对此，徐山岳知道这怪不了老院长，这是人之常情，给予最优秀的一院更多资源，更有机会提升南风学府在学府大考中的成绩。

“那我去安排一下。”徐山岳说完，便自树屋处翻身跃下。

林风面带微笑，也转身去安排了。

与此同时，贝锟最终狼狈而不甘地带人先行退下了，李洛完全不理会他的言语，相反那不按照规矩来的套路，让他这边的人有些发怵。

少年人最容易上头，学员之间的争斗，就算被打破头皮，为了颜面也要咬牙硬撑，谁见过这种动不动就要从家里找人的？简直没有一点规矩！

随着贝锟等人狼狈跑掉，二院许多学员神色古怪地看着李洛，他们都没想到，李洛竟然会用这种方法来化解对方的挑事。

“你这样会不会有些不讲规矩？”赵阔抓了抓头，来到李洛身旁，低声说道。

李洛懒洋洋地白了他一眼，道：“许他来欺负我一个空相，就不许我仗势欺人了？”

“也不是这么说……”赵阔想要反驳，但一时又无话可说，只能摇摇头。这个少府主的路子似乎有些野。

在他们说话间，徐山岳的身影出现在前方，他拍了拍手，将二院学员尽数招了过来，然后把接下来与一院的比试简单说了说。

话一说出来，顿时群情激愤。

“一院也太过分了！他们占了四十片金叶还不满足吗？还要来抢我们的？”

“这个比试完全没有胜算啊，咱们二院如今到六印的只有两人啊。”

“唉，还不如认输得了。”

“……”

一时激愤后，很多二院的学员都悲观起来，一院的实力摆在那里，就算有六印境的限制，二院依旧处于劣势。

见到二院学员们低落的士气，徐山岳无奈地叹了一口气，旋即安排道：“比试就由赵阔、袁秋上场。”

“老师放心，我一定不会丢咱们二院的脸，我会让他们知道二院不是好惹的。”赵阔热血沸腾，满脸战意。

袁秋是一名身材高挑的少女，她倒是颇为冷静，问道：“那第三人呢？”

徐山岳的目光在二院诸多学员中扫过，而凡是被看过的人都躲闪着，没有信心上场。

最后，他看向李洛。李洛虽说是空相，但他精通相术，真要论起战斗力，在二院也仅次于赵阔，当然现在还得加一个袁秋。

“李洛，你来吧。”徐山岳下了决定，道，“不要有压力，输了也没关系。等会儿你第一个上，打到顶不住了就认输下场，如果可以，尽可能多消耗一点对方的相力，这样后面的人胜算会高一点。”

对于被点名，李洛并不感到意外，二院能打的就那么几个人而已。

但是显然，徐山岳对他的定位是炮灰，用来消耗对方出场人员的相力。

李洛眼神变得深邃，本来想要低调一点，但现在看来，老天爷都不允许啊。

老徐啊，你完全不知道自己点中了一个什么样的存在……今天你脸上的光，可能会比太阳更刺眼。

“啪。”

徐山岳的手掌落到李洛的肩膀上，打得他一个踉跄，不满的声音传来：“你眼神这么呆滞干什么，不会被吓到了吧？”

于是李洛刚刚酝酿起来的气势，顿时被他一巴掌打垮了。

第十八章

初露峥嵘

一院与二院将要争夺金叶的消息瞬间传播开来，一时间，如高楼般的相力树上人满为患，南风学府各院学员都跑来凑热闹。

南风学府一共有四个院，其中一院是精英，二院算是预备队，三院、四院说是凑数有点过分，但的确水准相对而言比较差。相力树上的金叶修炼台对于三院、四院的学员来说算是可望而不可即的存在，眼下一院、二院争夺，倒是能看一场难得的好戏。虽然几乎没有人觉得，二院真的抢得过一院。

在相力树的东侧，有一片粗壮如巨蟒般的枝干纠缠在一起，形成一座长宽约莫数十米的木台，以往这里被用作学员修炼结束后切磋、比试的场地，而此时台子的四周围满了人。

一院、二院各自占据着东西两侧，两边气氛并不一样，一院的大多数学员都面带戏谑笑意，没有把这场比试看得多重要。他们这个态度实属正常，这场比试有相力等级的限制，六印境在一院连前十都排不上，说明一院那些真正厉害的人都不会出手。

相对一院的戏谑悠闲，二院这边的气氛则是激愤中带着忐忑。好歹是同一座学府，他们对一院的实力算是知根知底，如果谁说这种比试二院会赢，恐怕连他们自己都不相信，眼下只希望不要输得太难看了就行。

“真是无聊，这种比试可没什么意思。”看台上，蒂法晴伸了一个懒腰，校服勾勒出来的曲线连附近的少女都眼露艳羡，而一些血气方刚的少年则面颊隐隐发烫。

蒂法晴能够成为南风学府的一朵金花是有理由的。

“总能打发一些时间吧。”有一道轻柔的笑声从旁响起，蒂法晴偏头一看，就见到那有着黑色长发，冰肌玉骨，模样极为清丽动人的吕清儿。

“清儿姐。”蒂法晴美目一亮，连忙打招呼。吕清儿在南风学府的名气比她更胜一筹，不仅是外貌，其实力更是稳稳压住了一院诸多出类拔萃的学员，活脱脱一面南风学府的金字招牌。

如果不是有姜青娥珠玉在前太过璀璨，所有人都觉得，吕清儿会成为南风学府的传说。因此，蒂法晴第一崇拜的对象是姜青娥，吕清儿就排在第二。

二女作为如今南风学府容颜气质最出众的人，现在站在一起，顿时成了一道亮丽的风景线，慢慢将其他人都吸引过来。

“清儿姐平常不是不喜欢凑这些热闹吗？”蒂法晴有些好奇地问道。

吕清儿浅笑道：“随便看看。”

她美目盯着二院那边，道：“你们说二院会派哪三位出来比试？”

蒂法晴满不在乎地道：“二院现在到六印境的只有赵阔和袁秋，都是刚升上来不久。”

“第三位呢？”吕清儿道。

蒂法晴顿了顿，一旁有人接话道：“多半是李洛吧，他虽然空相，但在相术修行上还是极有天赋的，勉强能跟五印境的人交交手。”

随着吕清儿过来观战，原本一院那些对比试没什么兴趣的顶尖学员也凑了过来，此时说话的便是一名身材挺拔、面庞英俊的少年。

蒂法晴看了他一眼，戏谑道：“宋云峰，你竟然也跑来看热闹了？真是醉翁之意不在酒啊。”

宋云峰在南风学府同样名气极大，论起排名仅次于吕清儿，另外他还出自宋家，背景也不弱。而宋云峰喜欢吕清儿的事在南风学府不算秘密，他并没有刻意隐瞒。

面对蒂法晴的调侃，宋云峰露出温和的笑容，没有反驳，反而将目光停留在吕清儿清丽的脸颊上。

面对他直接而火热的视线，吕清儿神色没有波澜，只是回以礼貌而带着距离的浅笑。

蒂法晴见到吕清儿这模样，立刻将话题拉回来：“如果二院真的派李洛出场，那可就是自取其辱了，毕竟我们一院派出的三个人都是六印境中的佼佼者。”

宋云峰笑了笑，一针见血地道：“你还真以为二院抱着赢的心思吗？无非是走个过场而已。”

“倒也是。”蒂法晴笑道。

吕清儿凝视场中，望着李洛的身影，不知为何感觉今日的李洛似乎有些不太一样了。于是她微微地笑了笑，道：“我觉得……倒不一定呢。”

她这一开口，顿时引得蒂法晴、宋云峰以及其他一院的优秀学员有些惊愕。

宋云峰顺着吕清儿的视线也看见了李洛，吕清儿脸上那种淡淡的笑意让他心里有些不舒服。

“清儿，现在可不是以前了。”宋云峰意有所指地淡笑道。

吕清儿闻言并未回答，只是不置可否地一笑。对于她这个笑容，宋云峰不知为何心中有些冒火，投向李洛的目光变得更幽冷了些——这个混蛋，明明已经跌进烂泥潭了，为何还是这么阴魂不散。

随着场中气氛不断高涨，二院那边有三道人影走了出来，不出意料正是李洛、赵阔、袁秋。

一院这边也有三人走了出来。居中一人正是刚刚见过面的贝锟，另外两人同样是一院中比较出名的六印境学员。

“李洛，这一次你又打算怎么做？继续用刚才的威胁吗？”贝锟目光锁定李洛，嘴角露出讥讽的笑容。

先前他带人故意找李洛的麻烦，李洛用盘外招反击，可现在是正式的比试，如果李洛还想故技重施，那真的会成为笑柄，甚至连学府都会惩罚他。

李洛没搭理他，而是对着赵阔、袁秋挥了挥手，道：“那我就先上了。”

赵阔连忙道：“小心点，扛不住了就赶紧认输退场。你这么帅的脸，被打坏了可就损失大了。”

李洛竖起大拇指：“好兄弟，有眼光。”

袁秋则轻轻叹了一口气，无精打采的模样显然对接下来的比试没什么信心。

众目睽睽之下，李洛步入场中，顺手从武器架上抽了一根铁棍，随意地拖着，铁棍与地面摩擦发出了刺耳的响声。

场外，众多目光见到李洛率先出场，隐隐有些骚动。

“二院竟然让李洛打头阵……”

“这是当炮灰的意思啊。”

“哈哈，也是有趣。从一院被踢走的李洛，现在又来打一院……如果打赢了，可就有意思了。”

“想什么呢……他天生空相，就算相术再精湛，也很难打赢六印境。”

“哈哈，开个玩笑，活跃一下气氛嘛。”

“……”

李洛的出现让许多学员提起了兴趣，毕竟在南风学府，李洛是个另类的传说……而且据说上周姜青娥学姐回了南风城，还来学府门口接了李洛，简直让人羡慕嫉妒恨。

在这种心态之下，很多人还是想看今天李洛被揍一顿的……

贝锟双臂抱胸，目光玩味地望着李洛，然后偏头看向另外两人，道：“刘阳，你去跟他玩玩吧。”

虽然他很想直接揍李洛一顿，但感觉这种出场不够帅气，所以打算让旁人先去热一下气氛。

被他称为刘阳的少年身材比较高大，听到贝锟的话有些不满。这么多人看着，正是好好打一场出风头的时候，让他率先打一个炮灰，实在有些跌份儿。

“你三两下解决了李洛，不就能够打后面的人了吗？你如果能耐够，就把他们三个都打败。”贝锟说道。

“也是。”刘阳这才点点头，他取了一柄铁枪，步伐散漫地走入场中，冲着李洛笑道，“李洛，你可要手下留情啊。”言语间带着戏谑。

李洛握住铁棍，神色不置可否。

此时，高台处的老院长点了点头，徐山岳与林风两位负责人同时大声宣布：“开始！”

声音落下，李洛与刘阳的身影几乎同时射了出去。

刘阳望着对面那道身影，忍不住一笑，道：“你的速度……有点……”

“砰！”

就在他声音刚落的那一瞬，前方的李洛，脚尖突然一点地面，整个人如飞鹰般加速，瞬息间隐隐有尖锐的破风声响起。

刘阳的笑声尚未完全传出，他的眼前便是一花，李洛的身影竟然直接出现在他的面前。

紧随李洛身影而至的，还有那一道破空棍影。棍影发出尖啸声，速度之快让刘阳连一丝反应的时间都没有，不过关键时刻，他还是条件反射般运转相力，护在了胸膛之上。

李洛突然间的速度虽然让人惊愕，但他毕竟没有相力，攻击力有限，只要他以相力防御下来，接下来就能够让李洛付出代价。

刘阳心中这般想着的时候，那棍影如黑蟒般点来，落在他的胸膛上。

“砰！”

低沉的闷声响起，然后剧痛自刘阳的胸膛处传来，这一刹那，他的心中涌起惊骇，因为他覆盖在胸膛处的相力屏障，竟然在与李洛棍影接触的那一瞬，直接被摧枯拉朽地击碎了。

同一时间，刘阳的身躯倒飞而出，重重砸在场外，在地上划出了几米的痕迹。

此时，场外众多学员的笑闹声还未完全落下，然后就这样戛然而止了。

一院学员愣愣地望着飞出场外、痛得满地打滚的刘阳，眼中满是茫然。

刚才发生了什么？怎么飞出去的不是李洛？

他们疑惑的目光投向场中，此时李洛手中的铁棍保持着平击而出的姿势，他迎着那些目光看向刘阳，帅得让对方自惭形秽的脸上露出一抹灿烂的笑容。

“你说……有点什么？”

第十九章

李洛的相

木台周围，人潮汹涌。

然而此时气氛却陷入一种诡异的安静中，所有人都瞪大眼睛，满脸惊愕地望着场中站着的李洛和滑出场外的刘阳。

这个结果出乎他们的意料。六印境的刘阳竟然被李洛一棍给击败了？这怎么可能？!

安静持续了数息，然后陡然爆发出一片惊呼。

“发生了什么事？”

“刘阳怎么一招就败了？”

“不对啊，刘阳的相力等级好歹是六印，就算一时措手不及，但在相力的防御下，李洛不应该打得过他啊？”

“这……刘阳那家伙是不是收钱打假赛啊？”

“那这假得也太侮辱我们的智商了吧？”

一院处，蒂法晴红润的小嘴微微张开，脑袋上仿佛有问号浮现，片刻后，她蹙着眉道：“刘阳这家伙在做什么？这也太水了吧。”

宋云峰眉头也皱了皱，旋即淡淡道：“应该是太小瞧对方了，所以连相力都还没来得及施展。”

“太蠢了。”蒂法晴摇摇头。

“下一次他恐怕就没这么好运了。”

一旁的吕清儿凝视着场中那手持铁棍、昂然而立的修长身影，有些恍惚，仿佛又见到了那个意气风发、面带笑意取笑她的相术不标准的同时又为她一点点校正过来的璀璨少年。

“下一次……”吕清儿红唇微启，轻声道，“恐怕他还会赢，甚至……剩下两场，他可能都会赢。”

这话一出，顿时引得一院不少优秀学员面面相觑，特别是一些少年，顿时生出一些不满与嫉妒。

“不可能吧……你这么看好他，是不是对李洛有意思啊？”有人起哄道。

宋云峰闻言，面色顿时一沉，喝道：“谁在乱说话？”

他凌厉目光一扫，众人便偃旗息鼓，不敢挑衅。

旋即宋云峰看了看对这些起哄声毫不理会的吕清儿，淡淡道：“清儿，他赢不了的。”

“李洛，干得漂亮！”

与一院的惊愕相比，赵阔第一时间兴奋地喊了起来，紧接着二院这边有欢呼声响起。

不管李洛是不是因为刘阳太轻敌才取胜，总之二院赢了第一场。

周围的哗然让刘阳面色惨白，他艰难地爬起身来，嘴中喃喃着“我大意了，没有闪”之类的话，只是此时没人搭理他了。

“蠢货。”

听到二院的欢呼声，贝锟面色不由得变得难看，他恼怒地瞪了一眼从地上爬起、面色苍白的刘阳，然后对另外一人道：“陆泰，你去，小心可别再阴沟里翻船了。”

名为陆泰的少年有些干瘦，却透着一股精明，他闻言没有多说什么，目光在李洛身上扫了扫，然后取了一柄铁剑，步入场中。

高台上，徐山岳面带笑意地赞叹道：“李洛的相术的确相当纯熟精湛，真是太可惜了，以他的相术造诣，只要相力能够达到第五印，就足以挑战绝大部分第六印的对手。”

林风神色平淡，道：“再可惜也没用。

“第二场，开始吧。”

看得出来，刘阳的大败让林风神色不虞，所以懒得与徐山岳争论，直接宣布第二场开始。

当他的声音落下时，场中的陆泰毫不犹豫催动了自身相力，只见火红色的相力自其身躯表面升腾而起，宛如一层薄薄的火焰，散发出炽热的温度。

这是陆泰的五品火相。在有刘阳的前车之鉴后，陆泰显然再不敢心怀小觑。

“嘭！”

火焰相力升腾，陆泰手握长剑，身影已是毫不犹豫地疾掠而出，剑锋之上赤红相力飘动，宛如一条火蛇。

“唰！唰！”

道道赤红剑影，直接对着李洛笼罩而去。

“李洛，不管你有什么古怪，只要我以六印相力碾压，你必败无疑！”陆泰低喝道。

李洛的相术精湛在南风学府不是秘密，可再精湛的相术，没有足够的相力支撑，就只是水中月镜中花，一碰就散。

炽热的剑风呼啸而来，李洛缓缓握紧铁棍，旋即步伐灵活地后退，尽数避开剑风。

“你躲得了？”

陆泰冷笑，下一刻手腕一抖，只见赤红之光涌动，竟化为道道火光呼啸而至，宛如一场火雨，绚丽而危险。

那是中阶相术火雨剑，也是陆泰最擅长的相术。

诸多火光急射而至，李洛手中的铁棍此时也陡然转动起来，宛如风车一般，形成了密不透风的防御屏障。

“没有相力，你怎么挡得了我的相术？”对于李洛此举，陆泰不屑出声。

“砰！砰！”

诸多火光在铁棍前爆裂开来，高温侵蚀下，李洛手中的铁棍迅速变得滚烫，可就在此时，有蔚蓝之光自铁棍上浮现。

“嗤嗤！”

烟雾升腾，遮掩了陆泰的视线。

“咻！”

就在刹那间，水蒸气般的烟雾猛地被撕裂，只见一道闪烁着蔚蓝光泽的铁棍暴刺而出，以迅雷不及掩耳之势直接点向陆泰的眉心。

陡然出现的攻击让陆泰一惊，他的相术竟然被李洛尽数挡了下来？不可能啊！

心中惊愕，但陆泰手中却不慢，长剑之上赤红相力涌起，倾尽全力地与暴刺而来的铁棍硬碰在了一起。

“当！”

金铁之声响起，可让人感到震惊的事情出现了，陆泰长剑上的赤红相力犹如受到了极大压制，几乎是在顷刻间便黯淡下去。

“砰！”

铁剑在高温与水汽的侵蚀下，瞬间破碎，碎片飞舞间，那闪烁着蔚蓝光泽的铁棍，却停在了陆泰的眉心处。

感受到眉心的刺痛，陆泰面色煞白。

这般对碰不过电光石火间，当众人回过神时，李洛的铁棍已悬停在陆泰的眉心处。

李洛……又赢了？！

如果说之前那一场，众人只是感到惊愕，那么这一次，就是实打实的不可思议了。因为这一次，陆泰没有任何轻敌之处，六印等级的相力毫无保留，可即便如此，他也输给了李洛？！怎么可能啊！

在诸多难以置信的目光中，铁棍另一头萦绕的水蒸气烟雾此时渐渐消散，李洛的身影出现在了众人眼中。

“嘶！”

一道道倒吸冷气的声音，带着惊骇此起彼伏地响起。

一院那边，蒂法晴与吕清儿的美目皆瞪得圆溜溜的，一旁的宋云峰直接一巴掌拍在了面前的木栏上，将木栏都拍出了一道道裂痕。

高台上，徐山岳、林风以及其他南风学府的导师，面上同样有一抹愕然浮现。

前方的老院长更是双目虚眯。

他们所有人都见到，此时的李洛，身躯之上有蓝色的相力在缓缓升腾，宛如层层碧波。以他们的眼光，自然一眼就能看出，那是水相之力。

可是，众所周知，李洛天生空相，很难修出相力。

但眼下……那水相之力又是怎么出现的？！

还是说……现在的李洛已经不再是空相，而是……诞生了水相？！

第二十章

一穿三

场中李洛身躯之上升腾的蓝色相力，带来的冲击与震撼几乎远远超过了陆泰的败北，所有人都震撼地望着这一幕，心中巨浪翻涌，让他们一时间有些战栗。

“他、他怎么突然有了水相？”蒂法晴喃喃道。

她望着场中那手持铁棍、身材颀长、面庞异常俊朗的少年，一时有些恍惚。因为她记起了当年李洛初入南风学府时，是无人可及的风云人物，风头甚至直逼留下传说的姜青娥。只是后来随着相性显露，李洛才一落千丈，最后甚至掉到二院。

然而此时眼前那浑身升腾着蓝色相力的少年，仿佛又如当年一般，开始变得璀璨。

宋云峰的面色变幻得最精彩，他的目光如同钉子般钉在李洛身上，犹如要将他身体内外看透一般。如果说有谁最不愿意看见这一幕，恐怕宋云峰算头一个。

他见识过当年的李洛究竟是何等璀璨，正因如此，他才不想再看见李洛爬起来。

宋云峰偏头看着吕清儿的侧脸，此时的她看着场中的少年，明眸中仿佛微微绽放着光彩，令他在袖中缓缓紧握拳头，眼神深处满是阴鸷。

在蒂法晴与宋云峰心中涌动着不同情绪时，一旁的吕清儿最为平静，她那剪水双瞳停在李洛的身上。

“果然……这南风学府往后要变得有意思了。李洛，你还能再走回来吗？”

“这是怎么回事？李洛怎么突然有了水相？”高台上，林风极为震惊，片刻后，忍不住出声道，“他是不是用了什么违规的禁术？”

徐山岳同样处于震惊中，可当他听见林风此话时，顿时不满地道：“你在胡说什么，李洛以前是空相，难道就得一直是吗？”

林风一滞，皱眉道："我不是这个意思，但我们都明白，空相乃是天生，如何可能后天再拥有？"

徐山岳冷哼道："我们觉得不可思议，只是因为阅历不够而已。"

林风还要辩驳，前面的老院长出声了："后天之相虽然罕见，但的确不是不可能，据说一些传说中极为罕见的天材地宝就有这种神效。李洛的父母可能给他留了这类天材地宝，让他拥有了水相。

"先不急着讨论这些，等比试完问问李洛就行了。我们这里是学府，只需教导学员，至于其他的，学府也没资格过问。"

听到老院长这么说，林风无话可说了，他盯着场中的李洛，目光闪烁，不知道在想些什么。

在全场诸多震惊的目光中，面色难看的贝锟手持长枪，步入场中。

"李洛，没想到你藏得这么深，你想用今日三场比试来证明自己吧？我不会让你如愿的。"贝锟冷声道。

李洛笑了笑，道："台词太弱智了，你是在演戏吗？"

贝锟面庞一红，旋即有些恼怒："我看你还能笑多久！"

他一步踏出，相力自体内升腾而起，隐隐间传出虎啸声，一股若有若无的威压随之散发。

那是贝锟的裂山暴虎相，位列六品，此相以刚猛凶煞著称，若是相力雄浑，有裂山之力。

李洛感受着那股扑面而来的煞气，眼神微凝。贝锟的相力比起之前的刘阳、陆泰都要强上一分，而且最重要的是，有六品裂山暴虎相的增幅，他的整体实力算是第六印中的顶尖层次。反观李洛，如今相力等级是第五印，自身的水光相也只是五品，从表面来看，似乎整体实力都落后于对方。

但有时候，胜负并非完全取决于此。

"咚！"

贝锟催动自身相性，没有半点犹豫，身形射出，宛如下山猛虎，手中铁枪裹着极为刚猛雄浑的力量，狠狠砸向李洛。

李洛手中的铁棍上涌动着蓝色相力，宛如碧波流转，直接与贝锟的铁枪硬撼一记。

“当！”

金铁声响彻，气浪扩散，李洛的身影一震，倒射而出，不过他的步伐灵动如鱼，迅速将涌来的狂暴力量尽数卸走。

“哼，第五印的相力而已！”

这一正面交手，贝锟立即察觉到了李洛的相力等级，当即心头一松，冷笑道：“还以为真要咸鱼翻身呢，原来不过如此。”

冷笑间，他如猛虎扑食，手中铁枪带着强悍的力道，枪尖破空，化为道道枪影刺向李洛周身要害。

他要乘胜追击，以最凶悍的姿态将李洛打败。

面对贝锟的追击，李洛并未退避，他神色平静，再次迎上。刹那间，双方的枪棍不断碰撞，发出响亮的金铁之声。

两人缠斗在一起，一时间相力震荡，场面颇为激烈。

可随着时间推移，贝锟的面色开始变得难看，因为他发现李洛手中铁棍上涌动的力量，竟渐渐变得雄浑起来。

而在一院的看台上，一些实力优秀的学员也看出了不对。

“李洛竟然挡住了贝锟爆发的力量，奇怪，他明明只是第五印的相力等级……”

“而且李洛的力量似乎越来越强……怎么会这样？”

“是高阶相术九重碧浪，此术与水相极为契合，擅长后发制人，其力如浪潮般逐渐叠加累积，再配合水相之力的连绵雄厚，战斗拖得越久，力量就会越强，除非以绝对之力蛮横破之。”

“贝锟如果再不破局，恐怕就要输了。”

那些一院的优秀学员，此时面色都凝重起来。九重碧浪术是一道高阶相术，就算在一院中，能够掌握的学员都屈指可数，可如今李洛施展出来，却相当娴熟。

“李洛不愧是我南风学府相术悟性第一人。”他们忍不住感叹。以前李洛没有相力的时候，他们的感受还不强烈，可如今随着李洛诞生相性、拥有相力之后，他们方才明白，这两者结合究竟是何等惊人。

“吼！”

就在他们说话间，贝锟突然爆发出怒吼之声，他同样察觉到了不对劲，眼前的李洛明明相力看似不算太强，却宛如旋涡一般一点点将他缠住。

不知为何，李洛的相力给他一种异样的精纯感。

不过不管怎样，贝锟知道不能继续这样下去了。

他的眼中有凶光闪现，双掌陡然紧握铁枪，隐隐化为虎爪虚影，狂暴的相力暴涌而出。

“高阶相术，牙刺！”

贝锟一步踏出，手中铁枪如凶暴之虎般洞穿而出，直接撕裂了那一重重的连绵水相之力，直指其后的李洛。

李洛望着呼啸而来、宛如獠牙利齿的枪芒，手中铁棍上重重叠加的水相之力也轰然爆发，宛如巨浪砸落。

两人的枪棍竟然并未碰撞，反而交错而过，直指对方。

“你找死！”

贝锟面露狰狞，眼中凶光一闪，铁枪毫不犹豫地捅了下去；只是，在那一瞬间，他见到那铁棍之上蓝色相力闪烁，刺目之光让他的眼睛虚眯了一下。

下一瞬，贝锟眼瞳突然一缩，他发现自己那捅向李洛的枪尖竟然落空了，出现在李洛肩膀上方寸许的位置。

“糟了。”

贝锟心头一寒，他不明白自己怎么会出现这种纰漏，他那一枪明明能捅中李洛肩窝的。

可这个时候，已经来不及做任何调整，因为李洛那蕴含着重力的铁棍已呼啸而至，直接砸在了他的脸上。

“扑哧！”

一口鲜血混杂着牙齿喷射而出，惨叫声响起，贝锟的身影顿时倒飞而出，重重砸在场外，惨叫声在场中回荡。

李洛缓缓收回铁棍，长长吐了一口气，身躯之上升腾的蓝色相力此时一点点消散下去。

四周寂静无声，唯有贝锟的惨叫声持续不断地传来。

但这种寂静没有持续多久，便被刺耳的尖叫声与欢呼声打破，除了一院，其他几院的学员皆激动狂呼。

他们无法相信今日究竟看到了什么……

他们看到了南风学府那个曾经的风云人物再度爆发出刺目的光芒。

他们看到了那个被称为空相的少年，以二院学员的身份完成了对一院学员一穿三的壮举！

赵阔激动得面庞涨红，然后他对着一院那边做出了鄙夷的手势，嚣张的咆哮声响起。

“看见没有！

“那个男人，回来了！”

第二十一章

即将预考

相力树上的木台周围，喧哗声不断，除了一院之外的所有学员都在啧啧称叹。

谁都没想到是这个结果。刚开始大家都以为今日这场比试只不过是一院侵占二院五片金叶的手段而已，可谁知道，一院的三位六印境竟然被李洛一个人全部掀翻在地。这可真是一场难得的好戏。

最重要的是，这之中还掺杂着许多戏剧性效果，比如李洛当初从一院被降到二院的理由就是天生空相，潜力有限……可眼下李洛突然展现出的相性以及实力，恐怕一院那位林风导师的心里会相当复杂吧？

诸多学员在惊叹间不免再度审视着场中的李洛，心想：难道这位曾经跌落神坛的风云人物又要崛起了吗？可是现在……会不会晚了点啊？

喧哗声不断，一院相对而言则要安静许多，诸多学员面面相觑，神色复杂。

蒂法晴怔怔地望着李洛的身影，片刻后方才不可思议地道："他不是天生空相吗？怎么会突然出现了相性？"

宋云峰面无表情，对于这个问题，他无法回答。

"后天之相虽然极为罕见，但也不是没有，一些特殊的天材地宝就能让人诞生后天之相，只是极为稀有，咱们大夏国数百年都难得一见，李洛的父母是人杰，未必没有本事弄到。"一旁的吕清儿说道。

金龙宝行接触之物极其广阔，吕清儿的二伯又是南风城金龙宝行的会长，耳濡目染之下，知晓了许多常人不知道的事。

"有这种天材地宝，他为何要等到现在才用？"蒂法晴道。

"可能需要一些特殊的条件吧，具体如何我也不知晓。"吕清儿浅笑道。

蒂法晴沉默了一下，最终道："这家伙真要咸鱼翻身了？"

蒂法晴语气复杂，她所在的蒂法家与洛岚府有利益争夺，但比起宋家要少得多，她与李洛之间也没什么恩怨，唯一让她不满意的就是李洛与姜青娥的婚约。

"哪有那么容易。"宋云峰淡淡地道，"李洛的相应该是一道水相，从刚才和贝锟的战斗中能大致猜出品阶，大概在五六品之间，这种等级的相性虽然还不错，但远远算不得优秀。而他的相力等级是五印……你觉得一个五六品相的五印境很稀罕吗？"

蒂法晴若有所思地点点头，如果是这种实力的话，在一院甚至都进不了前十，即便李洛在相术修行上天赋卓越，但想要达到曾经的耀眼程度，依旧很难。

当然最重要的是，距离学府大考已经不足一个月……李洛难道能在这么短的时间内追上来？对此，蒂法晴只能说不可能。

想到此处，蒂法晴内心似乎悄然松了一口气，一时间连她自己都不知道，究竟是不是乐意见到李洛再次崛起。

吕清儿没有参与两人的对话，美目依然停留在李洛的身上。

你终于解决了空相的问题吗……那么在最后的这段时间，你真的能够追上来吗？

当众多学员欢呼的时候，高台上，一众南风学府的高层则有些安静，就连徐山岳自己都有点错愕这个结果。至于林风，则从头到尾没有再说过一句话，面无表情的样子看上去就像一根木桩。

其他导师的目光偶尔扫过林风，眼神中带着一丝笑意。

最终还是老院长拍了拍手，笑道："不愧是那两位的儿子啊，这算不算大器晚成？"

林风淡淡地道："院长，您可能用错了词，五印境的实力以及看似五六品的水相，不论从什么角度来说都算不上大器。"

老院长摇摇头，他当然知晓林风此时有些气不顺，当即笑道："你这人就是太过傲气，迟早要在这方面吃亏。"

林风不置可否，他看向徐山岳，道："这一次我一院技不如人，十片金叶会如数交付。这些小子自己没本事，让他们付出点代价也好。"

徐山岳嘲笑道："我还以为你会说让李洛再回一院呢。"

林风闻言，哂然一笑，道："你想多了，正如我所说，他算不上什么大器，我一院也不缺这么一个学员。眼下他更应该想的是能不能在最后这不到一个月的时间内追上来，获得圣玄星学府的录取资格。”

的确，虽说李洛突然出现的水相让他有些始料未及，但如果要说可惜，他还真没这个感觉。这个水相来得太晚了，现在的李洛只是五印境的相力等级，水相也不见得有多高阶，在林风看来，李洛只是从泥潭中稍微挣扎出了半个身子而已，想要再度屹立巅峰，真当一院的优秀学员是摆设吗？最重要的是，学府大考即将到来，李洛已经没有多少时间了，至于以后，都离开南风学府了，林风还需要理会他未来有什么成就吗？

失去进入圣玄星学府的机会，将是李洛难以弥补的损失，这一点可不会因为他是洛岚府少府主就会有什么改变。

心中想着这些，林风的神态更为随意了。

此时，老院长冲着场中的李洛招了招手，对方见状，思量了一下，就沿着木台上了看台。

“院长好。”李洛笑着招呼。

老院长笑眯眯地注视着李洛，道：“你空相的问题解决了？”

李洛点点头，道：“嗯，是一道五品水相。”

李洛的话落入耳中，林风忍不住微微一笑，道：“李洛，这个水相品阶算是中等，多努力努力，未来还是能有成就的。”

“这就不劳林风导师多虑了，相性品阶固然能影响修炼相力，但这个世间未必没有五品相封侯称王者。”李洛道。

林风玩味道：“五品相封侯称王？真是小孩子心性，连这都信吗？”

老院长摆了摆手，制止了林风的话语，对着李洛道：“你有这份信心那是最好，只是距离学府大考只有不到一个月的时间了，你如果想追上来，恐怕需要付出更多的努力。”

李洛点点头：“知道了。”

老院长再度叮嘱了几句，就让李洛离开了。趁着人多，他对着全场宣布：“距离学府大考还剩下不到一个月了，两周后学府将会开启预考。另外，圣玄星学府今年的基础条件已下来，唔，需要相力等级不低于七印境。”

此言一出，顿时引起一片哀号，不少学员满脸沮丧。不低于七印境，对他们而言可是极高的门槛。唯有一院的顶尖学员，面带淡淡笑意。

作为大夏国最顶尖的学府，圣玄星学府在周边诸国都是翘楚般的存在，当然不是人人都能进去的。

“不低于七印境……”李洛咂了咂嘴，对此并不感到意外，眼下他只是五印境，距此还有两个阶段，看来接下来这半个月真的要加紧修炼了。

而且七印境只是基础条件，到时候必然还有一番争夺，想要保险一点的话，李洛觉得恐怕需要将自己的水光相再做一些提升。

只是，五品相到六品相之间的差距可不是一星半点，李洛估算了一下，按照以往的方法继续下去的话，洛岚府在天蜀郡的收入会被他一个人花得干干净净。

在李洛沉吟间，场中的学员在哀号中已渐渐散去，旋即他突然察觉有人走到了自己身边。李洛偏过头，便见到吕清儿正神色淡淡地望着他。

“恭喜少府主。”她说道。

李洛一见到她，条件反射般就想躲开，但脚步刚动，又尴尬地停了下来。

“你好。”李洛敷衍地招呼道。

“不躲了？”吕清儿道。

“真没躲。”李洛尴尬地道。

吕清儿不置可否，道：“李洛，很感谢你当初指点我相术，但我觉得你这些年不应该那么幼稚地躲着我，我没有抢占你的位置，而且你应该明白，位置不是谁让的，而是需要用实力来夺取。”

“李洛，现在我是南风学府第一人，如果你想夺回这个位置，那就来打败我。以前因为顾忌你那敏感的心，这些话我不好说，但现在你解决了空相的问题，如果还是个男人，就应该把失去的都夺回去。”

李洛苦笑着点点头：“那、那我尽量吧。”

吕清儿一笑，然后李洛就见到她的眼眸之中有冰冷微恼之意。

“我等着你……另外我告诉你，你这些年的行为让我对你的欣赏减弱许多，如果有机会的话……”说到此处，她却停了下来，只是那凛冽的眼神已表明了一切。

她直接转身而去。

李洛望着她的背影，只能无奈地摇摇头。似乎把吕清儿给得罪了啊，果然越漂亮的女人越小心眼！

就在李洛感叹时，他突然察觉一道目光停留在自己的身上，如芒在背，于是他转过头去，然后就见到在不远处的木台上，一道人影眼神冰冷地盯着他，眼神之中充斥着警告。

那是一院如今的二号人物，宋云峰。

两人的目光交触了一下，宋云峰眼神充满着攻击性，旋即他轻蔑地摇了摇头，嘴唇开合间，无声之言传来。

“李洛，不要找事，离吕清儿远一点。”

他相信李洛应该读得懂他的唇语，这是一种很容易掌握的能力。可不远处的李洛皱着眉头，自语道：“这傻子在干什么啊，有话就直接喊出来啊，嘴皮子动来动去的，跟偷吃粮食的老鼠一样，鬼知道你在讲些什么。”

因为无法分辨对方究竟在说什么，李洛最终摇了摇头，懒得再理会这人，转身直接离去了。

木台上的宋云峰盯着李洛离去的身影，双目虚眯了一下，眼神阴鸷。

李洛的眼神让他想起了当初对方在南风学府最风光的时候，那时的他光芒万丈。

可是……宋云峰的手掌握紧木栏，捏出了道道裂痕。

李洛，你在装什么呢……还真以为一个五品相就能让你像以前一样风光吗？

第二十二章

升六品的代价

李洛五品水相的消息很快传遍了整个南风学府，自然引发了一场热议。

“没想到啊，李洛竟然还能翻身……后天之相，以前都没听说过。”

“据说是他父母留下的天材地宝，这等宝贝可是极为罕见。”

“有好爹妈真是让人羡慕啊。”

“只是一道五品水相，算不得太特殊，而且距离学府大考不到一个月了，这么短的时间，他难道还能追得上那些顶尖学员？”

“是啊，他打败的贝锟三人在一院连前十都进不了，据说一院前十皆是七印境，宋云峰、吕清儿两人最可怕，据说已到了八印，吕清儿有可能更高……”

“嗯，李洛失去了一段最重要的时间，我不觉得最后一个月他追得上来……”

当学府到处都在热议着李洛时，他本人却已结束今日修行，迅速离开了学府。

“今天跟贝锟的战斗，虽然最后赢了，但比我想象的要吃力一点，如果不是最后借助水光相中的光明相力，对贝锟造成了视觉偏移，这次的战斗还会僵持一些时间。”

在回家的车辇中，李洛反思着今天的战斗，面色不见轻松，反而有些不满与凝重。

这样算起来，如今他借着水光相的特异以及对相术的熟练，虽然不惧六印境，可如果对上七印境的高手，胜算会小很多。

“不够，远远不够。”李洛自语道。他的目标可是要进入圣玄星学府，而每年南风学府得到的名额屈指可数，如果不是最顶尖的，恐怕机会很小。

如今距离大考已经不足一个月，他若想追上去，不仅相力等级要有所提升，五品的水光相恐怕也得再进一步。只有如此，他才有把握与吕清儿这种级别的人交手。

可还是那句话，想要将五品相提升到六品相，不是什么容易的事情啊……

“先回去跟蔡薇姐聊聊吧。”

李洛咧咧嘴，他觉得如果自己提出还需要大量五品灵水奇光的话，蔡薇可能会把他给吞了吧？

老宅，账房。

蔡薇坐在书桌前，仔细翻阅着账本，今日的她一身淡黄长裙，鹅蛋脸精致妩媚，有着少女所不具备的风情。

她看了许久，似是有些累了，然后不着痕迹地前倾了一下，身子轻轻靠在了桌上。

“吁。”蔡薇整个身躯都稍微放松了一点，悄悄松了一口气。

“哐！”

就在此时，房门突然被推开，李洛迈步走了进来，喊道：“蔡薇姐。”

声音刚落，他就见到了眼前的一幕，而蔡薇一时没有回过神来，美目带着错愕盯着李洛。

气氛凝固了数息。

蔡薇前倾的身体顿时如触电般坐直，白皙的鹅蛋脸上飞上一抹浅浅的绯红，同时眼睛羞恼地盯着李洛。

“进来不知道敲门吗？”

李洛满脑门的冷汗，旋即他赶紧低头：“蔡薇姐，我下次一定注意！”

见到他态度端正，蔡薇的羞恼方才减缓许多，但还是没好气地道：“少府主又有什么事情吩咐啊？”

李洛看了看后面，然后反手将房门关上，道：“我想给蔡薇姐看个宝贝。”

他声音刚落，脸庞却愣了下来，因为他见到蔡薇一只手提起，握着一架闪烁着寒芒的弓弩，同时漂亮的鹅蛋脸上露出危险的笑容：“少府主，我可是相师境的实力哦。”

李洛急忙举起手来，苦笑道：“蔡薇姐，你这是干什么啊？”

蔡薇纤细柳眉轻挑，审视着李洛，道：“那你说的宝贝是个什么东西？”

李洛觉得莫名其妙，但也没多说什么，他心念一动，只见蓝色的相力开始自他体内升腾而起，隐约间仿佛有着流水的声音。

“啪。”

蔡薇手中的弓弩顿时跌落，她美目瞪圆，失声问道：“你、你有相性了？”

李洛点点头，道：“五品相。”

蔡薇的脸上满是震惊，好半晌后，方才渐渐回过神，道：“是两位府主留下的手段帮你解决的？”

李洛笑着点点头。

蔡薇恍然，旋即想起自己刚才的举动，顿时脸颊滚烫，当时还以为李洛要做什么呢。她心中忍不住羞愤——蔡薇啊蔡薇，你可真是丢死个人了。

不过她好歹见过不少大风大浪，当即迅速平复心情，若无其事地笑道：“那可真是恭喜少府主了，如果青娥知道此事，想必也会为你开心的。”

李洛点头，道：“还有个事情，恐怕蔡薇姐猜到了。”

“还需要灵水奇光？”蔡薇的柳眉轻轻蹙起。

“嗯，而且这次恐怕需要五品灵水奇光，我父母留下的此物需要灵水奇光的不断滋养，否则长久下去可能会消散。”李洛没有说自己能无限制使用灵水奇光来提高相的品阶，而是撒了一个谎，毕竟此事太重要，他暂时不想暴露。

“五品的灵水奇光……”蔡薇眉尖紧锁，纤细的眉毛都碰到一起。

四品灵水奇光市面上需要一千枚天量金，五品却需要足足五千天量金。

绝对属于昂贵的消耗品了。

如果李洛只需要几支的话，或许还没什么问题，但有了之前的经验，蔡薇明白李洛要的恐怕是上百支……那可就不是小数目了。

蔡薇神色变幻，但让李洛意外的是，她没有找理由推诿，反而点点头：“我明白了，我会想尽办法来满足你的需求。”

她抬起头，见到李洛微微诧异的脸庞，忍不住一笑，道：“是不是觉得我竟然没拒绝你？你是洛岚府的少府主，整个洛岚府的产业都是你与青娥的，只要不是太荒唐的事，你想怎么做都可以。

“更何况，你拥有相性，对洛岚府的影响将远比灵水奇光的价值更高，我有什么理由拒绝你呢？”

李洛感动道："蔡薇姐，你真是太善解人意了。那能不能先帮我准备几十支五品灵水奇光？"

蔡薇素白的小手揉了揉眉心，道："可以是可以，但如果下次还需要这么多，我们的资金就不太够了。"

洛岚府在天蜀郡各种产业、商会的一年收入也就差不多三十万枚天量金，之前为李洛采购四品灵水奇光已经花了十五万左右，眼下再采购几十支五品灵水奇光的话，剩下的基本就得消耗光了。

蔡薇沉吟了片刻，道："少府主，我打算将洛岚府在天蜀郡的一些产业以及商会出售。"

"现在的洛岚府在天蜀郡的力量不多，产业过于臃肿，对我们而言反而是一种负担，再加上还有另外三家在不断地使绊子，持续下去，只会造成更大的损失，还会牵扯我们的精力。

"而且如今这三家利益一致，有联合对抗洛岚府的迹象，如果我们拆分一些产业抛出去，只要运作得好，势必会引起三家争抢，让他们彼此之间产生矛盾，从而再难在对抗洛岚府这一事上取得合力。"

李洛面露沉思，半晌后点点头，赞道："蔡薇姐这是壮士断腕，二桃杀三士啊。我对这些不太懂，一切交给蔡薇姐去做就行了。不管怎样，我都支持你。"李洛大手一挥，直接说道。

"那就先谢过少府主的信任了。"蔡薇唇角含笑。

李洛摆了摆手，旋即想起什么，道："对了，咱们洛岚府在天蜀郡难道没有制造灵水奇光的产业吗？如果自家可以制造的话，应该会比市面上便宜许多吧？"

蔡薇说道："灵水奇光这种消耗品供不应求，利润极大，洛岚府家大业大，当然也有。只不过我们一般主攻三品及以下的，再高品阶的灵水奇光，能够炼制的人极少，所以产量也很小。

"而五品左右的灵水奇光，恐怕整个天蜀郡都没几人能炼制出来，目前流通于天蜀郡的五品灵水奇光，大都是从其他郡甚至王城来的。"

李洛恍然。的确，能够炼制五品灵水奇光的人已是五品淬相师了，这种人物在大夏王城都不难拿到一份不差的俸禄，在天蜀郡难得一见实属正常。

李洛想了想，道：“蔡薇姐能带我去洛岚府炼制灵水奇光的地方看看吗？我是水相，想多了解一些淬相师的情况。”

采购灵水奇光的价格太高，眼下五品还好说，未来如果需要七品、八品甚至九品的话，李洛又该去哪里找寻？据他所知，整个大夏国一年下来产出的超过七品的灵水奇光都是极少的。

到时他多半只能自给自足，所以他也应该为成为淬相师做准备了。

蔡薇对此没有异议。

“行，明天就带你去。”

第二十三章

溪阳屋

第二日，李洛照常去了南风学府。

当他进入二院的教场时，能够清晰地感觉到原本热闹的教场一下变得安静了，一道道好奇中带着些许敬佩的目光投向了他。

以前的李洛其实在二院中实力不差，仅次于赵阔，但其他学员对他更多的是一种同情。在他们看来，就算李洛眼下实力还不错，但他毕竟是空相，潜力有限，只要给一些时间，他们终究会慢慢赶超李洛的。

可昨日李洛突然显露了自身之相，而且还一穿三打败了一院的贝锟等人，他们明白，李洛终是不一样了。

虽说五品相不算太好，可绝对够用了，再加上李洛的相术天赋，未来的他就算不能重享昔日风光，也能在南风学府排得上号。

因此，如今再没有人对李洛抱有同情了，虽然他们也不明白，人家贵为洛岚府的少府主，他们有什么资格去同情人家?

在见到李洛走过时，一路上还有学员笑着打招呼："洛哥。"

还有少女笑嘻嘻地道："洛哥今天好帅啊。"

面对这些招呼声，李洛笑着回应了一下，然后走到自己的位置，一旁的赵阔正目光灼灼地盯着他。

"你一个男人，能不能别这样看着我?"李洛皱眉道。

赵阔嘿嘿一笑，旋即故作惆怅地道："看来以后我这二院第一人要让位了。"

李洛没好气地道："谁稀罕这玩意，目光放长远点好吧。"

"长远?那你加油吧，等你为我们南风学府的男性争光的时候，我们都会为你欢呼的。”赵阔道。

“什么意思？”

赵阔愤愤道：“你知道吗，天蜀郡其他学府一直都说我们南风学府阴盛阳衰，其中以东渊学府跳得最欢，每次都来嘲笑我们，说我们南风学府前有姜青娥学姐，后有吕清儿，都是靠女人撑场面。”

天蜀郡中除了南风学府，还有别的学府，只不过名气实力都要弱于南风学府，但这些年来东渊学府崛起较快，大有挑战南风学府“天蜀郡第一学府”金字招牌的迹象。

李洛对此不感兴趣，他无所谓地道：“嘴巴长在人家身上，随他们说吧。他们对此越在乎，就说明姜青娥、吕清儿给他们的压力越大。”

赵阔拍了拍李洛肩膀，道：“就算不管他们，你如果有机会也得打败吕清儿，我相信你一定能重回巅峰。”

李洛撇撇嘴，表示对此没多大兴趣。

在两人说话间，徐山岳走入教场，看得出来他心情不错，平日里严肃的脸上都带着笑意。

“各位同学，今天一院交接了十片金叶给我们二院，从今天开始，我们修炼就多了十片金叶。”

听到徐山岳此话，场内顿时响起了兴奋的声音。学府大考在即，金叶修炼说不得就能让他们更进一步。

“这些金叶是昨天李洛以一人之力赢回来的，大家应该对他表示感谢。”

他声音落下，场内便响起连片的鼓掌声，有娇俏的女同学大胆地道：“为了表示感谢，我可以陪洛哥吃饭。”

场内一片哄笑。

李洛无奈一笑，暗叹一声自己这无处安放的魅力，然后无视了女同学的调侃。

徐山岳将手掌压了压，止住了场内的哄笑，然后不再多说，开始了今日的教课。

待三个小时的授课结束后，李洛找到徐山岳，提出想下午请个假。

“又请假吗？”徐山岳闻言，犹豫了一下。

如果是以前，他可能会板着脸拒绝，但李洛刚刚给他长了脸，最终，他说道：

“可以。不过你要注意，预考就快到了，你之前落下了一段时间，需要赶紧补回来，不然预考过不了，圣玄星学府就没了希望。”

李洛笑着应下，挥手告别，迅速离开了学府。

学府门口有一辆豪华车辇，宛如移动小屋，李洛钻了进去，就见到在车窗边看着账本的蔡薇。

今日的蔡薇小手握着一柄花边圆蒲扇，轻轻扇动着，身边放着一杯冒着热气的清茶，她的气质慵懒成熟，再配上那凹凸有致的玲珑娇躯，当真是风韵动人。看得出来，蔡薇是一个生活精致的女性，车辇比姜青娥的还要奢华舒适。

李洛觉得蔡薇的家境恐怕并不普通，只是不知为何会来洛岚府当管事。

“吃了吗？给你准备了午饭。”蔡薇瞥了李洛一眼，纤细玉指指着桌上，那里有一桌的美味大餐。

“蔡薇姐真是太体贴了，谁娶了你，真是上辈子修来的福气。”李洛赞叹道。蔡薇又能管理账房，人又漂亮成熟，不论从哪个方面来说都是极品。

在他见过的女性中，论容貌气质，当以姜青娥为首，吕清儿与蔡薇则平分秋色，各有风韵。

“小嘴倒是甜。”

蔡薇莞尔，然后趁李洛吃饭时为他介绍：“我们洛岚府为了炼制灵水奇光，成立了一个专门的部门，叫作‘溪阳屋’，这个牌子在大夏国的灵水奇光市场中也算有一些名气。溪阳屋的总部在大夏王城，同时在其他郡设有三个分会，而天蜀郡的南风城刚好有一个。

“溪阳屋每年给洛岚府带来了不少收益，如今裴昊对此争夺得厉害，在想尽办法试图霸占。天蜀郡这个分会之前的会长因故离去，会长一职暂缺，裴昊趁机收揽了一位副会长，试图掌控这个分会，但好在青娥察觉得及时，很快安排了人过来牵制，所以如今这个分会内情况复杂且麻烦不少，以至于影响了今年的产量。”

“裴昊这家伙真是太可恶了。”

李洛心中骂道。以前他没管太多，可现在突然要用大量资金的时候，发现四处受制，才知道那个白眼狼裴昊给他带来了多大的麻烦。否则，要是洛岚府上下一心，他能够动用的资金哪会只有天蜀郡每年的三十万？

郁闷之下，眼前的大餐一时间都不香了。

车辇驶过人潮汹涌的南风城，最后在城北某处停了下来。

李洛随蔡薇下了车辇，他看着前方，只见那里矗立着一座如楼阁般的大型建筑，阁楼前挂着“溪阳屋”的牌子。

溪阳屋前守卫严密，但他们在看见李洛与蔡薇时，立即让开了道路。

两人一路畅通无阻，然后就见到有一群人迎了上来。

李洛看过去，发现似乎是两拨泾渭分明的人，左侧领头的是一位面带笑容的中年男子，而右侧的倒是让人眼前一亮。

那是一名娇躯修长的年轻女子，容颜靓丽，琼鼻高挺，上面还架着一副银框圆形眼镜，一头长发披散下来，整个人带着一股不加掩饰的冷傲之气。

此时，蔡薇的声音轻轻传来。

“左侧的人叫作庄毅，就是那位投靠了裴昊的副会长。

“右侧那位美女叫作颜灵卿，是圣玄星学府淬相院的高才生，也是青娥的闺密，如今是四品淬相师。她就是青娥搬来的救兵。”

李洛闻言，眼中顿时流露出惊讶，目光忍不住投向那双腿修长、戴着银框眼镜、显得极为冷傲的年轻女孩。

他没想到，这位竟然出自他梦寐以求的圣玄星学府。

第二十四章

颜灵卿

当李洛惊讶时，两拨人已迎到了面前。

“呵呵，少府主、大管事莅临溪阳屋，真是令此地蓬荜生辉啊。”那名为庄毅的中年人率先开口，满脸真诚与热情的笑容。

与他的热情相比，颜灵卿就冷淡得多，她只是看了看蔡薇，视线再扫过李洛，然后便将双手插在兜里，没有开口的意思。

“庄毅副会长真是生分了，溪阳屋是洛岚府的产业，少府主来看自家的产业有什么蓬荜生辉的？”蔡薇微笑道。

庄毅一怔，旋即连忙笑着点点头：“是我说差了。”

他陪着又说了一会儿话，然后就冲着李洛拱了拱手，说还有事情要办，就径自退走了。

李洛看着这一幕，显然庄毅已经完全倒向裴昊了，面对他的时候看似热情，实则带着一些戒备与疏离。热情，只是装出来的罢了。

反观一直冷冷淡淡的颜灵卿，虽说没怎么搭理他，但还是一直陪着，没有找借口离去。

随着庄毅离开，颜灵卿的神色方才缓和了一些，对着蔡薇道：“蔡薇姐今天来做什么？”

她的声音清脆悦耳，宛如溪流般清冷动人。

蔡薇走上前挽住了颜灵卿的手臂，娇笑道：“带少府主来看看呢。”

两女皆是气质容颜极佳，如今站在一起，更是养眼得很，不过正因为二人靠在一起，倒是显出了一些差距。

如果说蔡薇的身材是波澜起伏、峰峦壮阔，颜灵卿则是如草原般一马平川。

李洛眼光一掠而过，依旧被颜灵卿敏锐察觉，当即雪白下巴轻抬，有些轻蔑地道："小弟弟，在比较什么呢？"

李洛无辜地眨了眨眼。

颜灵卿轻哼一声，也不搭理他，拉着蔡薇朝着里面走去。

李洛并不在意，迈步跟在后面。

随着走入溪阳屋，登上一架廊桥，站在廊桥上便可见左右两侧是高达数层的炼制台。

炼制台上被分割出许多房间，每一个房间的前方都是透明的水晶壁，透过水晶壁能够见到里面都有一道身穿白色长袍的人影在忙碌。

屋内的桌上悬挂着许多透明的水晶瓶，此时那些白袍人影拿着各种瓶瓶罐罐在不断地调制，一些房间偶尔会有蓝光闪烁，那代表着一支灵水奇光出炉。

"蔡薇姐，如今这座溪阳屋分会中有四品淬相师两人、三品淬相师九人、二品淬相师十六人、一品淬相师三十三人。"

李洛正好奇地观望着，颜灵卿清冷的声音传来，不禁让他暗笑了一声。蔡薇身为大管事，这些信息必然早就了解，眼下颜灵卿又说一遍，显然是说给他听的。

这位姜青娥的闺密看似冷淡，实则心肠不错，当然他明白，更多是看在姜青娥的面子上。

一路走来，参观过后，颜灵卿就将两人带到了她工作的地方，她的炼制室。

"蔡薇姐来这里不只是看看吧？"到了这里，颜灵卿脱下长衣，里面是简单的衣衫，勾勒出纤细苗条的曲线，她的目光投向炼制台，心思已飘到那上面去了。

"是因为少府主。"蔡薇笑道，"他想要了解淬相师。"

颜灵卿疑惑地看来，道："他不是……"

话没说完，但言语间的意思已经很明确。李洛不是空相吗？了解淬相师做什么？

蔡薇小手轻轻一拍，对着李洛催促道："开始你的表演吧，让我们的高才生吃惊一下。"

李洛有些无语，但还是运转水相，将蓝色的相力施展出来。

"这……这是水相？"

颜灵卿脸上终于出现了一丝惊讶，她纤细的玉指抬了抬银质镜框，打量着李洛：“你拥有相了？”

李洛点点头，诚恳地道：“是一道五品水相，所以我想来学习淬相术，成为一名淬相师。”

颜灵卿如弯月般的眉尖轻蹙一下，道：“你们南风学府很快就要学府大考了吧？你现在不是应该全力修行，先试试能不能进入圣玄星学府吗？圣玄星学府有淬相院，那里有许多好老师。”

李洛笑道：“我就想先熟悉熟悉。”

颜灵卿看了看李洛，似是明白了什么。李洛虽然觉醒了相性，但似乎太晚了，以如今他的实力未必进得了圣玄星学府，若是如此，尽早成为淬相师，未来还有其他出路。

“难得少府主有上进心，你这高才生就教教他呗。”蔡薇在一旁劝说道。

颜灵卿有些无奈地看了她一眼，然后放下手中的水晶瓶，道：“淬相师的一些基础知识，你应该了解过吧？”

李洛连忙点头，在得到水相后，他第一时间去了解了淬相师的许多基础知识。

颜灵卿屈指一弹，蓝色相力自其指尖飞出，宛如一道水线，缠住了一捆书籍，然后丢在李洛面前。

“把它们都看完。”

李洛闻言，没有说什么，而是老老实实地坐在桌前，开始翻阅这些淬相师的书籍。

“你自己坐坐，我还有东西没完成。”颜灵卿见到李洛没有显露出不耐烦，这才微微点头，对着蔡薇说了一声后，便去工作台忙自己的事情了。

蔡薇有些无聊地伸了一个懒腰，然后在旁边坐下，假寐养神。

与此同时，在溪阳屋另外一间房中。

“少府主跟大管事做了什么事吗？”庄毅坐在椅上，神色淡淡地向眼前的人问道。

“没做什么，到处参观了一下，就去了颜副会长的工作间。”那人回道。

庄毅点点头，道：“盯紧点，如果他们接触了什么人都记下来。这段时间最重要的事就是让我成为这个分会的会长，一旦成功，我就可以让颜灵卿走人，到时候这座溪阳屋就会由我们掌控。”

“是！”

庄毅挥手将人遣退，旋即脸上露出一抹冷笑。

“姜青娥，你以为找个学院派的小丫头就能跟我斗吗？告诉你，做梦！

“这座溪阳屋，我庄毅要定了！”

第二十五章

淬相师

当李洛将面前的书籍全部看完，已经过去了五个小时，他长吐一口气，扭了扭僵硬的脖子。

颜灵卿与蔡薇在一旁轻声交谈着，听见吐气声，于是停止交谈，看了过来。

“不错，还算有些耐心。”颜灵卿淡淡地评价道。看得出来，她对李洛的表现还算满意。

要想成为淬相师，耐心是很重要的一点，因为他们需要在一次次磨合中，将诸多材料调制在一起，而且剂量必须极其精准，容不得丝毫差错，光是这一点，就需要长久的练习。

颜灵卿站起身，来到工作台旁，对着李洛招了招手，对方连忙走了过来。

工作台上，琳琅满目地摆放着诸多透明的水晶瓶，里面装着稀奇古怪的材料。

“炼制灵水奇光，简单来说就是按照配方将各种材料以完美剂量融合在一起，以不同材料的特性使彼此分解杂质，最终形成之物就是灵水奇光。”

颜灵卿取过一支水晶瓶，里面装着一朵蓝色的花朵，花朵表面隐隐有涟漪扩散：“这是三叶水花。”

她纤细玉手握住水晶瓶，轻轻一摇，便将花朵震成了粉末，同时，李洛看见蓝色的相力从她的体内升起，顺着手臂涌入水晶瓶之中，与三叶水花的粉末交汇在一起。

“炼制时，我们需要调动自身的水相或者光明相力，与材料融合，增强它们蕴含的特性。这个过程中需要把握相力输入的强弱，若是过强，会损毁材料，过弱则会导致调制失败。”

随着水相之力涌入，数息后，只见水晶瓶内渐渐凝聚成了一些深蓝色、略显黏稠的液体。

紧接着，颜灵卿如法炮制，又迅速调和了约莫十数种材料，最终她以极为熟练的手法，将它们按照特定的顺序接连倒在一起。半个小时后，这些材料彻底混合在了一起，顿时有了剧烈的反应，甚至开始沸腾起来。

“接下来是最后一步，也是极为重要的一步，想要将这些材料尽数融合在一起，需要一种力量的统筹，这股力量是影响灵水奇光淬炼力达到何种程度的重要因素之一。

“那种力量，被称为源水或者源光。

“简单来说，就是将自身的水相之力或者光明相力高度凝聚起来形成的能量。”

颜灵卿从一旁取过一块菱形的晶石，晶石下方悬挂着一个水晶罐。

她手掌握住晶石，只见蓝色相力涌出，顺着涌入晶石内，晶石上震荡出一圈圈涟漪，片刻后，李洛就见到一滴深蓝色的液体从晶石下方的尖锐处缓缓滴下，落入水晶罐。

“这是聚相晶，作用就是将相力高度凝聚，最终形成源水。”

颜灵卿将这一滴源水滴入沸腾的水晶瓶，神奇的一幕出现了，那沸腾的景象瞬间平息，璀璨的蓝光陡然爆发出来。

一支灵水奇光成功出炉了。

李洛望着水晶瓶中散发着蓝色光晕的液体，啧啧称奇。

“这只是一支一品灵水奇光而已，很简单，炼制起来并不麻烦。”颜灵卿轻描淡写地道。她乃四品淬相师，一品灵水奇光对她而言，只是顺手而为。

李洛却很有自知之明，别看颜灵卿炼制起来没有半点差错，顺利得犹如吃饭喝水一般，但对淬相师基础知识有过了解的他知道，这是建立在无数次的失败上的。

李洛望着那一块聚相晶，问道：“源水、源光的品质能够增强灵水奇光的淬炼力，那它们品质的高低又取决于什么？”

颜灵卿道：“源水、源光的品质高低只取决于自身水相或者光明相的品阶，越是品阶高的水相或者光明相，凝聚而出的源水、源光的品质就会越好。

“因此，拥有高品阶水相、光明相的人成为淬相师，优势会比平常人更大。比如姜青娥，如果她愿意成为淬相师，那么她炼制出的灵水奇光，淬炼力将远超旁人。可惜，她对成为淬相师没有兴趣，即便圣玄星学府淬相院那位院长苦口婆心地求了她整整一年……”

李洛点点头。姜青娥是极为罕见的九品光明相，的确是得天独厚的条件，但她意不在此，不想分心在淬相师上。

“如果让她凝炼一些高品质的源光备用呢？能否提高溪阳屋出产的灵水奇光的淬炼力？”

颜灵卿摇摇头，道：“即便是同相的人，他们凝炼出的源水、源光依旧蕴含着不同的特性以及难以察觉的个人意志，比如我先前调和了半天的材料中已经蕴含了我的相力，如果这个时候将另外一人凝炼的源水加入进去，就会形成冲突，导致炼制失败。

“不过世间的确有些秘法，能够炼制出所谓的秘法源水、源光，用来提高灵水奇光的淬炼力。但这几乎是每个势力的绝密资料，我们溪阳屋是没有的。”

李洛闻言，不由得若有所思。他天生空相，即便有了后天的水光相，但空相的“空”性却保留了下来，正如同他的相宫可以包容无数灵水奇光的杂质侵蚀一般，他由此凝聚出来的源水、源光，应该也具备这种无物不可包容的“空”性，那么，是否可以提供给其他淬相师使用？

他的水光相眼下虽然只是五品，可水相与光明相结合所具备的淬炼性，可不是一加一那么简单。

李洛自信，如果只是单纯比较相力的淬炼性，他的五品水光相不会弱于一般的七品水相或光明相。而且，拥有七品水相或光明相的淬相师并不多见。

不过这也不急，还是等他先在淬相师这一道入了门，亲自试试后再说吧。

在李洛心中思绪转动的时候，颜灵卿扶了扶银框眼镜，道：“如果你真想成为一名淬相师的话，以后每天有时间就来这里吧，我会教你一些基本的操作，等你什么时候能够单独炼制出一品灵水奇光时，你就是一名一品淬相师了。”

“那就谢谢灵卿姐了。”今天的目的达到了，李洛忍不住笑起来，真诚地感谢道。

颜灵卿又冷又酷地摆了摆手，穿上长衣，便拉着蔡薇出了炼制室。

接下来的一段时间，李洛的生活变得充实而有规律。

白天在南风学府修行，之后回老宅借助金屋修炼，再练习一下相术，最后就去溪阳屋，在颜灵卿的指点下开始学习如何成为一名合格的淬相师。而他托蔡薇采购的五品灵水奇光，第一批已到手，所以每日还会抽出时间吸收炼化。

时间流逝，李洛能够感觉到，每一日的自己都在变得更加强大。

直到南风学府预考开始前的一天，李洛的相力等级终于如愿提升到了第六印。

第二十六章

平平无奇的预考

今日的南风学府，气氛要比往日更火热，因为预考即将开始。

所谓预考，就是在学府内做一场筛选，选出前二十名学员代表南风学府参加学府大考。学府大考则是囊括了整个天蜀郡所有的中等学府，争夺圣玄星高等学府的录取名额。

也就是说，只有通过了预选，进入学府前二十，才有资格去竞争圣玄星学府的录取名额。

当然，很多学员明白，圣玄星学府对他们而言遥不可及，但如果能在预考中取得好的名次，他们则可以选择大夏国其他的高等学府。虽说不论从规模、实力还是名气来说，这些高等学府远远不及圣玄星高等学府，但终归是一条出路。

预考对他们来说，是最后的证明自己的机会。

南风学府中央广场处。

今日这里可谓人山人海，数十座擂台搭建起来，作为预选的比试场地。

当李洛与赵阔结伴来到此处时，都被沸腾的人声给震了一下。

“嚯，这也太热闹了。”赵阔笑道。

“虽然说是预考，但对绝大多数学员来说，这是他们在南风学府最后一次显露自身的机会。”李洛说道。

赵阔点点头，摸了摸脑袋有些惆怅地道：“不知道这次我能不能进前二十。”

因为李洛的突然爆发，赵阔如今的实力算是二院第二，进入前二十的概率不小，但还需要一些运气，如果倒霉地接连遇见一些强横的对手，导致战绩过于难看，恐怕就悬了。

“看你运气如何吧，不过运由相生，目测你活不过几轮。”李洛向四周看着，随口说道。

赵阔脸都绿了，骂道：“混蛋，诅咒你第一场就遇见吕清儿。”

“诅咒反弹。”

“再反弹！”

当两人在无聊且幼稚地说笑时，广场的高台上突然传出嘹亮的声音，众多视线投去，便见到老院长卫刹带着各院的导师现身了。

“各位同学，学府预考今日就正式开启了，希望你们能竭尽全力展现出最强的状态，因为这一次的排名将会影响你们的前途。

“预考持续三天，每一日的对战表会贴在广场四方的石壁上，可供查看。

“话不多说，我宣布，预考开始。”

随着老院长的声音落下，场中更加沸腾了。

李洛与赵阔来到场边一座石壁前，只见石壁顶端悬挂着一颗投影晶石，字幕如流水般冲刷下来。

两人看了半晌，找到了今日的对战时间以及将会遇见的对手。

赵阔第一时间松了一口气，今日的两个对手都没有超过他的预料，看来这一轮算是过了。

李洛的神色比较平淡，他今日的两个对手都来自一院，实力还不如之前交过手的贝锟。说起来，南风学府几个院加起来近千人，哪会那么容易就碰见硬茬。

相反，恐怕他与赵阔两人在很多人眼中反而是硬茬吧。

“快到我了，我先去准备，你也加油吧。”赵阔看了下时间，对着李洛招呼了一声，便迫不及待地钻进人流，消失不见。

李洛摇摇头，转身去了另外的战台，他的第一场比试也即将开始。

到了指定的战台，李洛等待了半个小时左右，直到台上的观战员念出他的名字后，他便跃上了台。

李洛的出现引起了不少关注，自从他一穿三打败了贝锟等人后，如今他在南风学府的名气有复苏的迹象。

不过当日那场战斗还有一些学员未亲眼看见，因此他们对于李洛的爆发始终抱着将信将疑的心态，如今见到李洛上台，自然要好好观摩观摩。

李洛的对手是一名六印境的精瘦少年，少年的神色发苦，他的实力在南风学府算是中等左右，说起来也不差，但谁想到第一场就倒霉地遇见了李洛，而且还是觉醒了相性、有着一飞冲天迹象的李洛。

“开始吧。”

观战员见到双方上台，直接宣布比试开始。

精瘦少年毫不犹豫地将自身相力尽数爆发，同时直接进入防御状态，打算以不变应万变。

但李洛没有半点犹豫，蓝色相力涌动，宛如水波一般在身躯表面流转。他的身影如闪电般射出，凌厉的相术直接爆发。

战斗，结束得比所有人想象的都要快。

短短不过几分钟，处于李洛狂风暴雨攻势下的精瘦少年便直接崩溃，最后果断选择了认输。

“哗！”

战台四周响起哗然声，一道道惊惧的目光投向李洛，特别是同样处于六印境的学员，个个面色凝重。他们如何看不出，李洛刚才短暂爆发出来的实力似乎比之前跟贝锟交手时更强了。

李洛没在意那些目光，在观战员宣布他获胜后，便跳下台去，挤入人群消失不见。

李洛的第二场比试没有等待太久，但轻松程度比第一场更甚，因为对方连动手的兴趣都没有，直接选择了认输。

于是李洛第一日的比试以全胜收场。

比试完，李洛略作收拾就要离开，他还得赶去溪阳屋颜灵卿那里继续学习淬相术呢，最近经过一段时间的练习，他觉得自己距离炼制出一品灵水奇光已经不远了。

刚钻出人群，李洛就见到前方有一道倩影，目光盯着自己，正是吕清儿。

今日的她穿着贴身的白色练功服，长腿纤细笔直，腰肢盈盈一握，长发绾成马尾，加上那清丽动人的容颜，极为吸睛。

李洛见到她，只能暗自无奈地一笑，打了一个招呼：“你今天比试完了？应该没什么难度吧？”

这完全是废话，吕清儿是南风学府第一人，谁遇见她都只能自认倒霉。

吕清儿打量了一下李洛，道：“你的实力又有提升呢，我就想问问，你这次预考打算做到什么程度？”

李洛无所谓地笑道：“能进前二十，获得参加大考的资格就行了。”

他是真没兴趣去争夺更高的名次，因为没必要，反正预考排名再靠前也没用，反而可能因为排名太高，到时候被其他学府针对。

吕清儿闻言，黛眉一皱，道：“你的实力，我感觉应该能竞争前十。”

李洛一笑：“这么看好我？”

吕清儿道：“李洛，没必要隐藏太多，适当地显露自身，才能让那些质疑你的人彻底闭嘴。”

李洛有些无奈。吕清儿看似淡雅，性格实则极为要强，或许这也是她为何总是盯着他的原因，因为当初李洛是唯一能够压住她的人，她对李洛有特殊的认可。

只是，李洛的性格却不想在没必要的情况下，将自身的所有实力暴露在众目睽睽之下。或许，这是这些年来养成的一种自我保护的习惯吧。

“我知道了，我会尽力的。”

吕清儿没什么恶意，李洛只能敷衍两句，然后找个借口直接溜了。

吕清儿望着他的背影，有些无奈，然后转身离去。

两人离去，却未见到在不远处的一座战台上，刚刚摧枯拉朽般结束战斗的宋云峰正望着这边。

他盯着李洛离去的方向，眼神中透出一股阴鸷。

“明明警告过你……就一定要来惹我吗？”

第二十七章

一品炼制室

离开学府，李洛没急着回老宅，而是先赶去了溪阳屋。

溪阳屋外的守卫对最近一直出现在这里的李洛早已经习以为常，低头行礼后，便任其通行。

走入充斥着淡淡香味的溪阳屋，李洛的精神微微一振。这段时间的学习，让他对淬相师这个职业愈发有兴趣了。

“呵呵，少府主最近来得真勤快啊。”就在李洛心中想着自己练习的那道一品灵水奇光时，有笑声突然从旁响起。

李洛偏头一看，便见到溪阳屋的庄毅副会长正面带笑容地望着自己。

“听说少府主觉醒了一道五品水相？”庄毅似有些好奇地问道。

李洛在溪阳屋练习了这么多天的淬相术，关于他五品水相的消息早已传开了。

李洛注视着这位投靠了裴昊的溪阳屋副会长，微微点头，道：“在跟着灵卿姐学习淬相术。”

庄毅笑道：“颜副会长是圣玄星学府的高才生，本事的确不差，就是经验有些浅，如果少府主真想学习的话，鄙人不才，也能给予一些建议。”

李洛笑了笑。庄毅如此好心，不知道是想监视自己，确定他的情况后向裴昊汇报，还是真想指点他。

在姜青娥的闺密与这位投靠了裴昊的副会长之间，李洛没什么好犹豫的。

他摇了摇头，道：“我觉得灵卿姐还不错，以后如果有需要的话，我再来找庄副会长吧。”

“那可真是遗憾。”庄毅貌似很可惜地感叹道。

李洛没再多说，刚欲离开，旋即想到了什么，道："对了，庄副会长，我之前听灵卿姐说，她这边的炼制室有时候会材料紧缺，听说材料采购是你在负责，所以能不能及时补充上？"

庄毅闻言，眉头一皱，有些为难地道："少府主，这可不是我的问题，只是有时候材料的采购的确有些麻烦，偶尔紧缺是很正常的事情。当然，既然少府主提起了，往后我在这方面就多注意一点。"

面对庄毅看似恭敬客气实则漫不经心的推诿理由，李洛没有说什么，只是深深地看了对方一眼，直接错身走过。

庄毅望着他离去的背影，脸上笑容渐渐收起。

"副会长，没想到少府主竟然突然觉醒了五品相，还真是让人意外……"庄毅身旁，有忠于他的下属低声道。

"大概率是两位府主给他留下了什么罕见的天材地宝，此等宝贝用在他的身上，真是浪费了。"庄毅淡淡道。

"只是五品罢了，算不得多优秀，这位少府主想要崛起，可没那么容易。"

他摆了摆手，道："把这个消息传给裴昊少爷。另外……一品炼制室收权的事也该推进了，颜灵卿那个女人真是越来越碍眼了。"

"是！"

当李洛走进一品炼制室时，见到了身材高挑修长的颜灵卿，她穿着长衣，双手插在兜里，神色冷淡地四处巡查。此时她停在一处水晶壁前，望着一名一品淬相师完成了手中一道灵水奇光的炼制。

在颜灵卿的注视下，那名年轻的一品淬相师有些紧张，他从一旁取过一支细长的晶针，晶针之上有着精密的刻度。

这是验淬针，顾名思义就是用来检验灵水奇光淬炼力究竟达到何种程度的工具。

晶针插入那瓶灵水奇光中，只见上面的刻度由低至上渐渐攀升，最终停在了四成六的位置。

颜灵卿见到这一幕，顿时冷声道："这种淬炼力的灵水奇光若是拿出去售卖，只会砸了溪阳屋的招牌。"

那名一品淬相师沮丧地低下头。

然而颜灵卿并没有心软，而是严厉地道："之前的炼制你出了不下四处失误，白叶果的调制火候不够，月光汁过于黏厚，无烟水太稀薄，最后调和时你的水相之力也未达到饱和。重新炼制。"

说完，颜灵卿便转身离去，同时凛冽的目光扫过场中诸多一品淬相师，所有人噤若寒蝉，埋头专心炼制起来。

颜灵卿扶了扶银框眼镜，俏丽的脸蛋冰冷，显然对这些一品淬相师的能力很不满意。

她的眼中掠过一丝烦闷。她虽然在姜青娥的请求下过来坐镇，但终归是空降而来，论起在这个分会中的声望，庄毅要强于她一些。

这个分会一共分为三个炼制室，一品到三品，不同等级的炼制室负责炼制不同级别的灵水奇光。因着姜青娥的任命，颜灵卿一来就取得了一品、二品炼制室的控制权，而三品炼制室依旧被庄毅牢牢握在手中。

双方因为炼制室的控制权明争暗斗了许久，只要掌握了炼制室，就相当于掌握了大部分淬相师，对于以炼制灵水奇光为唯一目的的溪阳屋，淬相师无疑是最重要的资源。

可最近庄毅坐不住了，开始对一品炼制室动手，给出的理由是他培养的一名弟子，炼制出来的一品灵水奇光已经达到了五成六的品质。

这个品质算是溪阳屋出产的一品灵水奇光的顶尖程度了，庄毅以此为理由，大肆散播颜灵卿不擅长指导一品淬相师的言论，导致最近这些一品淬相师出现动摇的迹象。

按照这种局面，颜灵卿觉得一品炼制室恐怕真会被庄毅夺走。

即便她有姜青娥以及蔡薇的支持，但在庄毅没有犯什么明面错误的前提下，她们也不好将庄毅这个溪阳屋的老人直接踢出去，那样反而会引发动乱，到时候影响灵水奇光的炼制，损失的只会是洛岚府。

因心中烦闷，对于走进炼制室的李洛，颜灵卿只是看了一眼，没有心思多说什么。

李洛对此并不在意，径直来到一处无人使用的炼制间，一旁有一名秀丽的年轻女子低声道："少府主，您来了啊。"

李洛笑着点头回应，在整理炼制台上的材料时，他顺口低声问道：“樱花姐，颜副会长似乎心情不太好？”

被他称为樱花姐的年轻女子吐了吐舌头，道：“我们都被骂一上午了……”

然后她将事情缘由简单说了一遍。

李洛听完，微微恍然，原来是为了一品炼制室啊，的确是个不小的事情，如果庄毅真的争夺成功，将对颜灵卿的声望造成极大打击，往后她在溪阳屋的话语权也会逐步减弱。

想到此处，李洛皱了皱眉头，他当然不希望见到这一幕。洛岚府每年在天蜀郡的收入，一半左右都是由这座溪阳屋贡献的，眼下他正是需要大量资金的时候，如果这里出现什么问题，无疑会对他造成极大影响。

当然最重要的是庄毅可是裴昊的人，以那白眼狼的性格，说不定连这个分会都会被他吞到肚子里。

不过，现在他想这些也没用。李洛转头将一张名为“青碧灵水”的一品配方图纸摆在台上，然后取出诸多材料，开始了今天的练习。

两个小时的练习时间悄然而过，就在李洛越来越熟练时，一品炼制室的大门突然被推开，所有人手上的动作都是一顿，然后就见到以庄毅为首的一行人拥了进来。

光是那一股气势，就让人感到来者不善。

第二十八章

李洛的第一次

庄毅一行人突然气势汹汹地进入一品炼制室，顿时引得此处骚动，一道道惊异的目光投来。

颜灵卿看见他们到来，俏脸顿时一沉，呵斥道："庄副会长，你的人就这么没规矩吗？"

庄毅面带笑意，道："颜副会长不必动怒，我来这里还是因为之前的事情。自从一品炼制室归你掌管后，这段时间灵水奇光的产量都有所下降，甚至还出现了不少不合格产品，严重影响了我们溪阳屋的业绩啊。"他一副忧心忡忡的模样。

颜灵卿寒声道："产量下降的原因你不是很清楚吗？如果不是你在材料上处处设限，怎么会出现这种事？"

庄毅皱眉道："颜副会长，你这就是血口喷人了，材料本来就稀缺，我还能平白给你变出来不成？我倒觉得，颜副会长虽然出自圣玄星学府，但毕竟经验尚浅，一些理念可能与我们溪阳屋的一品淬相师不相符，由你来指点，就怕耽误了他们啊。"

一品炼制室内，其他人都不敢插嘴，所有人都看得明白，这是两位副会长之间的争斗，他们没必要掺和进去成为炮灰。

庄毅盯着颜灵卿，道："颜副会长，我们作为淬相师，一切都得看成果说话。你执掌一品炼制室也有一段时间了，至今成果不大，你教导的一品淬相师，炼制出来的一品灵水奇光，淬炼力最高不过刚刚五成，反观我的弟子石云，已经能够稳定地炼制出淬炼力在五成六的青碧灵水。要知道，以往我们溪阳屋出产的一品灵水奇光，平均水准也只在五成三，颜副会长如果真的为了溪阳屋着想，还是把一品炼制室交出来吧，否则长久下去，溪阳屋出产的一品灵水奇光恐怕在天蜀郡就没什么市场了。"

庄毅说着看向随他而来的溪阳屋其他高层，问道：“诸位觉得我这话究竟有没有理？”

那些高层面露沉思，虽说他们不想掺和两边的争斗，但不得不说，庄毅说的很有道理，在溪阳屋，一切得靠成果说话。庄毅那位弟子能够稳定地炼制出淬炼力在五成六的一品灵水奇光，足以说明其优秀。

有高层犹豫着说道：“颜副会长要不就将一品炼制室交给石云负责吧，这样你就可以专心指导二品炼制室，那里也是我们溪阳屋的重量级产品。”

颜灵卿面无表情。此次如果让步了，就表明她与庄毅的争斗失败了，这件事将成为一个风向标，从而导致她往后的每一步都陷入劣势。可如果坚持不松口的话，庄毅咄咄逼人，理由又极为正当，僵持下去同样会对她造成影响。

眼下，当真有些进退两难。

庄毅望着眼神挣扎的颜灵卿，嘴角不由得浮现出一抹笑意。圣玄星学府的高才生又如何，还不是一只嫩雏？

“嗡！”

就在颜灵卿的压力越来越大时，在这气氛近乎凝固的一品炼制室里，突然爆发出一道蓝光。

突如其来的变故让所有人一脸错愕，目光望去，就见到在后面一处炼制台前，李洛手握一支碧青色的液体，面露欣喜。

他人生中的第一支灵水奇光，就在这个情况下炼制出来了。

在炼制出这支青碧灵水后，李洛顺手取过一旁的验淬针插入其中，然后就见到指针开始迅速攀爬，数息后停留在六成的位置上。

“哗！”

站在附近的一品淬相师清楚地看见了这一幕，爆发出惊骇的哗然声。

一道道人影更是忍不住冲了过来，失声道：“六成淬炼力！少府主炼制出来的这瓶青碧灵水竟然达到了六成的淬炼力！”

“怎么可能？！”

一品炼制室内，听到惊呼声的人顿时满脸的不可思议，再不顾颜灵卿与庄毅的争执，一窝蜂地朝李洛靠了过去。

当他们看见验淬针上的指数时，一时间都说不出话了，一道道目光震撼地转向嘴角含笑的李洛。

他们很清楚李洛才学习淬相术不过两周左右，在这么短的时间内他不仅成功炼制出了一品灵水奇光，最让人难以置信的是，成品的淬炼力竟然这么高！这究竟是何等的天赋？

“让开。”颜灵卿的声音在人群外响起，人群急忙分开，只见她迈动大长腿迅速走过来，一对美目紧紧盯着李洛手中的青碧灵水。

“给我看看。”她对着李洛说道。

李洛依言递了过去，颜灵卿接过，迅速从中倒出一滴青碧灵水，微微感应了一下，俏脸微笑道：“好精纯的青碧灵水，的确能达到六成的淬炼力。”

她美目灼灼地盯着李洛，此前真没看出来，李洛在淬相术上竟然有这等天赋？要知道，这可是他第一次炼制啊。

她记得当初自己成为一品淬相师时，炼制出来的成品也就五成七左右，而那已经算不错了。

颜灵卿似是突然想到了什么，她抓住这支青碧灵水，转过身看向后面同样一脸惊疑的庄毅，道：“庄副会长，看来这一品炼制室我暂时不用交出去了。”

庄毅面色阴晴不定地盯着那支灵水奇光，先前的惊呼声他也听见了，李洛炼制出了淬炼力达六成的青碧灵水？要知道就算是他与颜灵卿这种四品淬相师，炼制出来的一品青碧灵水也只能达到六成五的淬炼力。在庄毅的记忆中，他已经很多年没有再亲手炼制过一品灵水奇光了，因为对他而言纯粹是浪费时间，一支一品灵水奇光不过数十枚天量金，性价比太低。

这还是他第一次听见，有人头回炼制灵水奇光就达到六成的淬炼力，他那位弟子石云可是足足练习了一年才勉强达到五成六。与李洛一比，简直是云泥之别。

庄毅扯动了一下嘴角，僵硬地道：“颜副会长，不会是你做了手脚吧？少府主接触淬相术才半个月不到的时间。”

颜灵卿淡淡地看了他一眼，道：“少府主炼制时很多人都看在眼里，你的这个说辞未免太无力了，还是说，要少府主专门再为你表演一次？”

周围不少人点点头，他们的确是亲眼看见这一支灵水奇光的出炉。

庄毅脸上的神情更加僵硬了，他干笑一声，道：“不敢不敢。”

虽说他心中不见得有多看重李洛，但不管怎样李洛都是名义上的少府主，当着这么多人的面，他不敢表现出轻视。

“庄副会长，如果谁炼制的一品灵水奇光淬炼力更高，就能成为一品炼制室的负责人，那我是不是也可以？”李洛笑着补了一刀。

庄毅讪笑道：“这就要看颜副会长的意思了。”

庄毅明白，今日的发难已是彻底失败，他再度尴尬地附和了几句，便面色阴沉地转身离去。

一品炼制室内的气氛顿时松缓下来，紧接着响起一道道恭贺声，那些看向李洛的目光都充满着羡慕与叹服。

李洛笑着应对，颜灵卿则将众人赶去继续练习，然后才饶有兴致地盯着李洛，道：“没想到你第一次竟然能够炼制出这种淬炼力的灵水，看来你在淬相上真的很有天赋。”

在圣玄星学府，颜灵卿见过不少淬相天才，第一次能达到这种程度的当然也有，但她没想到的是，李洛的五品水相竟然也能做到这一步，这说明什么？说明李洛在融合调制诸多材料时有着独特的敏感性，这是一种特殊的天赋，这种天赋颜灵卿曾在圣玄星学府的淬相院见过。

“可能只是运气好吧。”李洛谦虚地道。如果他知道颜灵卿的猜测的话，恐怕会尴尬，因为他可没那所谓的天赋，他第一次炼制能够达到六成的淬炼力，只是单纯靠水光相独特的淬炼性，即便自己一直在估算，但当结果出来后，他发现还是低估了水相与光明相完美融合在一起后的淬炼性。

颜灵卿不理会他的谦虚，道：“这次多亏了你。道谢的话我就不说了，毕竟溪阳屋也是在为你赚钱。”

旋即她顿了顿，素来清冷的俏脸上绽放出一抹笑意。

“但我心情不错，晚点可以请你吃个饭。”

李洛原本想说，自己想赶时间回家修炼一下相术，但想到平日里颜灵卿的严厉，求生的本能最终让他露出开心的神色：“那可真是太让人期待了。”

第二十九章

我还是个孩子

夜色下的南风城，灯火通明，凉风中带着沸腾喧嚣之气。

“今天你做得不错，让我大出一口气。来，喝一杯！”

临街的一座酒楼，颜灵卿小手握住酒杯，她在喝了点烈酒之后，平日里清冷的脸上此时却是极为罕见的豪迈与狂放。

李洛被她前后的变化搞得有些蒙，只能弱弱地拿起酒杯跟她碰了一下，然后就惊讶地见到颜灵卿一口将那几乎遮住她大半个脸的酒杯喝了个干净。

这种喝法，跟颜灵卿知性、冷艳的气质形成了极大的反差。

这层楼偷偷投来不少愕然的目光，毕竟颜灵卿的容貌还是相当出色的。

“灵卿姐不是说了吗，终归还是在帮我这个少府主赚钱嘛。”李洛笑着说道。

“事实虽是如此，但庄毅那家伙仗着资历老，让我吃了好几次瘪，早就看他不爽了。”颜灵卿撇撇红润小嘴。

旋即她打量着李洛，道：“你今天的确让我有些刮目相看，原本以为你这位少府主只是一个吉祥物罢了。”

李洛有些尴尬。这么实诚的聊天真的好吗？

颜灵卿又倒满了酒，道：“但说句实话，就算如此，你跟青娥之间还是有很大的差距。”

“这个当然。”李洛对此坦然承认。姜青娥是何等的优秀，连圣玄星学府都不拘一格将她特招入内，这等殊荣恐怕大夏国皇室的皇子都享受不到。

“但是，我会努力的。”李洛盯着酒杯笑了笑，说道。

颜灵卿玩味地道：“哦？听起来，你还真对青娥有想法？”

“青娥姐的优秀不必多说，如果我说对她没有想法，恐怕连你都会说我虚伪。”李洛认真地道。

他与姜青娥青梅竹马那么多年，两人之间的情感本来就复杂，再加上还有一纸婚约，在李洛看来，两人有着极深的羁绊。

李洛相信不止他有这种感觉，就算是姜青娥那般性格，都不可能将他视为常人对待，这一点在以往的相处中就能够察觉到。

“还算诚实。”颜灵卿又一口干了一杯烈酒，点点头，旋即饶有深意地笑道，“如果你真有这个心思的话，那可真是任重而道远，现在你还只是在南风城，等有一天去了圣玄星学府，你才会知道自己的竞争对手们究竟有多可怕。”

李洛端起酒杯一口闷了，然后想了想，道：“但是……我才是姜青娥的未婚夫。”他顿了顿，笑道，“如果他们真的要对我做什么的话，青娥姐会保护我的，我想那个时候，难受的可能会是他们。”

颜灵卿美目睁圆，盯着李洛，道：“那你这不是躲在女人的后面吗？”

李洛振振有词：“未婚妻保护未婚夫，有什么错吗？”

颜灵卿哑然，旋即道：“你这……也太坏了吧。”

然后她便忍不住笑出声，因为以姜青娥的性格，还真会这样做，如此一来，对那些人简直就是肉身、心灵的双重暴击。

李洛笑着给她倒满酒，两人来回喝着，到最后，李洛的脑袋晕乎乎时，颜灵卿终于趴在了桌上。

李洛如释重负地松了一口气，摇了摇颜灵卿，见她没有任何反应，不由得有些无语。最终，李洛上前弯身，一只手揽住颜灵卿细细的腰肢，一只手穿过她的膝后，将她横抱起来。

随着李洛抱着颜灵卿走出酒楼，四周投来了一些艳羡的目光。

李洛却没他们那般龌龊心思，出了酒楼，将等待在旁的车辇招过来，一名侍女随即钻出。这是颜灵卿来时就一起陪同的，看来她早就知道一旦喝酒，自己必然大醉。

李洛小心翼翼地将颜灵卿抱进车厢，然后嘱咐侍女道：“将颜副会长送回家中。”

侍女恭敬地应下，最后驾车远去。

街上，李洛望着车辇没入灯火之中，伸了一个懒腰，想起与颜灵卿的谈话，轻轻一笑。

“还是得努力啊……”

固然他不介意让姜青娥来保护自己，但也不能让姜青娥丢了面子不是？

当李洛转身离去时，远去的车辇中，本该大醉的颜灵卿却突然睁开了眼睛。她懒懒躺着，自言自语地笑道：“还算不错，竟然没占我便宜。回头跟青娥说一说，她这个小未婚夫虽然实力不怎么样，但姐姐我还是比较认可的。”

第二日，李洛起床后，仍感觉脑袋有点隐隐作痛，他备感无奈，看来以后要拒绝跟颜灵卿喝酒了。

略作洗漱，李洛来到前厅，就见到娇艳动人、如花似玉的蔡薇姐在等着他吃早餐。

李洛有些歉意地笑了笑。

“昨晚跟颜灵卿喝酒了？”蔡薇为他盛了一碗白粥，娇笑道。

李洛点点头，道：“没想到灵卿姐喝酒……如此豪迈。”

蔡薇有些嗔怪地道：“灵卿也真是，你还是个孩子呢，竟然带你去喝酒。”

李洛一听，顿时就不满了，反驳道：“蔡薇姐，不要想着占我便宜啊，你不就比我大一点吗？怎么像我老娘一样？”

蔡薇白了他一眼，表扬道：“昨天你在溪阳屋的事我都知道了，做得不错，竟然真能帮上忙了。”

“这段时间我已经在陆续抛售洛岚府在天蜀郡的一些无用商会与产业，部分甚至以低价卖给了蒂法家、贝家……呵呵，听说宋家为此还找那两家谈过话，但似乎没什么用。虽说这些还不至于让三家分裂，但足以让他们在对付洛岚府的事上难以达成完全的共识。

“抛售了这些负担，我们的资金倒是充裕了些，你需要的五品灵水奇光，最近应该能采购完毕。”

李洛大喜：“蔡薇姐真是太能干了，不像灵卿姐，酒量不行还喜欢胡喝。”

蔡薇眨了眨浓密如刷子般的睫毛，道：“酒量不行？”

李洛点头道：“昨晚她喝得大醉，还是我让人把她送回去的。”

蔡薇红唇掀起一抹玩味的笑意：“我的傻少府主啊，颜灵卿的酒量喝趴十个你，脸都不带红一下的。”

李洛呆住。

蔡薇打量了一下他，道：“你没趁机对她起什么坏心思吧？不然她一辈子在青娥面前都会没你一句好话。”

李洛赶紧回想了一下，自己似乎并没有做任何出格的事情，这才抹了一把额上的冷汗。

显然，他是被颜灵卿耍了。

他放下碗，有些羞恼地道：“我去学府了。”然后转身就跑

后面不断传来蔡薇悦耳的娇笑声，让李洛悲愤不已：姐姐们套路太深了，我果然还是个孩子啊。

第三十章

浪人虞浪

当李洛到达学府时，发现今日的气氛跟昨日相比没那么兴奋沸腾了，一些学员的脸上满是沮丧，显然，他们大多是在昨日比试中不顺利的人。

有人欢喜自然有人悲伤，这种淘汰制本就会不断刷下能力不足者。

“洛哥，你总算来了啊。”

赵阔见到李洛，连忙迎了上来，道：“你今天的两场比试，有一场可不轻松啊，对手是一院的虞浪，你记得吗？”

“虞浪？”李洛想了想，点点头。此人在一院有点名气，实力一直在一院十几名左右徘徊，据说他拥有一道六品风相，以速度奇快著称。

“那家伙如今已晋入第七印，比贝锟强多了。”赵阔面色凝重地道。

“第七印啊……”李洛咂咂嘴，的确比昨天的对手难缠，但应该还在他能够应对的范围内。于是，他拍拍赵阔的肩膀，笑道：“放心吧，我有把握。”

赵阔见状，不再多说。他清楚李洛的性格，如果真觉得打不过的话，李洛是不会有半点逞强的。

就在两人说话间，一名二院的学员突然过来，低声道：“洛哥，外面有人找你。”

李洛闻言，虽然有些疑惑，但还是走了出去，在树荫下见到一个头发披肩、显得浪荡不羁的少年。

李洛一眼认出了此人，正是他今天将遇见的对手，虞浪。

“你来找我？”李洛笑道。

虞浪拨了一下垂在眼前的刘海，目光深沉地看着李洛，道：“李洛，没想到许久不见，你竟然又崛起了，不愧是当年称霸南风学府的男人。”

李洛吐了一口气，没好气道："不要说这些蠢话。"

虞浪有些不满地道："哪里蠢了？"他撇撇嘴，"今天下午你我会对上。宋云峰找了我，开了不低的价格，要我今天最好全力把你打伤。"

李洛一怔，旋即笑道："你这是来告密？还是打算一鱼两吃？"

"嘁，我虞浪虽然浪，但还是有底线的。你当年教我相术，算是欠你一个人情。"虞浪不屑地道，"我只是来提醒你，如果不是我的对手，等会儿就赶紧跳下台去。当然，不排除你这变态藏得太深，我反倒不是你的对手，那样的话，到时候你就配合一下，让我'重伤'出场，这样子我还能吃一波宋云峰的补助费。那家伙是个冤大头，开的价不低。

"对了，后面这个只是为了稳妥起见，但我觉得不可能用得上。李洛，你根本不知道，现在的我已经不是当年那个会因裤子太长而被绊倒的男人了。"

饶是李洛定力不错，也被虞浪这通操作闪瞎了眼，他只能无奈地道："你是真的没有底线……所以，我打算去找老师举报你。"

这下换虞浪目瞪口呆了，骂道："李洛，你是畜生吧？我赚点钱容易吗？你一个大少爷懂我们的艰辛吗？"

"滚滚滚。"

李洛揉了揉眉心，挥手赶人。这家伙好长时间不见，结果还是个奇葩。

虞浪冷哼一声，甩了甩披肩长发，潇洒转身而去。

李洛望着他的背影，还是挥了挥手，道："虽然消息价值不大，但还是谢了。"

虞浪脚步一顿，冷哼声传来："年轻人，好自为之吧。"

等虞浪离去，李洛方才皱了皱眉头。宋云峰对他的敌意越来越强烈了，估计还是因为吕清儿，但也有部分原因是宋家与洛岚府之间的恩怨。

"明明已经很低调了……为什么还要来惹我？"

上午那一场比试十分顺利。很快就到了下午，李洛不出意外地对上了虞浪。

战台上，虞浪的头发随风飘动，他神色冷漠地望着李洛，道："李洛，遇见了我，是你的不幸。"

战台四周，围满了观战者，他们对这场比试很有兴趣，这是李洛遇见的第一个强敌。

面对虞浪这个戏精，李洛有些无奈。他不想配合，因为会显得自己很弱智。

他只能沉默地运转相力，异常纯粹的蓝色相力缓缓从身躯升腾起来，使附近的空气都变得湿润许多。

随着观战员一声令下，原本还在耍酷的虞浪，周身猛然爆发出青色相力，那一瞬似有风声呼啸，虞浪直接化为一道影子，闪电般扑向李洛。

那般速度引得李洛的眼神一凝，战台四周更是惊呼声不断，显然虞浪的速度相当迅猛。

“砰！”

拳风裹挟着淡淡青光，宛如迅雷，在李洛的眼中急速放大。

对战开始，虞浪便没有任何留手。

李洛脚步一错，变拳为掌，不急不缓地张开，蓝色相力涌动间，宛如形成了一层密不透风的水幕。

青色拳风轰在水幕上，激起阵阵涟漪。

“哇呜！”一声怪叫声响起，只见虞浪的身影仿佛成了一道道残影，出现在李洛四周，那一瞬，拳影、脚影裹挟着青光，带起破风声，将李洛的身躯都遮住了。

攻势异常凶猛。

面对着虞浪狂暴的攻势，李洛完全处于防御中，层层水幕随着拳掌的变化，不断护着周身要害。

观战台周围，众人见到这一幕，就明白李洛打算拖延时间。这并不奇怪，李洛是水相，水相之力的特性就是绵长悠远，战斗时间越长，对自身就越有利。

“李洛又在施展他那高阶相术，九重碧浪。”有眼光毒辣的学员出声说道。

之前李洛与贝锟交手时施展过九重碧浪，极为适合长时间战斗，随着力量堆叠，最后的反击将会尤为惊人。

但虞浪的实力可比贝锟更强，想要防御他那暴风雨般的攻势，恐怕没那么容易。

“哇呜！”

果然，随着又一声怪叫，虞浪双指并曲陡然刺出，指尖青光凝聚，仿佛化为了青芒，吞吐不定。

“风指！”

似缠绕着罡风的指尖生生洞穿了李洛周身的水幕防御，然后快若闪电般朝他胸前落去。

察觉到对方指尖蕴含的劲道以及速度，李洛明白已无法躲避，当即深吸一口湿润的空气。

“水柔掌。”

李洛一掌拍出，手掌之上涌动着蓝色相力，就在即将接触到虞浪攻势的那一瞬，他的五指陡然张开，指尖弹动，搅动着水相之力，犹如形成了一重重漩涡。

虞浪指尖蕴含的锋锐青光在一重重缠绕下，被迅速侵蚀、剥离。待风指穿过重重漩涡，最终与李洛掌力相撞时，已被极为精妙地化解了部分力量。

“砰！”

拳指硬碰，相力撞击，气浪滚滚扩散，李洛与虞浪的身影一震，同时滑退而出。

“哗！”

战台周围响起哗然声，一道道惊愕的目光投向李洛。

他竟然正面化解了虞浪的最强攻击?！对方可是七印境实力啊！而且还是风相之力，在攻击力上，本就比水相之力更强横。

“是李洛的相术运用得太精湛了，他恰到好处地使用了水柔掌，化解了虞浪的攻击。厉害啊，水柔掌明明只是一道中阶相术，却让虞浪那高阶相术风指无功而返。”有实力出众者解说并且赞叹道。

“李洛的相力应该在六印境，从各方面来说都弱于虞浪，却能将虞浪拖这么久……”

“南风学府相术第一人，名不虚传啊！”

“……”

在诸多惊叹声中，台上的虞浪也咧了咧嘴巴，盯着李洛的眼神变得凝重许多，之前的交手他没有取得任何优势，与他想的显然完全不一样。

“这家伙，果然是个变态。”

虞浪原本还想放水，可打起来才发现自己根本没这个资格。也好，这样的李洛才更有意思！

虞浪的眼中涌现出兴奋，下一刻，青色相力暴涌，他身影如风般暴射而出，速度在这一刻达到了极致。可就在那一刹那，他突然感觉自己的身躯失去了平衡，整个人一下子腾空了。

虞浪面色大变地低头，然后见到双脚处不知何时宛如水蛇般缠上了一道淡淡的蓝色相力。

正因为如此，他爆发速度时，身躯方才失去了平衡。

“这是……”虞浪瞳孔紧缩。

李洛望着失去平衡的虞浪，露出笑容：“低阶相术，水蛇。虞浪，你大意了。”

说话的同时，李洛一步踏出，双掌横推而出，水相之力涌动时仿佛带起了波涛之声。

“你虽然不会再因裤子太长而被绊倒，但是，你会被我的水蛇绊倒。”

说话间，李洛的双掌落在了虞浪的胸膛之上。

“李洛，你要诈！”虞浪大骂。

“轰！”

虞浪的身躯直接倒飞出去，最后重重砸落在场外。

在跌落的那一瞬，一口鲜血从虞浪口中喷出老高，大量鲜血从他的身躯涌出，转瞬将他变成了血人，引得周围人一阵惊慌。

台上的李洛愣了愣，旋即嘴角一抽，这个出血量也太过分了吧，他是想讹宋云峰一笔大的，然后退学吗？

第三十一章

遭遇强敌

台下的骚乱持续了片刻，最后随着虞浪被迅速抬走而平息，但周围一道道投向李洛的目光带着一点惊惧，显然是被李洛出手太重吓到了。

李洛见状有些无语，暗骂一声虞浪这个混蛋，平白把他的名声给毁了。

他站在台上，目光对着四方扫了扫，最后停在一个位置。

只见宋云峰在一群人的簇拥中说说笑笑，似察觉到了李洛的目光，他抬起头，神色淡淡地看了一眼，然后收回了目光。

李洛没打算过去说什么，他直接转身下了战台。

“洛哥，你有点猛啊，竟然连虞浪都收拾了。”台下，赵阔迎了上来，啧啧称叹。

“那家伙大意了点。”李洛估算了一下二人的实力，继续打下去的话，他也能胜过虞浪，只是时间会拖得更久。

这样来看，他如今的战斗力应该算得上七印境中的佼佼者，这样的实力要进入前二十不成问题。现在就等明天的两场比试，如果都能取胜，必然能获得名额，到时候就能歇息一下了。

据说决出前二十名后，还可以自主选择是否继续竞争名次，李洛对此没有兴趣，反正前二十都有参加学府大考的资格，没必要进行这些无谓的战斗。有这个时间，还不如去炼制灵水奇光。

打完今日的两场比试后，李洛没有立即离开学府。明天最后两场的对战表，今日会提前放出，他想看看明天的对手。

没有等待太久，一个小时后，广场上响起金铃声，李洛与赵阔走向一处石壁。

石壁前围满了学员，李洛的目光扫过石壁上如流水般刷下的文字，很快找到了明日的两个对手。

第一个是一院的一名七印境学员，应该比虞浪弱一些，问题不大。

可当李洛看见他的最后一个对手时，双目便轻轻虚眯了起来。

“洛哥，你、你最后一场遇到宋云峰了！”一旁的赵阔同样看见了，当即失声叫起来。

没错，李洛的最后一场比试，直接对上了一院排名第二的宋云峰！

周围投来一些同情的目光。虽说李洛崛起的速度极快，特别是今天还打败了虞浪，但他就要止步于此了，因为他将遇见宋云峰。

“宋云峰如今可是八印境啊，这太倒霉了。”赵阔叹了口气，为李洛感到可惜。

李洛没有太意外：“能够走到现在的都不是弱手，遇见他，不是不可能。”

“没关系，明天你就算输了一场，进入前二十依旧板上钉钉。”赵阔安慰道。

李洛闻言笑着点点头，眼神幽深，不知在想些什么。

在广场的另外一个方向，宋云峰也看见了石壁上的对战名单，他盯着李洛的名字看了好半晌，然后嘴角露出一抹笑意。

“从刚才起你的脸色就不好看，现在怎么突然变好了？”一旁少女疑惑的声音传来，正是蒂法晴。

“因为明天会遇见一个让人愉悦的对手。真没想到，竟然还会有这等天遂人愿的好事。”宋云峰含笑道。

蒂法晴美目看去，然后一怔，道：“居然遇见李洛了……这也正常，你们都是全胜，遇见的概率的确不小。但他的运气真是不好，看来他那漂亮的战绩要在这里结束了。”

蒂法晴最清楚宋云峰的实力有多强，放眼整个南风学府，只有吕清儿能够压他一头。虽然李洛最近有一飞冲天的迹象，可与宋云峰比起来，还是有着难以逾越的差距。她已经能够想象，明日那场战斗宋云峰必将摧枯拉朽般取得胜利。

而且她知晓宋云峰心中对李洛有怨气，不论是个人原因还是宋家与洛岚府的恩怨。因此，明天宋云峰一旦出手，恐怕会施展雷霆手段，将李洛狠狠踩进淤泥之中。一时间，连蒂法晴都有些同情李洛了，明日可怎么收场啊？

李洛也真是没眼力见儿，明知道宋云峰心仪吕清儿，偏偏还和她走那么近……要知道，嫉妒之火燃烧起来的男人可没多少理智。

另外一边，李洛在知晓明日的对手后，便在一些同情的目光中与赵阔分别，然后径直离开了学府。

回家的车辇上，李洛闭目沉思。

明日与宋云峰的战斗会非常困难，对方不仅是八印境，而且相力也比他更雄厚，更何况，宋云峰还有一道七品的赤雕相。

相性九品，七至九品为高，能够达到七品的相，便可称为高品相。

可不要小瞧了高品二字，这并非只是名字上的简单变化，一旦相性达到七品，修炼而出的相力会因此变得与众不同，简单来说，就是高品相修炼而出的相力，比低、中品相更具有灵性。灵性难以细说，其中之妙唯有对敌者方才知晓。

因此，可以说七品相是一个分水岭，踏过这个阻碍，便为高品相。甚至在高品相中还细分了上下两级，这是一至六品相不具备的，由此也能看出之间的差距。

宋云峰拥有的赤雕相就是下七品。

因此，不论相力的雄厚还是相性的品阶，李洛都弱于宋云峰，这种战斗几乎就是不平等的。

没有人看好李洛与宋云峰的这场比试，甚至包括李洛自己。

“的确很麻烦。”李洛自语道。

他的水光相虽然奇特，而且在炼制灵水奇光时绽放的奇效完全不弱于七品相，但再奇特，终归只是五品相，用来战斗的话，未必能占多大便宜。

若是能够将水光相提升到六品，他的压力会小很多，可惜，即便这段时间李洛不断使用五品灵水奇光，但想进化到六品依旧需要一些时间，远水救不了近火。

“要不……直接认输？”

李洛挠了挠头，其实可以把这个选项作为备选，因为不管从什么角度来说，认输反而是最正常的，明眼人都看得出双方存在的巨大差距，而明知结局还要硬上，不是受虐狂吗？

李洛想了想，打算今日不去溪阳屋了，直接回老宅。即便有备选方案，他认为还是需要做一些准备，以防不时之需。

第三十二章

激将李洛

第二日，当蔡薇见到早起的李洛时，发现他眼眶发黑，精神略显萎靡，一副没睡好的样子。

“怎么了？没睡好吗？”蔡薇关心道。

李洛摇摇头，笑道：“最近参加学府预考，压力有点大吧。”他没将今日要与宋云峰比试的事说出来。

蔡薇光洁美丽的鹅蛋脸上露出鼓励的笑容：“加油，你一定可以的。对了，昨天颜灵卿还问起你呢，说你怎么没有去溪阳屋。”

李洛飞快喝了几口白粥，道：“等预考完了，我就会将精力放在溪阳屋。如果灵卿姐想我的话，到时候我多陪陪她。”

蔡薇微微一笑，道：“这话怎么不当着她的面说？”

“当然是怕被她打死啊。”

李洛实诚地说道，然后狼吞虎咽一番，与蔡薇招呼了一声，便利索地起身跑了出去。

蔡薇无奈地望着李洛匆忙的背影，微微摇头，然后便自顾自优雅地、细嚼慢咽地吃完早餐。

“李洛。”

当李洛刚到南风学府时，就听见一道清脆的声音自旁边传来，右侧一棵绿荫葱郁的大树下，吕清儿俏生生地立着。

吕清儿今日穿着黑色的短裙，如冰雪般的肌肤在黑裙的衬托下更耀眼，细细的腰肢以及短裙下雪白的长腿，引得附近许多少年一边装作与同伴说话，一边忍不住投来目光。

李洛听到吕清儿的招呼声，走过去，冲她笑了笑。

“听说你今天要对上宋云峰了？”吕清儿柳眉微蹙，问道。

李洛笑着点点头。

“你打算怎么做？”吕清儿道。

李洛想了想，坦率地回道：“大概率会直接认输。”

吕清儿闻言轻笑了一声，但没有流露出嘲笑之意，反而认真地点点头：“这是一个很理智的选择，没必要与他在此时一争长短，以你在相术上的天赋，你与他之间的差距会逐渐缩小。”

李洛点头：“我也这么觉得。”

吕清儿沉默一下，道：“这次的事情可能与我也有一点关系，真是抱歉。”

李洛笑道:“你只是一点诱导因素而已,更多还是宋家与洛岚府之间的纠纷。当然,我觉得还有一点很重要……宋云峰在害怕。”

“害怕？”吕清儿眨了眨眼睛。

李洛淡笑道：“他害怕我又变得跟当初一样，他只能生活在我的阴影之下，那样的话，他这些年的努力就成了笑话。”

如果其他人听到这话，恐怕要笑话李洛大言不惭，如今宋云峰在南风学府的声望可比李洛高多了。

吕清儿听后却若有所思，她很清楚当初的李洛在南风学府是何等风光，即便是如今的她都难以企及，更何况宋云峰。

“所以，他想在你没有完全崛起的时候，趁机狠狠将你踩下，来坚定自己的内心？”

李洛点点头：“大概就是这样吧。”

吕清儿俏脸微肃，道：“如果是这样，他今天恐怕不会轻易让你认输。”

李洛道：“希望不会如此吧，如果真是这样……”

他对着吕清儿摆了摆手，然后朝二院的方向而去，声音若有若无地传来。

“那就没办法了。”

吕清儿望着他的背影有些诧异，李洛可不像是没办法的样子，难道他还有其他办法可以避免与宋云峰比试吗?

李洛的第一场比试不出意外地成功结束，而第二场比试则被安排在了预考的最后一场，仿佛收官战一般。

广场上人声鼎沸，黑压压的人头攒动。

在一处高台上，卫刹老院长带着徐山岳、林风等南风学府的导师观战。

“呵呵，没想到李洛竟然和宋云峰对上了，你们说这一场能打起来吗？”老院长笑问道。

林风淡淡一笑，道：“院长，这种比试能有什么意思？”

徐山岳暗叹一声，道：“应该打不起来。这种完全不对等的比试直接认输就行了，没必要打下去，又不丢人。”

虽然李洛是二院的人，但徐山岳也没法硬着头皮说看好李洛，这摆明就是无法翻盘的局。双方的差距太大，完全打不了啊。

老院长点点头，感叹道：“李洛现在已冲进前二十，这个速度很快了，如果再给他一些时间，追上宋云峰问题不大，但现在还是缺了一些火候。”

林风不置可否。在他看来，李洛唯一能够超过宋云峰的就是相术天赋，但宋云峰有七品相，这是李洛无法企及的优势，李洛想要追上宋云峰，恐怕没那么容易。

在他们交谈间，比试的时间在等待中悄然而至。

宋云峰的身影一跃而起，潇洒地上了战台，挺拔的身躯、英俊的面庞显得他器宇轩昂。随着他的出场，场中顿时响起热烈沸腾的声音，可见他在南风学府拥有的声望与名气。

在战台的另外一侧，李洛在众目睽睽之下登上了战台。

“好帅呀，比宋云峰还帅！”

虽然李洛没有花里胡哨的出场方式，但当他站在台上时，便引得诸多少女惊叹出声。继承了父母优良基因的李洛，在外貌上堪称顶尖，妥妥压宋云峰一头。

对于场外种种，台上二人的心理素质过关，都选择了无视。

李洛盯着宋云峰，举起一只手，还不等他说话，宋云峰就淡淡道：“你打算直接认输吗？”

李洛一笑，道：“接下来你打算用言语羞辱来激将我吗？”

宋云峰眼皮一抬，不咸不淡地道：“谈不上羞辱，我只是觉得，进了王侯战场失踪多年，你的父母有些沽名钓誉。”

此言一出，场外顿时变得安静下来，没想到宋云峰竟然会如此出言无状。

李洛愣了愣，旋即对着宋云峰竖起大拇指：“厉害，一击致命。都说到这个份上了……”

李洛扭了扭脖子，冲宋云峰笑了笑，只是牙齿显得森冷。

“来吧，宋家的狗崽子，我给你一次机会，想咬一口肉就看你究竟有没有这个能耐了。”

第三十三章

鸡蛋碰石头

当李洛说出这句话时，所有人都知道他不打算认输了，而是要与宋云峰正面对决。在所有人看来，这无异于鸡蛋碰石头，李洛不占任何优势。

“洛哥……”

二院不少学员面露担忧之色，赵阔更是不安地握了握拳头，怒道：“宋云峰这王八蛋，真是太无耻了！”

其他人深有同感地点点头。宋云峰为了逼李洛不认输，当真是不择手段。

人群中，秉持着做戏做全套的敬业精神，躺在担架上、全身严严实实裹满绷带的虞浪看着这一幕，嘀咕道：“李洛在搞什么名堂，这不是上去找虐吗？”

不远处，吕清儿注视着场中的变化，柳眉紧紧蹙起，她想过宋云峰可能会激将李洛，却没想到他竟会攻击李洛那两位封侯境的父母。显然，李洛对父母的感情极深，他能无视别人对自己的嘲讽，却无法容忍宋云峰对父母的丝毫抹黑。

虽然宋云峰根本没资格去诋毁两位封侯境强者，但李洛并不打算忍下去。

吕清儿眸光流转，最后停在李洛身上，隐隐间有点疑惑，李洛真的是被宋云峰逼上对战台的吗?

台上，宋云峰眼神冰冷地盯着李洛，之前对方那句“宋家狗崽子”，让他有些动怒。但他没有再在口舌上进行反击，因为毫无意义，待会儿他要用脚把李洛的脸踩在台上，就是最有力的反击。

台上的观战员在确定双方都不认输后，便面色肃然地宣布比试开始。

“轰！”

当观战员的声音落下，宋云峰体内缓缓升起赤红色的相力，相力飘荡间，雕影若隐若现。这是宋云峰的七品赤雕相，相力炽热狂暴。

宋云峰没有丝毫保留，八印相力尽数展现，压迫感散发，迫人心神。

在另一边，李洛同样将自身的相力尽数运转，蓝色的水相之力宛如水波般遍布全身。但从相力强度来说，他与宋云峰之间的差距肉眼可见。

这就更让人纳闷了，这种差距究竟要怎么打？

在诸多视线下，李洛双掌摆出架势，身体表面的蓝色相力隐隐荡漾起来，谁都看得出，他正在运行高阶相术——九重碧浪。

虽说随着时间过去九重碧浪的威力会不断增强，但在宋云峰绝对实力的压制下，恐怕不会有任何作用。

“呵……”

果然，宋云峰见到这一幕冷呵一声，下一瞬，他身上赤红相力涌动，身影陡然暴射而出。

一道赤光裹挟着炽热狂风如炮弹般掠过台中，一道腿影似火锤，对着李洛狠狠砸下。

宋云峰没有半点戏耍的心思，上来就火力全开，要以雷霆之势直接将李洛打败。

面对着宋云峰的凶悍攻势，李洛双掌挥舞，水相之力宛如淡淡水幕，形成了防御。

“嗤！”

然而他的防御在宋云峰的赤红相力之下宛如薄纸般脆弱，仅仅一个接触间，便尽数崩碎，九重碧浪尚未开始酝酿，就被宋云峰以绝对蛮横的力量破坏得干干净净。

低沉之声于台上响起，气浪滚滚，李洛的身影在接触的瞬间倒射出十数米，险险到了战台边缘，差点就要出局。

“哗！”

周围响起了连片的哗然声，才第一个回合，双方的实力差距就显露出来，宋云峰全方面压制了李洛，而李洛虽说精通相术，可一力降十会，精通再多也没用。

吕清儿俏脸凝重，这个局面，连她都不知道如何来破。

“宋哥加油，打趴他！”贝锟、蒂法晴等亲近宋云峰的人站在一起，此时贝锟正兴奋地大喊。

蒂法晴虽未出声，但也轻轻摇着头。差距太大，根本没法打。

台上，李洛的拳头之上一片赤红，冰凉的蓝色相力涌来，顿时烟雾升腾。李洛感受着拳头上传来的灼热刺痛，明白了宋云峰的实力有多强。

“这个强度……”他眼神微微一闪。

“呼！”

就在此时，前方炽热的破风声再度传来，宋云峰不打算给李洛半点喘息的机会，更加凌厉凶狠的攻势扑来，宛如恶雕突袭。

李洛抬头，望着在眼中急速放大的赤光，眼下自己已在战台边缘，稍有不慎就要出局。

但他没有露出惊慌失措的神色，而是深吸一口气，水相之力涌动，指印变幻间一道相术施展了出来。

淡淡的蓝色水幕在他面前成形，仿佛一面薄薄的镜子。

水幕一出现，立即被众人识破：“高阶相术，水镜术？”

吕清儿眸光轻闪，水镜术是水相术中的一道防御相术，但防御力不算太出众，特点是可以反弹攻击而来的力量，并互相抵消。如果只是依靠一道水镜术，根本不可能化解宋云峰那般凌厉凶狠的攻击。

在众人惊呼间，宋云峰已扑至李洛前方，他望着那道薄薄的水幕，嘴角掠过冷笑。虽然李洛精通诸多相术，但如果以为一道水镜术就能防住他，那也太天真了。

心念闪过，宋云峰再度加强了一分力量，拳影呼啸而出，宛如赤雕尖鸣。

就在拳头即将击中那层薄薄的水幕时，宋云峰隐约见到，在如镜面的水幕之上，有一道模糊的赤光折现，似乎是一道人影，同样在挥拳而出，与他的拳头同时轰在水幕的内外两面。

“轰！”那一刻，闷声响起。

相力冲击卷起灰尘，四面飞散。

李洛身躯一震，再度倒退两步，半只脚都悬在了战台外，但没有人关注他这里，因为所有人都惊愕地见到，宋云峰此时宛如遭到一股神秘巨力的反击，狼狈地倒退数十步，方才踉跄稳住。

他抬起头来，满脸震惊。

自己竟然被击退了？！

为什么李洛的水镜术反弹回来的力量，竟然会这么强？几乎达到了自己攻出力道的七成！这根本不是普通水镜术能做到的程度！

“哗。”

四周响起连绵不尽的震惊声，宋云峰面色阴晴不定，目光狠狠地盯着李洛。

李洛的水镜术，绝对有古怪！

第三十四章

李洛的水镜术

“怎么可能……李洛竟然挡下了宋云峰的全力一击?!”

战台四周满是震惊的哗然声，所有人脸上都布满着不可思议的神情。

在场的人对水镜术并不陌生，一些拥有水相的人也修炼过这等相术，在他们看来，如果说水镜术能够挡住宋云峰的全力攻击，简直是痴人说梦。但偏偏这种不可思议的事情实实在在发生在他们的眼前。

蒂法晴美目瞪圆，小嘴都忍不住张开了。

“见鬼了吧?!”贝锟更是目瞪口呆地骂道。

不远处的吕清儿，纤细柳眉轻轻一挑，杏目灼灼地盯着李洛。果然，她猜想的没有错，李洛真有手段制衡宋云峰！这种不可思议的事，他竟然真的能够做到。

在众人的哗然声中，李洛甩了甩刺痛的双臂，脚步一动离开战台边缘。他盯着面色阴冷凶狠的宋云峰，露出了含蓄的笑容。

但在他心里，此刻却是十分欣喜的，因为他的试验成功了！

刚才施展的相术明面上是一道水镜术，但其中别有奥秘，李洛以自身的光明相力，又叠加了一道名为折影术的中阶光明相术。水镜术反弹来犯之力，折影术倒映来犯之敌，两种特性叠在一起，就形成了一道加强版的水镜术，能够反弹更多的力量。

甚至，李洛预计，这两种力量未来如果运转到极致，说不定能直接将袭来的敌人刻印出来，以敌攻敌。

这道改良加强版的水镜术，李洛将它称为“水光魔镜”。

“装神弄鬼，你以为今天能改变什么吗?!”在李洛心中欢喜时，宋云峰却面色阴沉，再度暴射而出，他五指成爪，隐约间锋利无匹的赤红爪影浮现，撕裂长空。

他没有丝毫犹豫，继续朝李洛扑击过去。

李洛见状，再度施展出改良加强版的水镜术，薄薄的水幕如镜般于面前成形。

“砰！”

宋云峰凶悍的一拳轰来，然而闷声响起时，他与李洛再度同时倒退。

这次宋云峰有了准备，总算没有那么狼狈，但他的面色反而愈发难看。因为他发现李洛的水镜术太过诡异，每每接触，都让他有一种自己在打自己的感觉。

这还是水镜术吗？！

宋云峰的攻击再度被李洛挡下，战台四周的所有人都吞了一口口水。第一次是运气好，第二次就真的是有本事了。

莫说他们，就算是高台之上的老院长、徐山岳、林风等人，脸上都有了错愕之色。

“李洛的水镜术似乎有些不一般啊。”老院长惊讶地道。

其他导师点头，一般的水镜术不可能把宋云峰搞得如此狼狈。

“这种反弹强度，反而有点像将阶相术‘玄水镜’。”有导师分析道。

很快，有人出声反驳：“将阶相术是李洛一个六印境施展得出来的？”

之前说话的导师哑然。将阶相术需要的相力，莫说六印，就算是十印都不够。

“那的确只是一道水镜术。”徐山岳盯着看了半晌，然后道，“可能被李洛改良过了。”

其他导师面面相觑。改良相术？虽然他们知道李洛在相术上有着极高的悟性与天赋，但改良相术不是他这个等级能够做到的吧？但除此之外，似乎也没有其他的解释了。

“不愧是那两位的儿子……”最终，他们只能如此感叹道。

一旁的林风导师从头到尾都没有说话，脸色黑得跟锅底一般，因为局面跟他想的完全不一样。

战台周围，喧哗声如浪潮般一波波扩散开来。

台上的宋云峰面色阴沉得可怕，他狠狠地盯着李洛，想要再度冲上去，可想到那诡异的水镜术又停了下来。

“李洛，你敢攻过来吗？”宋云峰咬牙道。

他发现，李洛似乎只会用这道水镜术制衡他，只要自己不主动全力进攻，李洛的水镜术就没什么用。

李洛闻言笑着摇摇头："我不敢，你来啊。"

宋云峰气得发抖，他真切体验到了什么叫作憋屈，明明李洛的实力远远逊色于他，对方却用那诡异如带刺乌龟壳一般的水镜术，搞得他束手束脚。

但宋云峰不是蠢人，他渐渐平息怒气，沉思数息，突然再度运转相力射出。

但这一次，他压制了相力。

"水镜术毕竟是高阶相术，施展起来要消耗不少相力，如果逼得李洛不断使用，那么他很快就会相力枯竭，到时候没了水镜术，李洛就是没有爪牙的猎狗，不足为惧。"

宋云峰袭来，李洛感觉到了他在压制力量，心念一转，就知晓了他的想法。

"倒是聪明。不过，压制了相力，我还怕你不成？"李洛笑道。

宋云峰之所以强横，是因为相力强横，可如今他自缚手脚，李洛又有什么好怕的？

所以他这一次反而主动迎了上去，两道人影对碰在一起，拳脚裹挟着相力，带起破风声。

两人纠缠在一起，打得热火朝天，可宋云峰的面色却越来越阴沉，他发现如此行事之后，自己竟然无法压制李洛了。

宋云峰眼中的怒火越来越盛，下一刻，体内的相力尽数爆发，狂暴的一拳裹挟着赤红相力狠狠砸向李洛。

可就在他的拳头砸下之时，李洛面前有水幕展开，早就暗中准备好的水镜术被施展出来。

"砰！"

宋云峰一拳砸在水幕上，强悍的力量迅速反弹，将他震得胸口发闷，急退数步。

李洛同样被震退，揉了揉拳头，一脸似笑非笑地盯着宋云峰。

"李洛，我看你这六印境的相力，还能施展出几次水镜术？！"宋云峰面色铁青，赤红相力喷涌，全力攻上。

他自身乃是八印境，相力比李洛更为雄厚，既然李洛只有这水镜术，那么他就用最笨的办法，逼得李洛耗尽相力！

宋云峰没有半点歇息，运转相力，再度凶悍地冲来。

李洛见状，继续施展水镜术。

“砰！”熟悉的一幕再度出现，两人同时被震退。

接下来，所有人麻木地望着两人重复这样的举动——宋云峰如蛮牛般冲上，李洛施展水镜术，“砰”的一声两人倒退。

没有人觉得枯燥，他们都知道，现在就看李洛的相力还能支持多久……

这种重复性的操作，一直持续到李洛第十三次施展水镜术。只见李洛身上升腾的蓝色水相之力渐渐黯淡，是相力消耗殆尽的迹象。

战台周围响起惋惜的声音。

宋云峰阴沉的脸上浮现出一抹冷笑，咬牙道：“李洛，你现在又能怎么办？！”

“轰！”

他身影扑出，赤红相力涌动，双目变得通红，宛如扑食的恶雕。

面对宋云峰的含怒一击，李洛没有再进行任何防御，而是静静站在原地，任由那凶悍拳影在眼中急速放大。

炽热拳风扑面而来，可就在距离李洛面部仅有寸许时，宋云峰的拳头仿佛凝滞了下来。

此时，一只手掌如鹰爪般牢牢抓住了他的手腕，令他再无法寸进。

宋云峰怒视而去，发现观战员站在旁边，正是他拦住了自己的攻击。

“你做什么？！”宋云峰怒道。

观战员面无表情，指了指战台边缘的一根石柱，上面有一方沙漏，此时没有人注意到，沙漏中的沙粒已流光了。

李洛揉了揉酸痛的手臂，冲着一脸呆滞的宋云峰温柔地笑了笑。

“到点了啊，蠢货……不然，你还想加钟啊？”

第三十五章

平局了

战台周围人群涌动，然而此时却是寂静一片。

所有人都目瞪口呆地望着出手阻拦宋云峰的观战员，然后又看了看那空空的沙漏。战况太激烈，他们根本没有注意到时间的流逝，回过神来时，原来已经到点了……

这一刻，他们猛然明白，此前宋云峰想将李洛的相力消耗殆尽，可他完全没想到，李洛同样在拖延时间。当沙粒流完，双方若没有分出胜负，按照规则，这场比试会被判定为一场平局。也就是说，李洛与宋云峰的这场比试……以平局收场。

这个结局，出乎所有人的意料。

从任何角度来说，这场比试都不应该出现这种结果，宋云峰与李洛的实力悬殊，在很多人看来，这场比试应该是宋云峰摧枯拉朽般取得胜利，不论李洛如何挣扎，都难以在拥有七品相且相力等级达到八印的宋云峰手下取得丝毫好处。

但结果呢？这个在他们眼中近乎被碾压的局，却被李洛生生打成平局……

此时此刻，他们望着台上因相力消耗殆尽而脸色微微有点苍白的李洛，眼神渐渐涌现出敬佩之意。

贝锟此时一副便秘的模样，脸上的表情精彩得不得了。一旁的蒂法晴怔怔地望着台上，失神的眼睛显示着内心遭受的冲击，良久后方才重重吐了一口气，深深地看了李洛一眼。

此时此刻的李洛虽然面色有些苍白，但她仿佛看见有刺目的光从他的体内一点一点地散发出来，让蒂法晴想起南风学府荣誉碑上那个传说中的名字。

旋即，蒂法晴摇了摇头。李洛虽然拼出了一场奇迹，但与姜青娥相比还差得很远。

战台上，宋云峰看着眼前的局面表情呆滞，随后怒视着观战员，道：“我明明快要打败他了，他已没有相力，接下来我赢定了！再给我一秒时间，就一秒！”

观战员皱着眉头，看着失态的宋云峰。以前宋云峰在南风学府都是一副淡然温和的模样，与现在可是截然不同。

“规矩就是规矩，沙漏流失殆尽，若还是没有分出胜负，那就是平局。”观战员说道。

“你胡说！”宋云峰面庞狰狞地咆哮一声。他怎么可能接受这个结果，简直让他颜面扫地。

然而观战员没有理会他，而是看向四周，宣布：“这场比试的最终成绩是，平局！”

“洛哥牛啊！”

当他的声音落下，二院顿时排山倒海般响起无数兴奋的欢呼声，所有二院学员都激动不已，李洛这一场比试大大长了二院的脸。

满身绷带的虞浪张了张嘴，嘀咕道：“这变态难道真的要崛起了？居然连宋云峰都吃瘪了。”

在震耳欲聋的欢呼声中，吕清儿明眸静静地盯着李洛的身影，这一刻，她似是见到了当年初进南风学府时，那个明明同样很稚嫩，却总是在相术修炼上领先一步，然后来指点他们这些初学者的少年。那时候的李洛无疑是耀眼的，乃至于吕清儿当时都有一点崇拜他，并且以他为奋斗目标。

只是……空相的出现，让李洛曾经的光环尽数消散。

“我就知道，李洛，你会再度站起来，你会是真正耀眼的存在。不过，现在还不太够，我想看见你到达巅峰，然后……打败你。”

吕清儿长发轻扬，明眸之中竟充斥着灼热战意，她再度看了李洛一眼，然后便直接转身离去。

谁能想到，看似文静甜美的吕清儿，骨子里竟会如此好强、好战。

战台上，李洛望着面色阴沉的宋云峰，叹道：“给了你机会都把握不住，宋云峰，你真是个废物。”

宋云峰眼神狠狠地盯着李洛。

“错过了这次，宋云峰，以后你就没什么机会了。”

李洛完全不惧宋云峰的凶狠目光，反而走上前轻轻拍了拍他的肩膀，笑道：“你抹黑我父母这件事，我们下次好好算一算。”

宋云峰咬牙冷笑道：“好啊，我等着。”

李洛点点头，不再多说什么，与他擦身而过，下了战台，在二院学员的簇拥下离开了广场。

随着他的离去，广场上沸腾的气氛方才渐渐消散，许多人眼神特别地看了宋云峰一眼，然后陆陆续续地离去。

今日这场比试，李洛本来要直接认输，结果宋云峰偏要攻击别人的父母，他费尽心机地激怒了李洛，却又没取得胜利，真是个笑话。可以想象，此事必然会在南风学府流传许久，而宋云峰就是这个故事中用来衬托主角的配角。

广场边缘的高台上，老院长以及一众导师沉默地看着前方，这个结果同样出乎他们的意料。

片刻后，老院长感叹一声，道：“李洛从头到尾就没想过要赢，他的目的就是拖成平局。没想到，他还真的做到了。”

徐山岳此时已经笑得合不拢嘴，李洛今日简直太给他长脸了，那可是宋云峰啊，一院中仅次于吕清儿的顶尖学员，却和李洛打成了平局。所以，谁说他们二院出不了人才？

没有人会觉得这只是一个平局而已，因为李洛与宋云峰的实力差距太大，他的相力只是六印境，自身水相也只有五品，可宋云峰呢？八印相力、七品赤雕相……这种差距，换作这些导师都不知道该怎样才能实现逆转，而李洛能逼成平局，实属让人感到不可思议。

林风的面色早就如锅底般，面对徐山岳得意的笑声，他忍了忍，最终没忍住，道：“李洛今日的表现的确无可挑剔，预考是有时限，可之后的学府大考呢？那是要凭真正的本事才可能通过，这些投机取巧的手段到时可就没用了。”

徐山岳冷哼道：“到时候李洛未必就不能再进一步。”

“再进一步也只是七印境而已。”林风面无表情地道。

老院长挥了挥手，制止两人习惯性的争吵，他望着李洛离去的方向，然后盯着林枫与徐山岳，脸色变得严肃，道：“李洛到时候表现如何是他的事情，但我得提醒你们，这一次的学府大考，南风学府必须保住‘天蜀郡第一学府’的金字招牌，如果出了什么差池，哼。”

最后的冷哼声让众多导师心头一凛，特别是林风，他知道老院长的话更多是说给自己听的，因为一院汇聚了南风学府最好的学员，也占据了南风学府最多的资源，学府大考就是验证一院究竟值不值得拥有这些资源的时候。

据林风所知，上一任一院的导师就是因为之前学府大考险些令南风学府丢了‘天蜀郡第一学府’的招牌，被老院长怒踹出了南风学府。所以如果他这次出了差池，恐怕老院长也不会饶了他。

想到那个结果，林风心头一颤，连忙保证道：“院长放心，我们一院的实力有目共睹，一定能维护学府的荣誉。”

“那就最好。”老院长的面色这才稍缓，不再多说，转身离去。

随着他的离去，众多导师对视一眼，如释重负地松了一口气。发怒的老院长，真的是可怕啊……

“今年东渊学府来势汹汹，而他们是总督府全力支持的学府，这些年声势极大，直追南风学府。如今东渊学府的第一人就是总督之子，好像叫作师箜吧？他的天赋极高，论起实力不会逊色于吕清儿。所以今年学府大考，我们南风学府的压力恐怕不小。”老院长离去后，有导师担忧出声。

林风看了那名导师一眼，淡淡道：“东渊学府的底蕴毕竟不及我南风学府，他们想要抢夺这块招牌，还得问问我一院同不同意。”话音落下，他便转身而去。

其他几位导师面面相觑，都看不惯林风的傲慢，但也无可奈何，只能嘟囔一声：“你就跩吧，到时候玩砸了，看你怎么收场。”

第三十六章

一品的市场

在与宋云峰打成平局后，这次预考李洛的成绩彻底稳在了前二十。

按照正常流程，前二十名的学员还会再分出个名次，李洛对此没兴趣，在他看来这种名次之争毫无意义，不管是第二十名还是第一名，都只是拥有参加学府大考的资格而已。而一旦在这里暴露过多的底牌，到时候学府大考与强敌相遇，对方掌握太多自己的情报，平添难度。

所以低调一点不好吗？得了预考第一名，抠门的老院长又不会给他奖励。

甚至这一次和宋云峰的比试，如果不是对方铁了心在作死的边缘反复横跳，李洛大概率会选择认输。他可不觉得打不过就认输有什么好丢人的，对于自己改良版的水镜术提前暴露，李洛直到现在都觉得不值当。

因此，当徐山岳问他是否参与竞争前二十名的名次时，他一口回绝，有这个时间，多吸收点灵水奇光，趁学府大考来临之前，加把劲把自身的水光相提升至六品不好吗？

徐山岳对李洛的选择并不意外，只让他好好努力，备战学府大考。

前二十的名次之争第二日就出了结果，最终二院有两人入选，正是李洛与赵阔，两人真是难兄难弟，李洛十五名，赵阔十六名，刚好都在末尾那一截儿。

李洛的名次还有很大的提升空间，如果他愿意的话，进入前十不成问题，但他放弃了名次争夺，最后被评定为这个名次。

这二十人将会在两周后代表南风中等学府参与学府大考，夺取圣玄星高等学府的录取名额。

作为大夏国最顶尖的学府，圣玄星高等学府每年都会给各郡提供录取名额，各郡的所有中等学府通过参加学府大考来抢夺这些名额。以往的每一年，天蜀郡中南风学府夺得的名额都是最多的，这渐渐稳住了南风学府“天蜀郡第一学府”的金字招牌。

南风学府并非完全没有对手，东渊学府就是一个劲敌。东渊学府的底蕴虽说不及南风学府，但崛起的速度相当迅猛，而且背后还有天蜀郡总督府的支持，前些年对南风学府造成过不小的威胁。据说今年东渊学府依旧对“天蜀郡第一学府”的金字招牌虎视眈眈，想必学府大考之上少不了一番龙争虎斗。

预考之后，南风学府会有一周多的假期，学员可以选择回家或者继续在学府修炼，李洛毫不犹豫选择了前者。

老宅，李洛房间的阁楼上。

李洛双眼紧闭，身上萦绕着淡淡的光芒，面前的茶几上摆放着一支已经被使用过的五品灵水奇光。

许久后，李洛方才渐渐睁开双目，眼中有蓝光一掠而过。

“这是这批的最后一支了。”

望着面前空掉的水晶瓶，李洛挠了挠头。直到现在，蔡薇已经帮他采购了八十三支五品灵水奇光，消耗了四十多万枚大量金，这是一笔巨款，如果不是蔡薇抛售了一些洛岚府在天蜀郡的产业，恐怕还经不住这种消耗。

而在吸收了这么多五品灵水奇光后，李洛的水光相的确提升了许多，但距离进化到六品还有一段时间。

他必须在学府大考来临之前，将水光相提升到六品。

这一次与宋云峰的战斗虽说是平局，但李洛没有因此而自得，他清楚如果不是预考的时间机制，最终输的必然是相力耗尽的他。而在学府大考上，平局的情况绝对不会出现。想要夺取圣玄星学府的录取名额，必须凭真正的本事。

学府大考上，天蜀郡各大学府的顶尖学员都会参加，竞争之激烈远非南风学府的预考可比。

而且，李洛已经提前选好了一部转修的能量引导术，它的最低要求就是六品相。

所以，六品水光相成了当务之急。

“按照现在的进度，想要进化到六品，还需要最后一批五品灵水奇光。可是蔡薇姐最近看见我都绕着走……不是很想见到我的样子。”李洛有点苦恼。蔡薇这几天甚至连早饭都不在老宅吃了，可能就是怕他又开口要几十支灵水奇光。

五品的灵水奇光不是大白菜，市价五千金左右一支，五十支就要二十五万枚天量金，近乎洛岚府以前在天蜀郡一年的收入了。

李洛十分理解蔡薇，好好一个金牌大管家，到了天蜀郡后，只能靠不断抛售产业来维持运转，简直就是职业生涯中的巨大污点啊。直到现在蔡薇还没请辞，李洛已经觉得她心胸宽阔似海了。

但他也没办法啊，这后天之相简直就是一个吞金兽，亏得老爹老娘留了一个洛岚府给他，否则，他觉得自己五年后大概率会直接嗝屁。

“先去一趟溪阳屋吧。”

李洛微微沉吟。如今洛岚府内忧外患，他不能总是坐吃山空，虽说姜青娥将天蜀郡的产业都交给他随意挥霍，可他不能真的把这里给鼓捣垮了，那样的话，洛岚府下面的人也会对他这个少府主有意见的。最重要的是，会让别人怀疑他可能是个傻子……这一点李洛当然不能接受。

心中有了一些想法，李洛略作收拾，便离开老宅，去了溪阳屋。

到了溪阳屋，他径直去了颜灵卿的炼制室，当他推门而入时，见到两个熟悉的倩影坐在一起，似在谈论着什么，二人的脸上都带着一丝忧虑。

两人正是颜灵卿以及蔡薇，见到李洛，她们一怔：“少府主？”

“在谈什么呢？”李洛笑着走进来，看见二人面前的桌上摆放着几支灵水奇光，其中一支正是他之前炼制出来的一品青碧灵水。

“在谈溪阳屋今年的销售业绩呢。”面对李洛，蔡薇没有隐瞒，直接说道。

“业绩不太好？”李洛见状，眉头微皱。洛岚府每年在天蜀郡的利润，溪阳屋贡献了近大半，如果这里的业绩变差，显然会影响他的进化大计。

颜灵卿指着面前的水晶瓶，声音清冷地道：“目前天蜀郡市面上的一品灵水奇光，主要有两家在竞争，一个是我们溪阳屋的青碧灵水，另一个是宋家旗下松子屋出产的日照奇光，二者品质相仿，前些年在一品灵水奇光的市场上，两家加起来占了将近八成。然而最近不知为何，松子屋的日照奇光品质有所提升，平均淬炼力达到了五成七左右，几乎是我们溪阳屋的最高品质。

“最近宋家大肆宣传松子屋的日照奇光，导致天蜀郡一品灵水奇光市场被他们占了大半，而我们青碧灵水的销量则大幅度减少。按照这个情况发展下去，我们在一品灵水奇光的竞争中将彻底败给宋家，这对溪阳屋而言会是极大的损失，当然最重要的是会影响溪阳屋在天蜀郡的口碑。”

李洛闻言，面色微肃，道：“溪阳屋一品灵水奇光的出产率如何？”

“天蜀郡的溪阳屋每天能出产五支一品灵水奇光，一个月是一百五十支，市面上一品灵水奇光的价格在五十枚天量金左右，一年下来，溪阳屋一品灵水奇光的总销售额约九万枚天量金，刨去所有成本，利润为三万金。”蔡薇不假思索地道，显然对洛岚府在天蜀郡的所有产业以及数据都了如指掌。

李洛先是对蔡薇竖起大拇指表示赞赏，然后微微估算，顿时有些惊讶，因为光是一品灵水奇光的利润就占了洛岚府在天蜀郡一年收入中的十分之一，由此可见灵水奇光的利润有多大。

其实这很正常，因为高品质的灵水奇光不是人人都能挥霍得起，购买一品、二品灵水奇光的人更多的并非就是这个品阶的相，而是因为消耗不起大量的高品质灵水奇光，只能用低级的来替代。提升效率当然会远低于使用高品质的灵水奇光，而且杂质堆积的速度也更快，但没办法，不是所有人都有李洛这种家业。

知晓这些信息后，李洛的第一个感觉就是绝对不能让溪阳屋受到影响，否则必然影响到他的修炼节奏。

“宋家松子屋出产的日照奇光，今年为何品质会有所提升？”李洛问道。

“影响灵水奇光品质的东西无非就是三种，配方、炼制人的经验与实力以及源水源光的品质。”颜灵卿淡淡道，“我分析过日照奇光，应该是配方做了细微改动，估计是宋家花大代价请了高人指点吧。”

蔡薇左臂环胸，撑着另一只手肘，右手轻触着雪白下巴，柳眉紧蹙，道：“庄毅最近不断用这个由头攻击灵卿，说这个结果是她的原因，要让她退出溪阳屋。”

蔡薇与颜灵卿站在一起，她却不知自己这个无意间的动作，让本就汹涌的“波涛”更加显眼，这样一对比，旁边的颜灵卿只能用一个“惨”字形容。

颜灵卿似是察觉到什么，面无表情地伸出手，把蔡薇的左臂给扯了下来。

蔡薇一时间还没反应过来，但很快温婉妩媚的鹅蛋脸上就飞上一抹酡红，放下的手羞恼地狠狠掐了一下旁边的颜灵卿。

接着，二人锐利的目光投向李洛，他先是一愣，然后不仅不慌，反而一脸严肃地道："谈正事的时候不要搞小动作，都这么大的人了，再有下次，我就要批评你们了。"

李洛的话引来二人一声冷哼，旋即都赶紧将此事略过。

"庄毅还有所动作？"李洛回归正题。

提起这个庄毅副会长，颜灵卿不免有些恼火，道："这家伙成天找事，搞得溪阳屋内部矛盾重重，今年溪阳屋的产品品质有所下降跟他不无关系。"

"看来这是一个祸害，能不能想办法驱逐？"李洛咧咧嘴，同样十分不爽：我这里正需要大笔资金，你不赶紧赚钱，还要在后院烧火？

蔡薇眉尖紧锁，道："如今溪阳屋群龙无首，灵卿毕竟是新来的，威望不够。而庄毅是老人，溪阳屋有些淬相师很信赖他，如果没有正当理由，强行驱赶，恐怕会引得人心惶惶。而且，他的背后还有裴昊的支持。"

李洛皱了皱眉头，裴昊那只白眼狼是洛岚府最大的祸害，庄毅只是影响溪阳屋的销量，裴昊却是想夺走整个洛岚府。这简直就是要断他的命根子，洛岚府被夺走了，他这无底洞的后天之相怎么填？靠脸吗？

但如今裴昊气候已成，反观他却不过初出茅庐，根本没有与之相斗的实力，暂时只能先低调地躲在青娥姐后面，蓄势待发。

就在李洛心中转着这般想法时，突然有人来报。

"少府主、大管家、颜副会长……庄副会长突然召集溪阳屋所有管理人员，说是有大事商议，请三位参与。"

听到这个消息，李洛、蔡薇、颜灵卿三人一怔，旋即对视一眼，眉头同时皱了起来。

这家伙，又要搞事情了啊。

第三十七章

会长之争

溪阳屋，议事厅。

当李洛、蔡薇、颜灵卿三人来到此处时，发现已座无虚席，溪阳屋所有的管理高层都到齐了。

在前方，庄毅正面带笑意看着他们，他的身旁还坐着一名看起来有些古板的老人。

"咦？"

见到老人，蔡薇与颜灵卿都轻呼出声，然后向一旁有些疑惑的李洛低声解释道："那位老人叫作郑平，是溪阳屋总部的一位长老，在溪阳屋中的资历很老。当年两位府主建立溪阳屋时，他是第一批就在的老人。"

"这个老头极为迂腐严厉，是块又臭又硬的石头，一般都在王城总部，眼下突然到来，我们却一点风声都没收到，多半来者不善。"

当二人为李洛介绍时，议事厅中的人都已站起，对着李洛行礼。连那位来自溪阳屋总部的郑平长老都起身看向李洛，道："见过少府主。"

"郑长老太客气了。"李洛冲着郑平长老笑了笑，然后与蔡薇、颜灵卿入了座。

"郑长老什么时候到了南风城？"颜灵卿突然问道。

郑平长老面无表情地道："溪阳屋天蜀郡分会今年的业绩很差，总部让老夫过来看一看，顺便把这边一直悬而未决的会长之事确定下来。"

说着，他目光严厉地盯着颜灵卿，道："颜副会长，我看过财报，你掌管的一品炼制室最近业绩极差，甚至导致溪阳屋在天蜀郡的名气都受到影响，对此你有什么要说的吗？"

颜灵卿冷冷地道："为何如此，你问庄副会长可能更清楚。"

庄毅副会长闻言立即道："颜副会长自己没有本事，可不要推诿给他人。"

"如果不是你暗中卡住一品炼制室的材料，让我们有时候连训练都施展不开，会出现这种结果吗？"颜灵卿冷斥道。

庄毅副会长叫屈："洛岚府在天蜀郡的情况本来就不好，而有些炼制材料还需要经手天蜀郡另外三家，可他们对我们钳制极大，我们能到手的材料自然不多。而且我所管辖的三品炼制室是溪阳屋业绩最好的，难道不该优先供给吗？"

"你！"颜灵卿气得拍桌子。

"安静！"

郑平长老怒斥一声，他狠狠瞪了庄毅与颜灵卿一眼，道："你们都有理由，但老夫没兴趣听，我只关心溪阳屋的业绩，谁如果拖了溪阳屋的后腿、影响了溪阳屋的名气，老夫不会放过他。"

"天蜀郡分会的业绩越来越差，说到底是因为没有会长掌控全局，总部经过商议，天蜀郡分会必须尽快选出新会长。"

议事厅有些安静，其他的高层皆默不作声，他们很清楚会长之争是颜灵卿与庄毅之间的矛盾，而二人的背后牵扯得更深，他们明智地选择中立。

李洛目光微闪。郑平的话没错，溪阳屋天蜀郡分会如今内斗太多，要想维持稳定，定下会长一职才是最重要的事情，当然关键是……会长选谁？

心中想着，他便笑着开口问道："郑平长老觉得谁更适合当会长？"

郑平虽然对颜灵卿与庄毅不客气，但面对李洛时还保持着一分尊敬，他沉默了一下，道："按照溪阳屋一如既往的规矩，一般由业绩最好的炼制室负责人升任会长。"

一旁的庄毅面露笑意。溪阳屋的三个炼制室中，他执掌的三品炼制室每年的利润远超另外两个，这个规矩对他最有利。

但郑平长老接下来又说道："规矩如此，但若是少府主有什么建议也可以提出来，老夫可以传回总部。不过这次溪阳屋分会一定要决出一个会长，不然老夫可能就得一直留在这儿了。希望少府主不要怪罪，老夫所做都是为了溪阳屋与洛岚府。"

庄毅闻言，面色不变，心中则有些恼怒，这个老家伙真是多嘴。

李洛看了老人一眼，若有所思。看来郑平长老并非如颜灵卿猜测的那样，是被人派来针对他们的，最起码他说出来的话，不像是装昊的人。

溪阳屋总部突然派人来天蜀郡，恐怕姜青娥与裴昊也经过一番明争暗斗，而来的人是没有站队且古板顽固的郑平长老，可见这是两边争斗的结果。从某种意义而言，倒也不是个坏消息。

只是，如果真要按照各个炼制室的业绩来决定会长之职，颜灵卿的劣势太大了，庄毅手中的三品炼制室产出的灵水奇光是溪阳屋的重量级产品，每年的利润甚至比一品、二品炼制室加起来都要高。

颜灵卿也明白这一点，她俏脸冰寒，美目中噙着怒意，就要发作。

但李洛突然伸手按在她的手背上，目光盯着郑平长老，道："是不是哪个炼制室接下来的业绩最好，哪个负责人就能升任会长？"

"对。"郑平长老点头。

李洛沉吟数息，最终道："这个办法不错，就照这么办吧。"

此言一出，顿时引起了哗然声。

蔡薇与颜灵卿惊愕地看着他，不明白他为何会答应，这摆明了是要将会长之位拱手相让啊。

庄毅同样愣了数息，旋即展颜大笑："还是少府主识大体啊！也对，反正我们最终还不是想要溪阳屋更好？溪阳屋好了，不也是在给少府主您赚钱吗？"

郑平长老也有些惊讶，他对着李洛道："少府主真这么决定了？"

李洛笑着点点头，然后也不多说什么，拉起还在愕然中的蔡薇与颜灵卿，走出议事厅。

出了议事厅，李洛立即松开二人，此时颜灵卿声音含怒地道："李洛，你搞什么鬼？那个规矩对我极为不利，为什么要接受？如果你不想我在这里的话，直接说一声，我立刻回王城。"

蔡薇盯着李洛。从这段时间的接触来看，李洛应该不是一个乱来的人，可今日的举动实在让人不明白。

颜灵卿来到天蜀郡溪阳屋后，经过诸多努力才维持了眼前的局面，眼下却要因为李洛一句话直接被打回原形。

李洛望着二人笑了笑，道："两位姐姐，我又不是傻子，难道还看不清楚谁值得信赖吗？"

蔡薇疑惑地看着他，颜灵卿则双臂抱胸，气恼地转过身去，不想理他。

“虽然这个规矩对灵卿姐不利，可是你们不觉得，这是一个名正言顺将灵卿姐送上会长位置、赶走庄毅这个祸害的最好机会吗？”李洛笑道。

蔡薇与颜灵卿柳眉微蹙。这的确是个好机会，可关键是……庄毅处于绝对优势啊，最后评比下来，究竟是谁赶走谁啊？

蔡薇眸光流转，然后有些惊讶地盯着李洛。

“难道……你有办法帮灵卿翻盘？”

第三十八章

秘法源水

蔡薇的话一出口，连颜灵卿都忍不住看过来，旋即没好气地道：“他能有什么办法，他接触淬相才多久时间？”

更多话不好说出来，李洛甚至连拥有相性都不到一个月……他说能够帮忙逆转局面，实在有些天方夜谭。

李洛笑了笑，没有说话，而是示意两人跟着他去了颜灵卿的炼制室，待关上门后，他方才好整以暇地道：“我了解过，之前洛岚府在天蜀郡每年有三十万枚天量金的收入，其中溪阳屋就贡献了一半。而溪阳屋中，一品炼制室每年有三万天量金的利润，二品炼制室每年四万，而三品炼制室将近八万。”

“你知道还乱应承，差了这么多怎么可能追得上？”颜灵卿生气地道。

她执掌两个炼制室，最是清楚这之间的差距。三品灵水奇光价格远比一品、二品高昂，所以每年的利润也最高，这是先天优势，很难追赶。

“更何况现在溪阳屋的一品青碧灵水被松子屋的一品日照奇光狙击，导致青碧灵水的销量锐减，在这种情况下，一品炼制室的销量只会越来越差，更别说翻转局面了。”

李洛笑道：“所以，当务之急还是要稳住咱们溪阳屋一品灵水奇光的口碑与销量。”

颜灵卿道：“我之前就说过，影响灵水奇光的因素无非三种，配方、炼制人的品级以及源水源光。青碧灵水的配方已经比较完善了，以我的本事很难有改进空间，除非去请淬相大师，但那会消耗许多时间以及大量资金。”

“远水救不了近火，宋家恐怕早就准备好了，如今正好趁着洛岚府内忧外患，发动攻势。”蔡薇红唇微启。

“就只剩下提高淬相师的实力与经验了，可这更是一个需要时间的活儿，你不可能强行要求溪阳屋那些一品淬相师突然爆发，超过平均水平，这不现实。”颜灵卿说道。

蔡薇突然看向李洛，笑道：“少府主不是炼制出了一支淬炼力达到六成的青碧灵水吗？”

颜灵卿白了她一眼，道：“他一个人的产量能有多大？就算把他当牛用，也挤不出多少奶。”

李洛帅气的脸庞一黑：虽然我不介意炼制一品灵水奇光，但好歹也有身份地位，怎么能当牛？

眼下不是计较这个的时候，李洛忽略那个话题，继续说道：“看来就只有源水源光了。”

颜灵卿没好气地怼道：“源水源光只能靠淬相师自身的相性品质，难道你打算把溪阳屋的淬相师相性都给提升了啊。除非是秘法源水源光，才能作为消耗品来提升灵水奇光的淬炼力，但那些是每个大势力的绝密，我们溪阳屋根本没有。”

李洛闻言，轻笑一声，道：“这个倒未必。”

蔡薇与颜灵卿闻言顿时惊疑地看来。

在她们的注视下，李洛突然伸手在怀里掏了掏，掏出一支水晶瓶，里面有约莫半瓶的深蓝色液体。

“要不要试试我这个？”他说道。

颜灵卿纤细如月的眉毛一挑，道：“都跟你说了，其他的源水源光没有用，只有秘法源水源光……”她的话还没说完，李洛就拔开了瓶塞，一股极为纯净的气息散发出来，让颜灵卿的声音戛然而止，震惊地望着李洛手中的水晶瓶。

下一刻，颜灵卿一把抢过李洛手中的水晶瓶，倒出一滴蓝色液体落在指尖，仔细感应之后，旋即脸色越来越震惊。

“没有任何属性意志的掺杂，这是、这是秘法源水？！而且纯度堪比七品水相，你怎么会有这么高品质的秘法源水？”颜灵卿失态地抓住李洛的手臂，道。

秘法源水也有品阶区分，李洛拿出来的这一道竟然达到了七品，十分稀有。这种纯度的秘法源水甚至能够增加炼制灵水的成功率，相当难得。

李洛被颜灵卿抓住的手臂微微有些刺痛，可见到她激动的神色，他声音放缓，道：

“灵卿姐不要激动，这道秘法源水能用吗？”

“当然能用。”颜灵卿立即道，“这种纯度的秘法源水，如果能够加入青碧灵水之中，绝对能将淬炼力稳定在六成，足以打垮松子屋的日照奇光。

“唯一的问题是这道秘法源水太少了，如果用来炼制，或许只能炼制出三十支左右的一品青碧灵水。”

她美目灼灼地盯着李洛，眼神跟她一向冷清的气质完全不符。

“如果用来炼制二品灵水奇光呢？”李洛想了想，问道。

“虽说这种品质的秘法源水用来炼制一品青碧灵水的确有些奢侈，但正如我所说，量太少了，用在二品灵水奇光上恐怕炼不出几支，从性价比来看，反而不如炼制一品……”颜灵卿回道。

李洛心中尴尬，这些秘法源水正是他利用自身水光相凝炼而出的，因为空相，他凝炼出来的源水拥有一种空性，极为接近所谓的秘法源水。但眼前这点已是他积累了三天的量，毕竟现在的他只有六印境的实力，相力算不上雄厚，凝炼出来的秘法源水不会太多。

“那还是先用在一品青碧灵水上吧。”李洛说完，又问道，“如果之后每三天我都能提供这个秘法源水，一品炼制室的业绩能成为溪阳屋最高吗？”

蔡薇闻言，思索了一下，道：“一品炼制室现在每个月出产一百五十支青碧灵水，如果不算成本，每年产量价值在九万枚天量金，而三品炼制室每年的产量价值达到二十一万枚天量金，一品炼制室想要追赶，除非产量翻倍，但以一品炼制室的成功率来看，似乎有些困难。”

“如果有足够的秘法源水，一品炼制室产量翻倍不算难！这种纯度的秘法源水用来提升一品灵水奇光是大材小用，炼制成功率能提升许多。”颜灵卿肯定地说道。

李洛一拍手，笑道：“那不就解决了吗？”

颜灵卿眨了眨美目，一时间有些失神。这个问题似乎还真就这样解决了，怎么会这么简单？颜灵卿重重地吐了一口气。其实不是简单，而是李洛拿出了一个超出正常思维的东西，如果其他人知道他用这种纯度的秘法源水炼制一品灵水奇光的话，脾气暴躁的恐怕会指着他的鼻子骂浪费东西了。

蔡薇与颜灵卿对视一眼，心照不宣地没有问李洛秘法源水是怎么来的，她们猜测多半是两位府主留给李洛的秘密。

“看来少府主当真是我们洛岚府的福将。”一旁的蔡薇掩唇娇笑，漂亮的脸蛋上满是欢欣之色。

“虽说秘法源水的量有些少，但对溪阳屋一品灵水奇光的产量来说足够了。”

颜灵卿点点头。溪阳屋一个月产出一百五十支一品青碧灵水，李洛如果三天供应一次秘法源水的话，足以覆盖所有一品灵水奇光的产出。

“好了，不和你们说了，我要去忙了，争取这几天生产出第一批加强版青碧灵水，打响溪阳屋青碧灵水的名头，挽救口碑。”颜灵卿将盛着深蓝色秘法源水的水晶瓶紧紧握住，开始赶人。

李洛与蔡薇闻言只得无奈地走出了炼制室，谁知蔡薇脚步突然加快，李洛连忙伸手拉住她的手臂。

“蔡薇姐，你这是想甩掉我？”李洛愤愤道。

蔡薇无辜地看了他一眼，道：“少府主，你在说什么呀，我还有很多事情要忙呢。”

“蔡薇姐，我刚刚还在给溪阳屋出谋划策，你可不能寒了功臣的心。”李洛看了看四周，低声道，“我还要一批五品灵水奇光。”

蔡薇美目充满幽怨地盯着李洛，道：“少府主，你不到一个月已经烧了七八十万枚天量金了，这是洛岚府在天蜀郡两年多的利润，再这样下去，姐姐真要养不起你了。”

李洛有些尴尬，这个烧钱速度是有点离谱，可是他也没办法啊，这后天之相就是个吞金兽，此时他只能无比庆幸老爹老娘留下了一个洛岚府，否则五年封侯，估计只能去梦里实现了。

“这是最后一批五品灵水奇光了。”李洛保证道。

蔡薇闻言，迟疑了一下，最终轻咬银牙：“好吧，那我就……再卖两处产业吧。”

说出来蔡薇感到一阵心酸，以她的才能，何时到过这种靠售卖产业维持的地步啊，可是没办法，谁遇上李洛这种无底洞都填不满。

李洛干笑着点头。他没有说谎，如果接下来水光相顺利提升到六品，他的确不再需要五品灵水奇光了……那时候，他需要的是六品灵水奇光。

但这个话没敢现在说，他怕蔡薇直接撂挑子不干了。

第三十九章

加强版青碧灵水

接下来的几天，李洛一半时间在老宅修炼，另一半时间则去溪阳屋继续练习淬相术，现在他已经能够稳定地每天炼制出一支一品青碧灵水，是货真价实的一品淬相师了。

而且他炼制出来的青碧灵水的淬炼力随着经验的增加也变得越来越高。但他并不满足于此，开始尝试炼制二品灵水奇光，只不过二品的配方比起青碧灵水复杂了数倍，需要调制的材料更是十分烦琐，所以尝试许久，李洛无一例外都失败了。

但李洛并不着急，失败也是一种经验，他相信经过逐渐积累，距离自己成为二品淬相师的日子不会太远。

他需要的最后一批五品灵水奇光，蔡薇陆陆续续送来了，在一支支五品灵水奇光的浇灌下，李洛能够清晰地感觉到，自己的水光相离再一次进化越来越近了……

在李洛等待着水光相进化时，惊喜突然砸来，他的相力竟然抢先一步晋级，达到了七印境的层次。

对于相力的晋级，李洛虽然欢喜，但也没有感到惊诧，毕竟这段时间他一直在老宅的金屋中修行，再加上水光相特殊的纯粹性，比起修炼速度，他不会比拥有七品相的人慢多少。

而在李洛相力晋入七印时，他接到了颜灵卿传来的好消息，第一批加强版青碧灵水终于出炉了。

溪阳屋。

一个精致的箱子摆在桌上，箱子打开，里面摆放着四十支水晶瓶，盛满着青绿色的液体，正是加强版的青碧灵水。

颜灵卿的脸上难掩兴奋，她对着李洛与蔡薇道："因为李洛给的秘法源水纯度极高，我们一品炼制室的成功率提升了一倍，原本每日只能出产五支灵水奇光，现在可以出产十支，而且淬炼力也稳定在六成左右，绝对算得上是一品灵水奇光中的上品。"

李洛闻言，却眉头微微一皱，因为他估算了一下，如果产量是每天十支的话，那么一年下来一品炼制室的产量价值只有十八万枚天量金，和三品炼制室的二十一万金还是有一点差距啊。

心中想着，他就把话给说了出来。

"这个事情或许可以交给我。"一旁的蔡薇盈盈一笑，风情动人。

"蔡薇姐想怎么做？"李洛有些惊讶地问道。

蔡薇嫣然笑道："金龙宝行最近有意收购上品的一品灵水奇光，价格比市面上更高，达到了六十金一支，如果能让他们选择我们溪阳屋的青碧灵水，这份契约的价值就会让一品炼制室超过三品炼制室。

"这还是其次，最重要的是金龙宝行拥有极高的名望，从某种意义上说，他们的选择将会决定谁是天蜀郡品质最高的一品灵水奇光，这个名头的价值才是最高的。"

李洛闻言，似有所悟。金龙宝行一直走的是高端精品路线，以往类似一品灵水奇光这种等级的东西根本不会出现在那里，如今他们有需要，自然会选择最好的，哪个若是被选中，之后能在金龙宝行中寄卖，就会无形中让它的价值变得更高，同时还是一种有力的宣传。

"我等会儿就去金龙宝行走一趟，希望少府主陪我一起，毕竟还得借用你的面子。"蔡薇说道。

金龙宝行素来中立，但实力毋庸置疑，大夏国之中一般不会有不开眼的势力去招惹他们，而金龙宝行信奉和气生财，从不与人为敌。李洛是洛岚府的少府主，无论他如今在府中的话语权有多少，最起码这个身份无人质疑。

李洛自然没有异议，只要能让溪阳屋赶紧掌握在自己人手里，可以为他赚钱填无底洞，他不介意当一下吉祥物。

"走吧。"他顺手拎起箱子，冲着蔡薇笑道。

金碧辉煌的金龙宝行自开业起就一直热闹非凡，堪称南风城的热门"景点"。

李洛与蔡薇进入宝行，有侍女恭敬地迎上来，在知晓他们要找吕会长后，则告知二人此时吕会长正在会客，需暂等片刻。

两人便在贵宾室找了地方坐下等待。

刚刚坐下没多久，李洛就见到一双纤细笔直的长腿出现在眼前，他的目光顺着上移，吕清儿清丽的俏脸便印入眼中。

今日的吕清儿穿着黑色短裙，雪白的长腿有点晃眼，青丝垂落，更显得整个人纤细高挑。

“少府主来这里有何贵干？”吕清儿有些好奇地问道。

“找吕会长谈事情。”李洛笑道。

吕清儿看了看李洛旁边的箱子，道：“是一品灵水奇光？”

显然她对金龙宝行最近在采购一品灵水奇光的事情也很清楚。

李洛点点头。

“这点事也要劳你少府主大驾啊？”吕清儿疑惑道。一品灵水奇光再上等也只是一品而已，不论对于洛岚府还是金龙宝行而言，都只能说是九牛一毛。

“落魄少府主的苦，你不懂。”李洛叹了一声，低沉地说道。

吕清儿不置可否地笑了笑，旋即看了一眼旁边成熟妩媚、风情动人的蔡薇，道：“这位姐姐真是漂亮，洛岚府找管家的要求都这么高吗？”

蔡薇笑吟吟地看着吕清儿：“妹妹也很漂亮啊，想必在南风学府追求者如云吧，不知道有没有少府主呢？”

李洛干咳一声，道：“别讲这些没用的东西。”

吕清儿道：“我带你们去找我二伯吧，他现在正在接待宋家的人，应该也是为了一品灵水奇光寄卖的事。宋家今天主动找了过来，推荐他们松子屋的一品日照奇光。”

李洛与蔡薇对视一眼，没想到宋家同样想到了这一点，看来也不是笨蛋啊，知道借助金龙宝行来提升自家产品的名气。

“现在去不会打扰他们商谈吧？”李洛言语间有些不好意思，人却已站了起来，相当诚实。

“反正又没出结果。”吕清儿无所谓地说道，然后转身带路，“但是你应该知道松子屋日照奇光的品质，我虽然能带你进去，但想要让我二伯改变主意，还是得靠你们溪阳屋青碧灵水的品质。”

“我李洛行事堂堂正正，从来不走后门靠关系。”李洛义正词严地道。

吕清儿轻呵一声，不跟他争辩，带着两人穿过走廊，来到一间贵宾室外。刚到这里，却见到一道熟悉的身影走了出来。

“宋云峰？”李洛眉头一挑。

宋云峰也见到了李洛，他先是愣了愣，然后眉头紧锁地看向吕清儿，道：“清儿，你带他来这里做什么？”

“李洛跟我二伯约好了，说他到了之后就带他过来。”吕清儿面不改色。

李洛看了看她光洁漂亮的脸蛋，果然越漂亮的女人撒起谎来越不眨眼啊，不过……干得漂亮！

宋云峰面色变幻，不知道信没信，但不信也没办法，这里是金龙宝行，可不是宋家。

最终，他只能看着吕清儿带着他们继续往里走，他扫了一眼李洛手中的箱子，淡淡道：“李洛，不要白费心机了，你们溪阳屋争不过我们松子屋的。”

李洛笑道：“那可不一定，你之前想过我会和你打成平手吗？”

宋云峰瞬间破功，面色铁青，双目喷火的样子恨不得把李洛吞了。

李洛却不再理他，与蔡薇一起进了房间。

第四十章

狙击松子屋

宽敞的客厅内，灯火明亮。

胖乎乎的吕会长满脸笑容地坐在上方，他的左侧坐着一道人影，是一位身材高壮的中年男子，气势颇为不俗。此人正是宋家的家主，宋山。

他们正在谈事，吕清儿带着李洛、蔡薇走进来打断了谈话，宋山愕然地看过来。当他在见到李洛与蔡薇时，脸上笑容不由得收敛了，神色淡漠。

吕会长同样愣了愣，还不待他开口，吕清儿便声音轻柔地道："二伯，洛岚府的人到了。"

吕会长看了看自家侄女的眼睛，嘴角微微抽了抽，但还是反应很快地笑着点点头："既然来了，那就赶紧入座吧。"

宋山将手中茶杯不轻不重地放下，皱眉看着吕会长："吕会长，这是什么情况？"

吕会长打了个哈哈，笑道："宋家主不必多想，我们金龙宝行信奉和气生财，但同时还有另一个信条，那就是从金龙宝行出去的东西必须是极好的。一品灵水奇光虽说等级比较低，但既然入了金龙宝行，自然必须是上品，否则会有损金龙宝行的名声。因此，我们一般会择优选取。"

李洛与蔡薇入座，点头认同道："吕会长说得有理。"

宋山面沉如水，他淡淡地扫了李洛与蔡薇一眼，收敛情绪，端起茶杯不咸不淡地道："吕会长，这种事情何必浪费时间，溪阳屋的青碧灵水最近被我松子屋的日照奇光打得溃不成军，二者淬炼力的差距，我想吕会长已提前调查过了。我可以不客气地说，在天蜀郡内，想要找到比宋家日照奇光淬炼力更高的一品灵水奇光是不可能的。如果吕会长真觉得溪阳屋是个好选择的话，可以直说，我们松子屋退出便是。"

不得不说这位宋家家主颇有些气魄，言语不软不硬，气势十足。

吕会长笑呵呵地道："宋家主不要生气嘛，我也知道松子屋的日照奇光品质极好，但也要给别家展示的机会吧。如果到时候真的是松子屋的最好，我给宋家主赔罪。"

宋山闻言，面色缓和许多，再度与吕会长笑谈了几句，只是偶尔瞥向对面李洛、蔡薇的目光中带着些许冷笑。

他对溪阳屋的情况非常清楚，如今溪阳屋会长之位空悬，颜灵卿与庄毅斗得不可开交，内部都没搞明白，李洛还想来金龙宝行与他们松子屋竞争，当真有些不知天高地厚，真以为一个洛岚府少府主的身份能顶多大用吗？

宋云峰走进来在宋山身边坐下，面无表情地准备看好戏。

吕清儿则站在吕会长的旁边，娇躯修长，清纯甜美的模样与蔡薇是截然不同的风情。

只不过她的眸光中带着一丝疑惑与担忧，她明白如果李洛拿不出真正上品的一品灵水，二伯是绝对不会选择溪阳屋的，到时宋山、宋云峰无疑会看他们的笑话。

吕会长安抚了宋山后，又将目光投向李洛、蔡薇，笑道："两位应该知道我们金龙宝行的要求吧？一品灵水奇光等级虽低，但若是淬炼力低于五成五，我们金龙宝行是不会考虑的。"

蔡薇嫣然笑道："吕会长，松子屋的日照奇光淬炼力只达到了五成六吧？"

"只？"

宋山眼皮一抬，淡笑道："蔡大管家真是口气不小啊，溪阳屋的青碧灵水之前似乎是'高达'五成二？"

"宋家主也知道那是之前。"蔡薇微微一笑。

一旁的李洛已将手中的箱子摆在桌上，然后打开，展示出里面四十支青碧灵水。

"吕会长，容我为你介绍一下，这是我们溪阳屋的全新产品，加强版青碧灵水，淬炼力……六成。"蔡薇酥柔的声音在房中传开。

"六成？"

吕会长与宋山此时的面色都变幻起来，前者将信将疑，后者则是冷笑出声。

吕会长挥了挥手，立即有一名侍女上前，手持验淬针，插入一支青碧灵水中，上面的指针在吕会长、宋山等人的注视下，停在了六成的刻度上。

“还真有六成？”吕会长惊讶道。

宋山淡淡道：“溪阳屋的手笔不小啊，只是不知道这些青碧灵水究竟是出自三品淬相师之手，还是你们溪阳屋两位四品淬相师啊？”

吕会长若有所思，一品灵水奇光的等级毕竟不高，如果是三品甚至四品淬相师出手的话，品质达到六成倒是不难，但让这种级别的淬相师来炼制一品灵水奇光，是一种极大的损失。有这个时间去炼制三品灵水奇光，得到的收益远远超过一品。

宋山言语间的意思，无非是怀疑溪阳屋为了达到目的，让自家的三品淬相师炼制了一批一品灵水奇光。

吕会长看向李洛，道：“少府主，我们金龙宝行需要的不是这一批而已，我们要的是一个长久的订单，如果溪阳屋不能稳定供应这种品质的青碧灵水，到时候反而不美了。”

宋山神色漠然地端着茶杯喝了两口，他当然不相信溪阳屋有能力稳定产出淬炼力达到六成的青碧灵水，难道他们能一直牺牲三品淬相师的时间吗？那样的话，恐怕不用多久溪阳屋就得倒闭。

面对吕会长质疑的目光，李洛的神色颇为平静，说道：“吕会长放心，洛岚府好歹家大业大，不会为了这点蝇头小利做糊涂事，至于说让溪阳屋的三品甚至四品淬相师炼制一品灵水奇光，这种蠢事我们洛岚府更不会做。

“如果吕会长选定了青碧灵水，我保证，以后溪阳屋会长期稳定供应，并且淬炼力不低于六成……而且以后溪阳屋推出的青碧灵水都将是加强版，整个天蜀郡的一品灵水奇光未来必然以青碧灵水为最。”

望着李洛平静的神色，吕会长心头微震。李洛能够给予这种保证，难道溪阳屋的青碧灵水真的能够稳定提升到这种程度，而不是依靠三品淬相师吗？

震惊的不止是他，连宋山、宋云峰的神情都微滞了一下，李洛此时的气势太强了，完全不像是在虚张声势。宋山不得不怀疑，难道溪阳屋的青碧灵水真能提升到这种程度？

这怎么可能呢?！就在半个月前，溪阳屋的青碧灵水才不过五成二的水准，怎么可能短短半个月就提升到六成?！

可如果不是这样，李洛哪来的底气长久供应淬炼力达到六成的青碧灵水？

房间里陷入了短暂的寂静，而吕清儿则饶有兴致地看着那一箱青碧灵水，虽说她同样格外惊讶，但出于某种直觉，她觉得或许跟李洛有关。

吕会长胖手握着一支青碧灵水，沉默了数息，旋即圆脸上便露出笑容，他转向宋山，有些歉意地道："宋家主，看来这次暂时没办法合作了。"

宋山闻言没有动怒，反而放下茶杯露出笑容："吕会长哪里的话，以后总会有机会的嘛。既然吕会长做出了选择，我就不多留了。呵呵，如果之后溪阳屋的供货出了问题，吕会长可以随时找我们松子屋。"

宋山倒是显露出了家主的风度，没有因为被李洛狙击一次就变了脸色，相反还冲着李洛笑道："少府主当真年少有为，据说此前在学府中还与云峰打了平手，看来洛岚府在少府主手中，依旧前途无量。"

李洛面带笑意道："侥幸而已。"

宋山笑了笑，不再多说，带着面沉如水的宋云峰转身离去。

当宋山他们离去后，吕会长冲着李洛笑道："之前听清儿说过，少府主解决了空相的问题，真是可喜可贺。青碧灵水的事，我们先签订一个契约吧。"

蔡薇此时迎了上来，与吕会长敲定一些契约条款。

李洛在他们忙碌时伸了一个懒腰，吕清儿走过来，浅笑道："恭喜啊。"

"多亏了你，不然事情可能就要麻烦一些了。"李洛感谢道。如果不是吕清儿直接带他们过来，等金龙宝行与宋家签了契约，今日之事就难成了。

吕清儿摆了摆手，提醒道："你更多的精力还是得放在接下来的学府大考上，你知道的，拿不到圣玄星学府的录取名额才是最大的损失。"

李洛闻言，笑着点点头。

吕清儿突然道："最近有时间吗？放假都没人和我切磋了，你有时间我们可以切磋一下，互相印证。"

李洛无语道："我去当沙包吗？不去不去。"

吕清儿闻言，面带浅笑盯着李洛看了几秒，然后转身就走了。

金龙宝行外，宋家的车辇上。

在无外人时，宋山的脸色方才变得阴沉下来。这段时间溪阳屋被他们松子屋打压得厉害，结果没想到，溪阳屋突然翻身狠狠给他来了一下。

虽说与金龙宝行合作的这些一品灵水奇光价值不算太大，但关键是会提升他们日照奇光的名气，有利于他们未来称霸天蜀郡的一品灵水奇光市场。

然而却被李洛破坏了。

“爹，溪阳屋真的能够稳定产出淬炼力六成的青碧灵水吗？”宋云峰不可思议地问道。

宋山淡淡道：“等着看看就知道了。”

“真是可恨，我们花了那么大的代价，才托姐姐的关系请一位淬相大师改良了日照奇光的配方，结果……”宋云峰有些恼怒。

“只是一品灵水奇光而已。”宋山摇了摇头，道，“就算溪阳屋这次胜了，但他们不可能斗得过我们松子屋。你姐姐已经传信回来，她很快就会回南风城，到时候她接手松子屋，必然可以打垮溪阳屋。”

宋云峰闻言，顿时面露喜色。他姐姐宋秋雨此前在圣玄星学府淬相院修行，成绩斐然，如果她能回来，松子屋就有底气了。

“眼下你最重要的事还是学府大考，希望你能将之前丢的脸都给找回来。”宋山淡声道，“另外等两日我会去一趟总督府，师总督之子师箜是东渊学府第一人，和你同龄，你们或许可以多交流交流。”

“总督府？”

宋云峰一怔。师箜据说就是此次学府大考中南风学府最忌惮的人，而且他总督之子的身份，令他成了天蜀郡首屈一指的权势子弟，而唯一能够在身份上压他一头的，只有李洛这位洛岚府少府主。

当然，这是指全盛时期的洛岚府。眼下的李洛比起师箜，身份与名气已差了一个档次。

第四十一章

会长之位

在与金龙宝行签订了一份长期契约后，第二日李洛就以少府主的名义在溪阳屋召开了一次高层会议。

议事厅，庄毅副会长姗姗来迟，同时还在抱怨："我这边最近正在加紧炼制三品灵水奇光，时间实在很紧，毕竟一品炼制室造成的缺口还得我们来填补啊。"

他在位子上坐下，冲着李洛笑道："还请少府主多多体谅啊。"

"真是辛苦了。"面对他那皮笑肉不笑的表情，李洛表现得倒是很客气，脸上的笑容一直没有消散过，因为今天之后，溪阳屋的内部问题就能彻底解决，此后这里将会源源不断地创造利润，供他购买更多的高品质灵水奇光，如何能不叫人开心？

庄毅瞧着李洛面上的笑容，感觉有些不对劲，但也没放在心上。李洛虽然是少府主，但毕竟不管事，而且他是裴昊的人，李洛没什么正当理由也奈何不了他。

郑平长老也出席了，他不知晓李洛召开这个高层会议的用意，眼下见人都到齐了，便开口问道："少府主将我们召来，究竟有什么事？"

李洛笑道："不是别的，之前长老不是说过溪阳屋会长之位空缺的事吗？"

郑平一怔，旋即皱眉道："此事不是已经有了定论吗？以炼制室负责人的业绩来评判，而如今颜副会长似乎劣势很大啊。"

"少府主难道改主意了？可这是溪阳屋的规矩啊，就算是少府主，也不能无缘无故更改，否则无法服众。"庄毅接口说道。

在场的高层虽然没有说话，但神情显然认同庄毅所说。

李洛迎着众多疑惑的目光，摆了摆手，道："这个规矩很好，没必要改。我只是想说，结果已经出来了。"

众人更加疑惑了，庄毅愣了愣，旋即好笑地道："难道少府主要宣布我获胜了吗？还是说，颜副会长主动认输了？"

听到此话，在场的人恍然。的确，按照规矩，庄毅执掌的三品炼制室业绩超过一品、二品炼制室太多，在巨大的差距下，颜灵卿选择放弃在情理之中。

"认输？做你的梦！"颜灵卿柳眉微竖，冷笑道。

蔡薇此时盈盈一笑，取出一张契约，递给了郑平长老，道："我们溪阳屋与金龙宝行签订了一份青碧灵水的长期订单。"

郑平长老接过契约，扫了几眼，面色剧变："淬炼力六成的青碧灵水？你、你们这不是胡闹吗？！溪阳屋怎么提供得了淬炼力六成的青碧灵水？！"

郑平长老面色铁青，手掌用力地拍在桌面上，他盯着李洛，痛心疾首地道："少府主，你怎么会签订这种契约？简直就是在用溪阳屋的名声开玩笑啊！"

其他人早已听呆了，他们震惊地望着李洛、蔡薇、颜灵卿，没想到三人会鼓捣出一份这样的契约，淬炼力六成的青碧灵水？开什么玩笑，溪阳屋的一品淬相师根本炼制不出来啊！

庄毅也目瞪口呆，旋即内心忍不住狂喜，没想到自己什么都没做，李洛就自己作了个大死。淬炼力六成的青碧灵水，根本不可能啊！

"唉。"庄毅重重叹息一声，旋即对着蔡薇厉声道，"少府主不懂事，大管家难道也不懂吗？"

他目光转向郑平等人，激动地道："淬炼力六成的青碧灵水，难道他们打算让三品炼制室来做吗？这是想毁了溪阳屋吧？我绝不会同意！"

"郑平长老你也看见了，溪阳屋必须尽快确认一个会长了，否则这样下去，溪阳屋将会失去天蜀郡的全部市场！"

李洛静静地望着义愤填膺的庄毅，没有阻拦，而是任他发泄完了之后，方才看向面色铁青的郑平长老，道："这份契约，不会动用溪阳屋任何一位三品淬相师，而是完全由一品炼制室完成。"

郑平长老皱了皱眉头，沉声道："少府主，我们溪阳屋的一品炼制室没有这个能力。"

"那是以前。"李洛淡淡一笑，旋即从脚下拿起一个箱子，打开后里面躺着十支加强版的青碧灵水。

“郑平长老，这就是我们溪阳屋以后将要出产的加强版青碧灵水，淬炼力能够稳定在六成，四十支已经交货给了金龙宝行，现在还剩下十支。而且未来加强版青碧灵水的产量会提升到每个月三百支甚至更多，论起总价值，一品炼制室能超过三品炼制室。”

李洛淡淡的声音在议事厅回荡，所有人都惊愕地望着他，仿佛是在听什么天方夜谭。

“加强版青碧灵水？那是什么东西，根本没听过！我们溪阳屋的一品炼制室能够炼制出淬炼力六成的青碧灵水？你在胡说些什么！”庄毅恼怒地说道，言语间已变得不太客气，或者说不安，因为李洛心平气和的样子不像是失去了理智。

其他人面面相觑，郑平长老沉默了数息，然后取过桌上的验淬针，插入那加强版青碧灵水中，于是所有人都见到刻度指向了六成。

在场众人的眼睛都忍不住瞪圆了。

“大家不用怀疑这些加强版青碧灵水会不会是颜副会长自己炼制的，一品炼制室前些天被完全封闭，但待会儿就可以开放给大家。少府主所说一句不假，以后溪阳屋炼制出的加强版青碧灵水，淬炼力将稳定在六成。”蔡薇酥柔的声音此时响起。

郑平长老呆了片刻，直到现在他都无法相信这是事实，可眼前的十支青碧灵水实实在在地告诉他，这些的确是真的，而且李洛他们也没必要用这种一戳就破的谎言来骗他。

半晌后，郑平长老重重地吐了一口气，苦笑道：“如果真是如此，那以后一品炼制室产出的价值将超过三品炼制室。所以，我宣布，颜灵卿成为溪阳屋天蜀郡分会的会……”

“我不同意！”面色扭曲的庄毅猛地拍桌厉声道。

“肯定有古怪，一品炼制室怎么可能稳定炼制出六成淬炼力的青碧灵水？！”

郑平长老面色一沉，道：“你不同意也没用，至少这份与金龙宝行的契约足以证明这一点。”

庄毅面色发青，道：“我不信，我不信他们能稳定提供淬炼力六成的青碧灵水！”

李洛站起身，将议事厅的帘幕拉起，这里刚好可以看见处于水晶壁之中的一品炼制室，此时诸多一品淬相师正在忙碌着，还有人在搜集刚刚炼制出来的青碧灵水，有侍从抱着一箱新出炉的青碧灵水直奔议事厅。

片刻后，当一箱加强版青碧灵水出现在众人面前时，再没有人说出质疑的话了，不管他们如何觉得不可思议，事实就摆在眼前。

甚至连庄毅都面色惨白，一屁股坐了下去，嘴里不断喃喃着“不可能”。

所有人都知道，庄毅这一次彻底输了，关键是，恐怕连他自己都没想到会输得这么快……

郑平长老素来古板的脸上此时露出难得的笑容，他站起身，直接宣布结果。

“从现在开始，颜灵卿升任天蜀郡溪阳屋新任会长！”

议事厅响起掌声，李洛靠在椅背上，心里松了一口气。

不容易啊，这钱袋子，暂时是稳了。

第四十二章

总督府

为了庆祝升任溪阳屋会长，心情极好的颜灵卿晚上宴请李洛与蔡薇，李洛真正见识了颜灵卿的海量。最令他震惊的是，不仅颜灵卿酒量恐怖，蔡薇同样堪称女中豪杰，二人豪爽痛饮的模样震慑得李洛只能在一旁瑟瑟发抖，犹如弱小的鹌鹑一般。

“李洛，只要你以后能够加大秘法源水的援助，我一定能够将溪阳屋出品的所有灵水奇光都打造成天蜀郡最强！”借着酒劲，颜灵卿美目炽热地盯着李洛。

“行，我会尽量提供。”李洛笑着应下。眼下他的相力还只是七印境，等他踏入相师境，相力就会发生质变，那个时候可以提供的秘法源水应该能强上许多。

溪阳屋如果能够称霸天蜀郡的灵水奇光市场，那么洛岚府每年在天蜀郡的利润将会大大增加，有利于李洛继续购买高等级的灵水奇光。

“那么，就先预祝溪阳屋称霸天蜀郡。”

蔡薇嫣然娇笑，在酒精的作用下，本就如花般娇艳的鹅蛋脸更是妩媚动人，风情无限。

三人举杯，笑着碰在一起。

在帮助颜灵卿解决了溪阳屋的内部问题后，李洛终于安心不少，接下来数日，他去溪阳屋的时间减少了些。因为假期即将结束，李洛必须开始考虑另外一件极为重要的事情，那就是学府大考。

学府大考决定着圣玄星学府的录取名额，作为大夏国最顶尖的学府，那里是无数少男少女向往的圣地。放眼整个大夏国，没有任何势力敢说有忽视圣玄星学府的实力，大夏成立之前王朝更替，可不管是哪个王朝，圣玄星学府始终牢牢地屹立在那里，纹丝不动，由此可见它的底蕴以及实力。

更有传闻说圣玄星学府中存在着称王境的强者，所以李洛虽是洛岚府的少府主，可与圣玄星学府比起来还是差了许多，为了前途着想，李洛必然要进圣玄星学府。

更何况，他与姜青娥还有着约定。

学府大考囊括了天蜀郡的所有中等学府，每个中等学府都会派出前二十名优秀学员来竞争录取名额。

每年圣玄星学府给出的名额数量不一，但不变的规则是，学府大考前十的人必然能够获得录取名额，多余的则会按照各个学府在大考中取得的成绩分配。

所以，李洛给自己定下的目标是必须进入大考前十。

“前十……可不容易啊。”

金屋之中，结束修炼的李洛面色沉郁。虽说南风学府是天蜀郡第一学府，但不能因此小瞧了其他学府，或许其他学府前二十名中的大部分人都不足为惧，可总归有少数人真正有能耐，这些人加起来数量就不少了。而且，还有那个对南风学府造成威胁的东渊学府。

可以想象从重重强敌中厮杀出来挤入前十的难度有多大。

现在的李洛实力为七印境，自身的水光相应该能在大考到来前进化到六品，可这些不见得就能让他高枕无忧。因为他在进步的时候，其他人同样没有止步不前。

此次大考，容不得李洛心怀小觑。

于是，李洛认真审视了自身的实力与所有手段，然后发现了缺陷所在。

最大的缺陷就是他没有有力的攻击手段，之前与宋云峰交手，虽说彼此相力差距颇大，导致自己束手束脚，即便最终依靠着加强版水镜术取得了平局，但这暴露出了李洛攻击手段的缺乏，他的攻击很难对宋云峰造成威胁。

这个问题不止是李洛有，恐怕所有水相的修炼者都是如此，水相的特性就意味着它在攻击力与破坏力上不及火相、雷相、金相这一类的元素相。

当然，如果陷入了持久战，水相就会逐渐显露出优势，但李洛觉得那样过于被动，他必须想办法提升自身的攻击手段。

其他的水相拥有者或许对此颇感无奈，但李洛不一样，他不是单纯的水相，而是极为罕见的水光相！

心中想着，李洛便起身直接出了金屋，去了藏书阁。

南风城，总督府。

在大夏国，总督统领一郡，论起地位权势，总督府是一郡之最。

“呵呵，宋老弟，早就想请你来总督府坐一坐了，之前太忙，抽不出时间，只能等到今日了。”

总督府的客厅，爽朗的笑声响起，笑声的来源是一名面容瘦削的中年男子，男子虽然面带笑意，却散发着一种不怒自威的气势。他正是天蜀郡的总督，师擎，一位拜将境的天罡将强者。

在他下首的位子上坐着宋家的家主，宋山。

“总督大人公事繁忙，哪能像我们这些闲人。”宋山面露笑容。

“宋老弟这是在取笑我啊。”师擎笑了笑，他端着茶杯，看着上面漂浮的茶叶，随意地道，“最近宋家的动静可不小，想必吃了洛岚府不少肉吧。”

宋山道：“多亏了总督大人指点。”

“洛岚府真是可惜了，如果那两位不失踪，未来大夏国五大府说不得都会以它为首。”师擎淡笑道，“可惜，他们锋芒太露，不然的话……”话到此处却停顿了下来。

“如今洛岚府自身难保，宋家可得把握好机会。”他看向宋山，说道。

“多谢总督提点，宋家定会时刻谨记这份恩情。”宋山点点头，缓缓道。

师擎笑笑，然后便转开了话题。

客厅外临着一片湖泊，宋云峰听着客厅内若有若无传出的声音，然后望着前方的湖边。

那里有一名白衣少年，一头短发，脑后却有一根发辫垂落下来，他手里拿着鱼饵，正在湖边悠闲地喂鱼。

片刻后，他拍了拍手，侍女恭敬地递上丝巾，他随手取过擦了擦，然后转身朝着宋云峰走来。

随着走近，他的面容逐渐清晰起来，论模样似乎有些普通，但看到少年嘴角挂着若有若无的笑意，宋云峰却有一种危险的感觉。

眼前之人正是总督之子师箜，也是东渊学府的第一人。

“云峰，今年学府大考我爹可是说了，一定要助东渊学府夺得‘天蜀郡第一学府’的招牌。”师箜笑道。

“以师箜兄的实力，还是很有机会的。”宋云峰说道。

“还不够。你们南风学府的吕清儿可不是盏省油的灯，到时候如果对上了，会是一个劲敌。”师箜道。

对此，宋云峰深有同感地点点头，他清楚吕清儿的实力。

“虽说我不惧她，但我做事不太喜欢不确定的因素，到时候在学府大考上，说不定需要你配合一下。”师箜淡淡道。

宋云峰闻言，面色忍不住变了变，有些为难地道：“师箜兄，你这是要我出卖南风学府？”

“你这话说得太难听了，你还真将南风学府当自家人呢？那里不过是你修行途中的一个临时停留点而已，你如果手握大考前十的成绩，自然能够进入圣玄星学府，那个时候还需要理会南风学府吗？”师箜笑道。

“你放心吧，不会让你做太明显的事。”他摆了摆手，继续道，“这也是我爹的意思。南风学府的老院长跟我爹有恩怨，屡屡阻挠我爹升迁，所以今年‘天蜀郡第一学府’的金字招牌一定要让东渊夺得。”

宋云峰沉默了半晌，最终艰难地点点头。

师箜这才温和地笑了起来，伸出手轻轻拍了拍宋云峰的肩膀，道：“对了，听说李洛有相了？之前还跟你打了一场平局？”

提起此事，宋云峰的眼神就阴沉了下来，道：“他只是投机取巧而已。如果在大考中遇见，他根本没有打成平局的机会。”

“这样啊……”师箜想了想，道，“那真是可惜，我还想在大考中会一会这位少府主呢，听你这么一说，倒没什么兴趣了。”

“哪里需要劳烦师箜兄出手，到时候有机会我自会收拾他。”宋云峰道。

“也好。这人……我虽然没见过几次，但还是很讨厌他的。”师箜笑了笑。

听出师箜言语间对李洛的恶意，宋云峰有些疑惑。

师箜见状，语气漫不经心：“算是一桩丑事吧，当年我爹想帮我跟洛岚府的姜青娥提亲……哈哈，最后直接被那两位府主拒了。敢情他们这是想给自己儿子留着呢……

“可惜，也不知道他们这个无用的儿子守得住这种美璧吗？”

宋云峰闻言心中恍然，这才明白为何这些年总督府会暗中推波助澜，助他们宋家吞食洛岚府的产业，原来……双方之间还有此等往事。

第四十三章

六品水光相

当最后一批五品灵水奇光还剩下三支时，李洛的水光相终于迎来期待已久的变化，晋升到了六品。

卧室阁楼上，李洛仰天倒在地毯上，脸上布满复杂与狂喜的情绪。

一个月前李洛还是空相，前途莫测，然而如今他这独特的水光相已踏入了六品。

相性九品，六品相无论怎么看都算是中上层次了。等到未来再一次进化，他就会踏入名副其实的高品相。另外，因为水光相的特殊，即便是六品，修炼出的相力并不会弱于一些上七品相的相力，光相性品级这一点，李洛已经追上了许多优秀的同辈。

据李洛所知，整个南风学府拥有上七品相的只有吕清儿一人，即便是整个天蜀郡的同辈，拥有上七品相的恐怕都屈指可数。

李洛可不会因为身边有一个姜青娥这种九品相的妖孽，就以为七品相不值一提。如果不是九品相非常珍稀，圣玄星学府又怎么会开启特招，提前录取姜青娥呢？要知道，圣玄星学府的要求可是很高的，他们见过的天才如过江之鲫，寻常天才可没那资格让他们大开方便之门。

李洛抬起手掌，指尖有蓝色的相力凝聚而来，极为精纯，仿佛有水浪声传出，清澈冰凉。他能够感觉到，随着水光相进化到六品，他的相力也变得更加雄厚，甚至距离八印境都不远了。

蓝色相力在李洛的指尖最终凝成了一颗约莫拳头大小的蓝色水球，下一秒，他屈指一弹，蓝色水球暴射而出，在即将射中墙壁时又突然爆裂开来，刺眼的强光骤然爆发，让早有准备的李洛都双目虚眯了起来。

李洛轻笑一声。这道相术并不稀罕，只是一道很常见的中阶相术“水弹术”。对手若是被此术击中，水相之力浸染身躯，动作会被延缓，但这道相术的缺陷是攻击力比较弱，难以对人造成多大伤害。

所以李洛做了改良与加强，他在这道中阶相术里加入了光明相力，最终成形的水弹不仅速度更快，还能爆发出刺目强光，起到干扰之效。

这道加强版的水弹术已被李洛改名，变成了“水光弹”。

这些天为了备战学府大考，李洛在相术上下足了功夫，水光弹便是试验成功的技能之一。

李洛翻身而起，他看着桌上剩下的两支五品灵水奇光，神色惆怅地叹了一口气。短短不到一个月，他的水光相提升了两品，这个速度说出去绝对能够震撼无数人，但李洛明白，这个高速提升期恐怕快要到此为止了。

因为六品灵水奇光可不跟五品一样，能够轻易买到上百支了。光从价格来说，五品灵水奇光市价五千金，而六品灵水奇光则要三万金……

他从五品提升到六品，一共消耗了一百八十支左右的灵水奇光。而六品到七品更是一个分水岭，因为这是中品相迈向高品相的门槛，需要的灵水奇光只会更多。暂且就当需要两百支灵水奇光吧，那么就需要六百万金，这个数字恐怕是整个洛岚府一年的收入。

而眼下洛岚府内忧外患，肯定不可能拿得出六百万金支持他。

再者，就算有钱，也得等市面上有足量的六品灵水奇光流通才行，据李洛所知，整个天蜀郡每个月出产的六品灵水奇光恐怕就十支左右，想在这里凑齐进化到七品的量，李洛觉得根本不可能。

除非到大夏都城去。

这么算下来，想要将后天之相养到九品，需要的资金是一个极为恐怖的数字，在这个数字面前，即便是整个洛岚府都显得渺小。

仔细算算，这后天之相好像是有点坑人。

当然，他因为空相，可以吸收一点低品阶的灵水奇光，但那样的效率相当低下，比如这次水光相已达到六品，他再吸收五品灵水奇光，效率比起进化之前简直差了好几个档次。因此对他而言，用低品阶的灵水奇光来替代高阶的未必就划算多少，只能是没办法时的举措。

李洛面露沉凝，好在他的特殊之处并非只有这一点，等他晋入相师境后，就可以开始锻造第二相填入第二相宫。到时候就算第一相因为资金不足导致难以向前，但第二相的到来足以让他继续进步。

而且说起来，只有当第二相宫被填上时，独属于李洛的优势才会真正迸发。

我一个六七品的水光相或许比九品相差一截，但两个六七品的双属性后天之相呢？三个呢？

一个相打不过你，二打一、三打一总可以吧？

至少在遇见封侯境的强者前，李洛大概率能够一直将这种优势保持下去，除非遇见那种在封侯境之前就开辟出第二相宫的超级天才，但这种情况应该跟他的先天空相一样罕见。就算真的遇见了，他以三相之力打双相，也该有点优势吧？

心中的思绪胡乱发散着，李洛重重吐了一口气，将这些情绪尽数压下，然后从桌上取来一枚蓝色玉简，上面记载着一部新的能量引导术，正是李洛早就为自己挑选好的。

玄瀑呼吸法，将级上品，修炼要求是六品相。

这部能量引导术比起之前李洛修行的沧澜冥想图更高阶，而且修炼出来的水相之力，爆发力会比沧澜冥想图修炼出来的更强，正是眼下李洛所需。

李洛细细品读着这部玄瀑呼吸法，许久后，待初步有所领悟，方才开始尝试修行。

接下来的两天，李洛将大部分的精力都用在了玄瀑呼吸法的修炼上，直到假期结束的前一天，蔡薇派人来通知他，此前他嘱托帮忙打造的相具已经成功出炉了。

第四十四章

大考将临

老宅的一间厅堂，李洛兴奋地快步走进，第一眼就见到娇躯高挑丰腴的蔡薇，比花儿还娇艳的鹅蛋俏脸笑吟吟的，风情无限。

不过李洛看得久了早就免疫了，他目光一转，就看见了桌上摆放的一个铁匣子。他两三步蹿上前，直接打开，寒光流出，只见其中躺着两柄寒芒流转的短刀。

短刀长尺许，一柄通体湛蓝，其上隐隐有水纹流动，另外一柄则是淡白色，据说是由名为日灵铁的金属打造而成，在日光下会绽放出刺目的光。

两柄短刀皆掺杂了蕴含着水能量与光明能量的金属，李洛以此为武器，能将自身水光相的威力最大化地发挥出来。

双刀的刀柄呈兽口之状，隐有獠牙探出。从整体来看，刀弧要更深一些，而刀刃微弯，锋利异常。

李洛握住双刀轻轻挥舞，顿时响起细微的破风声，他旋即反手将双刀挎在腰间，显得格外帅气。

“不错。”李洛满意地点点头，之后随意地给两把刀取了个名字，“湛蓝色的叫水纹刀，另外一柄就叫作日纹刀吧。”

“这只是一套合格的相具而已，还达不到宝具的层级。”蔡薇的眼光挺高，李洛的两柄短刀除了造型稍微有点特别外，其实算不得多珍贵。

相具也有品阶之分，一般是普通相具，普通相具之上则被称为宝具。

与普通相具比起来，宝具要厉害稀有得多，而且每一个宝具的价格都不菲，远远超过了普通相具。

只有相力强横方可驱使宝具，现在李洛不过七印境而已，即便给他一个宝具，恐怕也难以施展出真正的威力。

“这个够用了，等以后我晋入了相师境，再搞一套真正的宝具试试。”李洛笑道。这两柄短刀是他为了学府大考准备的，只是过渡一下而已。

“谢谢蔡薇姐。”李洛感谢道。

蔡薇摆了摆小手，道：“你们学府大考应该快到了吧？这几天南风城变得热闹了许多，天蜀郡各城的中等学府都派来了精锐队伍。”

每年的学府大考对各郡而言都是一件盛事，大考争斗引得无数人蜂拥而至，热闹非凡。

李洛点点头，道：“还有三天时间。”

蔡薇美目中带着一点担忧，道：“有把握吗？”

虽说如今李洛觉醒了水相，但比起其他学员，起步终归是晚了一些，蔡薇不知道他究竟能不能追上去。

考入圣玄星学府的重要性，蔡薇心知肚明，如果李洛能够进去，可极大地提升他的声望，最起码洛岚府一些人再也不敢忽视这位少府主，从而能为姜青娥分担一些压力。

李洛腰挎双刀，手掌抚着刀柄，脸上露出一丝笑容。

“放心吧，蔡薇姐，我可有着不能输的理由。”

如果连这一步都达不到的话，“退婚”这辈子都别想了啊！

假期如期结束。

李洛回到学府，他与赵阔被徐山岳单独叫了出去，前往院长所在之处。

“你到七印了？”闲聊交谈间，李洛知晓赵阔在假期中再度有所提升，同样踏入了七印境，不由得有点惊讶。

赵阔只是五品相，这个品级说高不高，说低也不低，而他能够在大考前达到七印境，足以说明平日里下了不少苦功。

身躯魁梧的赵阔像头熊一样挠了挠头，笑道：“这次假期我可没回家呢，一直在学府中修行，多亏学府对我们特训了一番，这才临时抱佛脚完成了突破。”

“赵阔这十天可是拼了命地修炼。”前面带路的徐山岳听到两人谈话，回头说了一句，言语间对赵阔的努力与勤奋显然十分认可。

李洛对他竖起大拇指，道："厉害。"

"哪能跟你比，人长得帅，相术悟性又高，现在还觉醒了水相，以后你就是南风学府继姜青娥学姐之后的又一个传说。"赵阔一脸诚恳地道。

"我会选择和你做朋友，主要是因为你这个人实诚，从不说谎。"李洛点点头，一脸感叹。

"那必须啊，大考之时还请洛哥罩着我。"

"小事，到时候我拿个第一，直接带你躺着进圣玄星学府。"

"洛哥霸气啊。"

"……"

走在前面的徐山岳听着两人不要脸的互相吹捧，脸色一黑，转头斥道："都闭嘴，到了。"

李洛与赵阔立即闭嘴，看向前方的一个庭院，此时那里已有十数道人影在等待，正是此次南风学府预考的前二十名。

人群中，李洛见到了吕清儿、宋云峰、蒂法晴这些熟悉的身影。

此时，所有人都面带微笑地盯着他们，显然，刚才的谈话，大家都听见了。

面对众人的目光，李洛神色淡定，没有显露出任何尴尬。这种时候，只要自己不尴尬，尴尬的就是别人。

赵阔则露出一脸憨厚的笑容，保持着心直口快的爽朗形象。

众人看了看两人，最终都摇了摇头收回目光——脸皮真是太厚了。

李洛有点膨胀啊，之前靠着比试机制逼平了宋云峰，现在竟然还敢夸口大考拿第一，也不问问吕清儿同不同意。

而在人群前方，老院长笑着扫了一眼李洛与赵阔，然后冲着众人道："看来人都到齐了，那我就先跟你们说一说此次大考吧。"

听到此话，所有人神色一凛，聚精会神地等待着老院长接下来的话。

"此次学府大考将在三天后开始，你们二十人代表我们南风学府参战，我对你们只有一个要求，那就是保住南风学府'天蜀郡第一学府'的招牌。

"另外，这一次圣玄星学府分配到天蜀郡的录取名额一共有五十个。"

这话一出，所有人都竖起了耳朵。五十个名额，比往年少了几个，到时候竞争会更加激烈了。

“按照往年规定，学府大考前十都会获得一个圣玄星学府的录取名额，余下四十个则按前十的排名分配给各个学府。

“大考第八、九、十名所代表的学府会额外分得一个录取名额。第五、六、七名所代表的学府将分得额外两个录取名额。

“第三名、第四名可分得五个录取名额。

“第二名将分得六个录取名额。

“第一名……可分得十五个录取名额。”

最后一句话落在众人耳中，顿时引起阵阵惊呼，谁都没料到，这一次学府大考的第一名，得到的录取名额比重竟然如此之大。

虽说以往每次大考中的第一名所代表的学府得到的名额比其他名次的要多，但都没有这一次这么夸张。

在众人前方，一院的导师林风面带鼓励笑容，看着吕清儿道：“清儿，这一次南风学府如果想保住招牌，恐怕就得靠你去夺得第一了。”

老院长同样面色和蔼地点点头。

他们都对吕清儿寄予了厚望，毕竟她是如今南风学府这一届学员中的顶梁柱。

面对他们殷切的注视，吕清儿的神色倒是颇为平静，只是轻声道：“我会尽全力去争夺。”

老院长点点头，旋即嘱咐道：“你要小心东渊学府的师箜，此人实力极强，将是你的劲敌。”

听到这个名字，吕清儿的眼中掠过一丝凝重，认真地点了点头。

“从明天开始，你们就不必来学府了，而是入住白灵园，那里是天蜀郡各方学府队伍聚集的地方。三天后，所有人会从那里进入白灵山，也就是此次大考的场地。”

老院长再度叮嘱了一番，然后做了总结。

“南风学府在老夫手中几十年，对老夫来说荣誉比性命更重要，在这里请大家多多努力。”

老院长面庞肃然，对着众人微微弯身一礼。

二十名学员被他的举动吓了一跳，连忙弯身回礼。

最终，老院长挥了挥手，众人怀着不同的情绪陆续退下。

李洛走出庭院，望着万里无云的蔚蓝天空，心潮微微有些澎湃。

学府大考终于要来了啊。可惜，老爹老娘没在这里……

如果他们在的话，会不会边看边嫌弃地摇头："这儿子太傻了，跟乖徒儿根本没得比。"

据说姜青娥那一届，天蜀郡其他学府被压制得一点脾气都没有，根本不敢生出半点挑衅南风学府的勇气。在得知她被圣玄星学府提前录取后，天蜀郡各大学府几乎是手舞足蹈，激动得热泪盈眶。

与姜青娥光鲜得能让人眼瞎的履历比起来，李洛的经历就过于跌宕起伏了。

甚至在一个月前，绝大部分人认为他连参加大考的资格都没有。

想到这些，李洛澎湃的心就凉了一截，然后叹了一声。

"没有意思啊。"

第四十五章

白灵园

白灵园坐落在南风城城郊，背靠白灵山，已多次成为学府大考的考场。

第二日，李洛等人准备周全，在林风、徐山岳两位导师的带领下前往白灵园。

当他们抵达时，发现庄园外早已人潮汹涌，各种各样的摊贩形成了长蛇，向着四方蔓延而去，热闹非常。

学府大考乃是各郡盛事，虽说参与人员只是各个学府的顶尖学子，可正是如此，方才让大考更加激烈，所有人都想看看，究竟哪家的少年英才能够脱颖而出，成为天蜀郡新一代的第一人，这可是一个少年人最高的荣耀。

一行人进入白灵园，只感觉气氛更加火热，嘈杂的声音从四面传来，而他们的出现立即引起多方注意，毕竟南风学府的名头在天蜀郡还是很响亮的。

“这就是南风学府这一届的前二十名吗？”

“哇，那位漂亮的长发小姐姐就是吕清儿吧？听说她是南风学府的第一人啊。”

“今年学府大考，她很有可能就是第一名。”

“不见得，东渊学府的师箜也很强，未必比吕清儿弱。”

“南风学府的李洛是哪一个？据说姜青娥是他的未婚妻？简直可恶，他怎么敢玷污我的女神！”

“喏，那个长得最帅的就是南风学府的李洛。”

“哼，帅倒的确是帅，但除此之外还有什么？”

“还有钱有势，毕竟是洛岚府的少府主。”

“哼，依靠家势算什么本事，吾辈当自强。”

“听说他在南风学府预考时逼平了排名第二的宋云峰。”

"你好烦啊，能不能闭嘴啊？"

"……"

沿路诸多议论声传入南风学府众人的耳中，其中要属吕清儿、李洛两人的话题度最高，当然前者是因为实力，后者则是因为特殊的名声。

不远处，有三道人影站在高地的石亭处，目光锁定着刚进入白灵园的南风学府的队伍。

三个人中有两名少年、一名少女。其中一名少年身躯高壮，火红长发在日光下极为耀眼，另外一名少年则面容斯文，瘦瘦弱弱的样子。那名少女身穿绿衣，娇躯玲珑可爱，五官容颜也颇为秀美，最特别的是她两只手的手背上有着宛如藤蔓般的绿色文身。

三人并非无名之辈。红发少年名为项梁，出自天蜀郡的晨曦学府，而且是这一届的第一人，实力强悍。斯文瘦弱的少年名为宗赋，是中阳学府第一人。娇小的绿衣少女名为池苏，是夕光学府第一人。三人都是此次学府大考前十的有力竞争者。

"那就是吕清儿吗？看起来是个强敌啊。"项梁声音洪亮，充满炽热战意的目光锁定着吕清儿。

"从她的身上我感觉到了一丝危险的气息。"宗赋眉头微皱，轻声道。

"南风学府的第一人从来就不简单好吗？你们得庆幸，还好我们不是和姜青娥同一届，否则就直接洗洗睡吧。"池苏娇笑道。

项梁与宗赋深有同感地点点头，项梁感叹道："姜青娥太恐怖了，九品光明相简直吓死人，跟她一届的人真是让人同情。"

"还好这一届的南风学府只有吕清儿与宋云峰值得忌惮，其他人不足为惧。"项梁自信地说道。

虽说他所在的学府比不上南风学府，但正因如此，晨曦学府才能将很多资源都堆在他的身上。为了网罗这些天赋学员，不断地提高学府大考的成绩，各方学府很舍得花大价钱。

"那个李洛呢？听说他在预考时跟宋云峰斗成了平局。"池苏说道。

项梁闻言嗤笑一声，道："那是他靠着某种特殊的手段，把比试时间拖没了，而且最后他的相力已消耗殆尽，如果再多给宋云峰一秒钟，李洛都得狼狈出局。投机取巧罢了，大考时是用不上的。”

池苏闻言，这才恍然，有些可惜地道：“真是浪费了这么帅的模样。”

一旁斯斯文文的宗赋却轻声道：“轻敌是大忌，李洛能够逼平宋云峰，足以说明有一些古怪。为了万无一失，我们有必要试探出他的真实能力，才能化解一切不稳定因素。这一点你们就别管了，我会想办法的。”

项梁撇撇嘴巴，道：“随便你吧。”

池苏眸光一转，道：“你们都接到了师箜的传话吧？他要我们晚上去碰个头，商量事情。”

项梁点点头，对于那位总督之子，而且是唯一能与南风学府的吕清儿正面抗衡的人，他内心满是忌惮。

“他的面子，还是要给的。”

宗赋也轻轻点头，道：“他的目标应该是南风学府，与我们不谋而合。南风学府霸占‘天蜀郡第一学府’的招牌太久了，每次都得到了最多的录取名额，如果能够把它打压下去，对我们各自的学府都有好处。”

池苏笑道：“如果没有他这位重量级人物，我们也不太可能联手。”

各方学府虽然都针对南风学府，但彼此之间也有竞争，如果没有一个强势人物在中间撮合，很难形成联手之势。所以这一次师箜能够站出来，他们乐见其成。

李洛一行人在林风、徐山岳的带领下，入住了白灵园的房间，李洛刚好与赵阔分在一起。

两人整理宿舍时，突然房门被敲响，李洛一开门，一张很浪的脸露了出来，同时露出怀中书页的一角。

“兄弟，买料不？”

话一入耳，顿时让李洛想起以前在南风学府门口偷偷摸摸售卖各种不健康书籍的猥琐小贩。

“虞浪，你什么时候转行了啊？”李洛笑问道。眼前这人正是之前跟李洛交手后以夸张吐血落败的虞浪。

虞浪不满地道：“我这是第一手资料，有各大学府顶尖学员的情报，而且还有以此推测的大考前十。”

“哦？”李洛眉头一挑。这家伙挺有头脑的啊，竟然知道兜售这种资料，看样子似乎还为此准备了许久。

“你这赚钱的手腕不错啊。”李洛赞了一声，然后买了份资料表示支持。

“那必须的，这些资料都是我呕心沥血做出来的，保证物有所值。”虞浪信誓旦旦地道。

李洛随手翻开其中一页，然后嘴角一僵，因为他见到了自己的名字。

李洛，南风学府，洛岚府少府主，曾经的废物，崛起的天才，疑似五品水相。特点：长得很帅，可惜长得帅对夺取名额没有任何加成，估算夺得大考前十的概率极低。

李洛气笑，抬头刚要怒骂，虞浪便如一阵风般撤走了，远远传来声音。

“我这都是为了保护你的信息啊！”

李洛咬了咬牙，我信你个鬼，你个浪货，下次别让我撞见。

第四十六章

野路子的少府主

赶走了虞浪，李洛拿着这份资料回到房间，打开后从第一页慢慢往下看。

随着目光扫过，他的神色变得认真了，他发现上面很多情报还挺有料的。看来虞浪是真的下过功夫，不是胡编乱造忽悠人的。

当然，不包括自己那条，除了长得帅这个连自己都无法否认的特点外，情报其他内容李洛都不承认。

此时，李洛的注意力被一篇关于此次大考前十名的推测吸引。

第一名，南风学府，吕清儿，上七品冰相，疑似九印境。此女容貌、实力并存，在南风学府未曾败过。

第二名，东渊学府，师箜，上七品雷相，疑似九印境。此人可能是唯一能对吕清儿造成威胁的存在，有概率夺得大考第一。

第三名，晨曦学府，项梁，下七品火相，八印实力。此人乃是晨曦学府消耗大量资源培养出来的顶尖学员，实力不可小觑。

第四名，南风学府，宋云峰，下七品赤雕相，八印实力。在南风学府预考中的战绩接近全胜，唯一一次是输给了吕清儿，还有一场平局，对手是南风学府的李洛。

第五名，夕光学府，池苏，下七品灵毒藤相，八印实力。

第六名，中阳学府，宗赋，下七品水相，八印实力。

第七名……

李洛将这份资料仔细看完，旋即忍不住啧啧称叹。不看不知道，看了才知道天蜀郡竟然藏龙卧虎，想想也正常，天蜀郡其他学府的底蕴虽然不如南风学府深厚，但他们也有实力培养出一位顶梁柱，如果哪次运气极佳，指不定就能夺得大考第一，学府的名声直接噌噌地暴涨，什么投入都赚回来了。

这一通看下来，李洛发现前十名的有力竞争者几乎都是八印及以上的实力，显然都不弱。

“看来想要进入前十，难度不小啊。”

李洛摩挲着下巴，现在自己是七印，比前十名的有力竞争者弱，但因为水光相的特殊性，真要斗起来，对方未必有优势。如果现在遇见宋云峰，就不需要再像之前比试那样拖成平局了。

前十名中吕清儿与师箜独一档，两人乃是九印实力，自身掌握的相术相当娴熟，的确最有可能夺得第一名。

李洛对夺得第一没有太大兴趣，为什么？因为实力不允许啊！

他虽然身怀六品水光相，但吕清儿与师箜是上七品相，两人背景不俗，得到的资源不会比他的少，真以为自己能轻松越级战胜他们的话，未免太不把对方放在眼里了。他又不是姜青娥，能直接以九品光明相压服一切，让其他人连跟她斗的勇气都没有。

之前裴昊找事，明明他是地煞将后期，可面对着只是初期的姜青娥，仍讨不到半点好处，由此可见九品光明相的强横与霸道。

现在李洛的目标就是在大考中混个前十，得一个录取名额就差不多了，至于第一名的位置，他是真没兴趣，毕竟太耀眼了容易招来觊觎，在经历过以前那些事情后，李洛觉得做人应该低调，稳住不要浪。

如果条件允许的话，李洛更想先低调地完成一个小目标，那就是踏入封侯境，把自己的小命保住。

只剩下的五年寿命像悬在头上的一把利刃，让人寝食难安啊。

当李洛沉浸于这份虞浪编写的资料中时，天色渐渐暗了下来，赵阔打算出去觅食，看他这副认真的模样，没有出言打扰，而是自己溜了出去，等会儿给李洛打包点吃食回来便是。

“这份资料编得倒是很全面，干货不少。”看完资料，李洛再次赞了一声，起码看完之后，他对各个学府的顶尖学员都有了初步了解。

看完后，他觉得虞浪可能真是故意没将他的资料写上去，免得被人针对，否则以虞浪知晓的信息，不至于把他的情报写得如此含糊。

“倒是错怪他了。”李洛自语，旋即听到肚子传来咕咕声响，才发现天色已经黑了。

“赵阔怎么还不回来，想饿死我，然后独占这间宿舍吗？”李洛疑惑地道。

就在这时，房门突然被敲响，虞浪的声音从外面传来：“李洛，你那朋友赵阔被人截住了。”

李洛打开房门，皱眉道：“你说什么？”

门外的虞浪耸耸肩膀，道：“那家伙似乎跟中阳学府的人起了冲突，对方领头的人可是宗赋，你看过我的资料应该知道他。”

“中阳学府的人？他们想干什么？”李洛讶异地道。

“连宗赋都露面了，如果说是针对一个赵阔的话，我想你多半不会相信的。”虞浪分析道。

“冲着我来的？”李洛若有所思。

“大概率是想摸摸你的底吧。”虞浪说道。

“我都这么低调了，还来盯着我？”李洛十分无语，宗赋好歹是前十的有力竞争者，怎么会盯上他？

“看来是个谨慎的角色，符合他的性格。”虞浪深有同感。李洛已经很低调了，唯一亮眼的战绩就是依靠比赛机制逼平了宋云峰而已。

“欺负我兄弟，不管是谁都不能忍！”李洛愤然说道，直接走出房间。

虞浪挠了挠头。这样的话，岂不是遂了人家的愿吗？

白灵园西侧人流汹涌，不少人停步于此，造成了堵塞。

数名中阳学府的学员围住了赵阔，争吵激烈，周围不少人都在看戏。

“啥情况啊？”

“听说南风学府的人调戏了中阳学府的一个小学妹。”

“这么嚣张吗？小学妹在哪儿？”

“那里，呃，姿色比较……普通。”

“……”

在诸多笑语间，赵阔愈发不耐，眼中怒火涌动，旋即突然撞开阻拦的几人，拔腿就跑。

不过他脚步刚动，就感觉到一股雄浑之力自后方涌来，一只冰凉的手掌按在后背，掌心吞吐的力量让他浑身一僵，不敢动弹。

他偏过头，望着出现在后面的一名面容斯文的少年，怒道："你们想干什么？"

宗赋闻言，微笑道："兄弟，事情还没完呢。你总得让南风学府里说得上话的人出来解决一下吧？"

"你们想讹我？"赵阔沉声道。

宗赋笑道："如果南风学府不来一个够分量的人，恐怕我们只能修理你一顿，为小学妹讨个公道了。"

"胡说八道！她长得比我都壮，我会调戏她？"赵阔怒道。

宗赋不理，只将他牢牢制住，四周看热闹的人越来越多。

双方拉扯了一阵，人群突然骚动，宗赋眼睛一亮，见到李洛走了出来。

"果然来了。"宗赋心中暗喜。只要李洛现身，今日说什么都得摸出他的底，看看究竟是有真本事，还是银样镴枪头。

还不待他心中喜色扩散，只见李洛转头对着后方喊道："监察导师，这里！就是这个家伙违反规矩，私自斗殴，赶紧把他抓起来，剥夺他参加大考的资格。"

宗赋脸上的笑意僵住，他见到李洛后方有一名穿着监察服的导师面无表情地站了出来。

斯文的宗赋直接爆了粗口，他没想到这位洛岚府的少府主路子这么野，这两天白灵园各大学府学员间的争斗屡见不鲜，按照不成文的规矩，大家都自己解决，谁见过这种动不动就跟老师举报的人？还要不要面子了？

这个少府主，一点都不按套路来啊。

第四十七章

被罚站的宗赋

人潮汹涌间，许多围观的学员望着这一幕，一脸愕然。谁都没想到过来救场的李洛，竟然带了一个监察导师过来。

“这个少府主太不讲规矩了。”

“太厌了，这不是说明怕了宗赋吗？”

“学员之间的争斗，竟然找导师举报，真是让人大跌眼镜。”

“说得没错，不过……好像找导师才是最正确的办法吧？私自斗殴，本来就违反了规矩啊。”

“你……你这话虽然说得没错，但是……但是……”有人但是了半天，竟然没办法反驳。违反规矩找导师举报投诉，好像也无可指摘，但为什么就感觉不太对劲呢？

在一些学员陷入沉思时，宗赋赶忙将抵在赵阔后背的手松开，一脸堆笑地对着面无表情的监察导师道：“导师，我们没有斗殴，只是在开玩笑。”

“你刚才明明想打我。”赵阔说道。

宗赋尴尬地否认：“怎么可能，你不要污蔑我。”

李洛走上前来，笑道：“没关系，勇敢说出你的真实想法。”

宗赋笑道：“没有、没有，真没有。”

监察导师看了一眼场中的情况，又看了看中阳学府那位壮实得跟熊一样的小学妹，嘴角扯了扯，道：“你们要碰瓷，就不能找个好点的理由？”

宗赋很委屈，中阳学府本来就阳气极盛，女学员找不出几个，这位壮实的小师妹是他们学府前二十名中唯一一个女生，他们平时都当成宝的。

“你罚站三个小时。少一分钟，就让你们院长来领人。”监察导师没好气地道。

最近学员间的斗殴太多了，他们都是睁一只眼闭一只眼，但李洛来举报了，他们就必须处理，否则就是失职。

监察导师说完，直接转身走了。

围观的众人传出低低的哄笑声，也不知道在笑谁。

宗赋无奈地站在原地，不敢动弹。李洛上前，笑道："你就对我这么好奇吗？竟然费尽心思用赵阔把我逼出来。"

宗赋盯着李洛，叹道："因为别人都说少府主你不足为惧，我却觉得你可能是此次大考最大的变数，所以得探一下你的底啊。"

李洛有些讶异："你就这么看好我？"

宗赋点点头，道："因为我知道姜青娥的恐怖，我不相信跟她有婚约的人真的会一无是处。"

"你跟姜青娥交过手？"李洛更加惊讶了。

宗赋叹了一口气，道："没成，那一次她就看了我一眼，吓得我的腿都麻了。李洛，你这么遮掩着不想动手，看来是真藏了什么，我很好奇大考上你究竟会表现得如何。"

"等在大考上遇见，你就知道了。"

李洛笑了笑，旋即拍拍宗赋的肩膀："你就继续站着吧，我先回去睡觉了。"

说完，他便带着赵阔在诸多古怪的目光中悠然离去。

宗赋望着他们的背影，无奈地撇撇嘴巴，旋即似是想起什么，面色一变。

"被罚站了还怎么去参加晚上师箜的聚会？他不会以为我拒绝了，不给他面子吧？"

白灵园某处，一间房内。

师箜面带温和笑意地招呼着项梁、池苏，还亲自为二人斟了茶，言谈间彬彬有礼。

三人说了一会儿话，池苏皱皱眉，道："宗赋这家伙怎么还不来？"

项梁也有些疑惑，宗赋不像是对师箜的提议没有兴趣的样子，他应该会出现的啊。

师箜面带笑意，双目却略显幽深，宗赋难道是不给他面子吗？在他心思转动时，突然有人敲门进来，在他耳边说了些什么，然后他的脸上浮现出一抹愕然。

师箜挥手将人遣退，看向两人，笑道："今晚宗赋来不了了。"

"怎么回事？"项梁、池苏惊讶道。

“他去试探李洛的底，结果被李洛给举报了，被监察导师罚站三个小时。”师箜说着话的时候，面色有些古怪。

“啊？”项梁、池苏忍不住失声，旋即面面相觑，一时间哭笑不得。

“李洛有点不按常理出牌啊。”项梁笑道。

举报给导师，亏这个家伙想得出来，不怕被人耻笑吗？

“可能真没能力对付宗赋吧，只能选择这种办法。”池苏说道。

“我就说了，根本没必要去试探李洛，他不是我们需要注意的对手，也没资格让我们这么谨慎。”项梁撇撇嘴，道。

师箜面带笑意：“宗赋的谨慎也是好的，如果真在大考上遇见李洛，就随手先解决了吧，免得最后出现意外。”

他对此没有太过在意，而是话题一转，说回今日的正事：“宗赋虽然没到，但我们今天碰头的目的不能因此耽搁。我们都有共同的目标，那就是将南风学府拉下宝座。”

“南风学府今年最强的人是吕清儿。只要将她解决，南风学府就会失去争夺第一名的资格，他们今年必然拿不到最多的录取名额。

“我的建议很简单，那就是最后阶段我们联手淘汰吕清儿。”

项梁与池苏对视一眼，看出对方眼中的凝重，旋即问出心中的疑虑：“联手对付吕清儿并不容易，到时候就算打不过，以她的能力也能全身而退，另外最后阶段必然还有其他强敌，一旦我们与吕清儿斗得太狠，可能会被人渔翁得利。”

师箜微微一笑，道：“一切我都会部署好，只要你们在我安排的时机与地点出现便可。”

项梁、池苏沉吟了片刻，最终点了点头。

“那就依你所说，南风学府占据‘天蜀郡第一学府’的名头太久了，该换人坐一坐了。”

师箜面上的笑意更甚，他举起茶杯，三人轻轻碰了碰杯。

“那就……合作愉快。”

第四十八章

撞见师箜

接下来的两天没人再来招惹李洛，只不过每次他出去的时候，周围投来的目光似乎都带着古怪。

但李洛会在意这些吗？显然不会。跟他前两年的经历比起来，这些不值一提。

白灵园，风餐楼。

李洛与赵阔来此觅食，上了楼却发现宽敞的大堂人满为患，到处都是充满朝气的少男少女，时不时响起笑闹声。

“人也太多了。”赵阔无语道。

李洛也有点无奈，刚打算撤走，却见到不远处靠窗的位置，有人对他招了招手，仔细看去，竟然是吕清儿。

“走，去混个饭。”李洛见状也不客气，带着赵阔走过去，随着走近才发现，与吕清儿同桌的还有蒂法晴以及宋云峰。

“不介意的话就坐这里吧，还有空位。”吕清儿纤细玉指指了指空出来的位置，说道。

同桌的蒂法晴看了李洛一眼，没有再如以前那样出言嘲笑，而是安静地喝着水。

倒是宋云峰微微皱眉，很适当地表现出了一些不乐意，他觉得对方如果有眼力见儿，这个时候应该会明白怎么做。

结果，他见到李洛一屁股坐在他的旁边，感激地笑道：“还是同学亲啊，解人燃眉之急。”赵阔也随之入座。

宋云峰嘴角微微抽搐，淡淡地道：“李洛，听说你又搞事了，现在白灵园有那么多其他学府的人，能不能别给南风学府抹黑了？你这样让我们这些同为南风学府的学员感到很难堪啊。”

李洛闻言，顿时沉吟道：“如果我的所作所为让你感到难堪的话，我建议你赶紧退学吧。”

话一说出口，宋云峰的眼中怒意浮现，而一旁的吕清儿则唇角微弯了一下。

宋云峰冷笑道：“我退不退学，你说了可不算。李洛，我这是为了你好，不要以为预考时跟我打了一场平局，就可以肆意得罪其他学府的人，你自己最清楚那个平局在这里究竟有没有用。”

李洛却没听他说话，而是对正招呼着侍者的吕清儿道：“帮我们点份餐，谢谢。”

吕清儿冷冷清清没有回应，但点餐时还是加了两份价格不菲的餐食。

宋云峰见状，心中怒意更甚，隐隐升腾起嫉妒之火。他可从没有这样对吕清儿说过话，偏偏李洛这混蛋竟敢当着他的面使唤她。

“明天大考就要开始了，都做好准备了吗？”吕清儿不打算让他们继续冷嘲热讽下去，于是主动开口说道。

几人点了点头，话题顺势转移了。

李洛没怎么参与，专心埋头吃饭。吃了一半，他突然发觉桌上的气氛微微顿了顿，当即有所感应地看向了一个地方，只见一道人影走上来。

那名少年的模样不算出众，却隐隐散发着一种令人感到压迫的气势，即便脸上带着温和笑意，依旧让人不敢小觑。

东渊学府，师箜，天蜀郡总督师擎之子。

师箜上了楼，直接看向李洛他们这边，笑着走过来：“各位，插个座可行？”

吕清儿眸光一抬，淡淡道：“不好意思，满座了。”

师箜笑着从旁边借来一把椅子，那一桌的人显然认识他，没人敢阻拦。

师箜在宋云峰的另外一侧坐下，道：“清儿，家父与吕伯父也算相识，没必要这么冷淡吧？”

“你我本就是竞争关系，何必故作亲和？装起来不累吗？”吕清儿道。

师箜无奈一笑，道：“你我未来必然都会进入圣玄星学府，到时候就是同学，没必要这么生疏。”

“云峰，你说对不对？”他对着一旁的宋云峰说道。

宋云峰神色平静地点点头。

李洛吃得心满意足，放下碗筷，看向吕清儿，道："吃完了没？要去散步消食吗？"

吕清儿闻言，顿时点头。她知道李洛这是在帮她化解眼前的局面，她也不想留在这里跟一脸虚假的师箜说些没用的话。

师箜见状，双目虚眯了一下，手指拈着一颗蚕豆，旋即屈指一弹，隐隐间有细微的雷鸣声响起，一道银光以迅雷之势对着李洛的脸弹射而去。

就在银光即将击中李洛时，一根散发着寒气的筷子飞射而至，将那颗缠绕着雷相之力的蚕豆击飞，最后筷子狠狠插进楼柱，蔓延的寒气让周围浮现出白霜。

吕清儿双眸冰冷地注视着师箜，周身隐隐升腾起寒气，道："师箜，不要没事找事。"

这边的动静在大堂内引起了骚乱，一道道惊疑的目光投射而来，当他们发现冲突双方竟然是吕清儿与师箜时，顿时兴趣大发，难道今年学府大考最有实力竞争第一名的两人，就要在这里动手了吗？

在众多关注的目光中，师箜笑道："失手失手……少府主可别生气啊。"

李洛摇了摇头，无奈道："生气倒没有，只是你太浪费粮食了，看来兄弟的家教不合格啊，师总督平常不教你吗？如果家里缺皮鞭，我可以送你两根。"

师箜面带笑意道："少府主说得对，我下次多注意。"

"知错就改，就还是个好孩子。"

李洛点头赞扬了一声，然后与赵阔转身离去了。

吕清儿眼眸冷冷地看了师箜一眼，跟了上去，蒂法晴也赶紧跟上，而宋云峰先看了看师箜，才起身离去。

师箜望着他们离去的身影，不甚在意，伸手将盘中剩下的几颗蚕豆丢进嘴中，轻轻嚼动，嘴角带着笑，眼中却是一片冷漠。

"李洛究竟是藏着实力，还是真没能力？真想试探一下呢。"

他轻轻自语，旋即又笑着摇摇头。

算了，一个废掉的少府主应该没多大威胁，只要淘汰吕清儿，这一次南风学府必定保不住"天蜀郡第一学府"的招牌。

但是这家伙还真令人讨厌啊，看来有必要顺手做点安排让他早点滚蛋。

第四十九章

大考开幕

时间在热闹的白灵园中飞速而过，眨眼间，大考之日已至。

白灵园外，汹涌而来的人潮越来越多，天蜀郡各地都有人赶来围观这场大考盛事。

白灵山山脚处，绵延的看台上黑压压一片，人声鼎沸。

最前方有一些宽敞奢华的亭阁，是为天蜀郡各方大人物准备的。没过一会儿，天蜀郡的总督师擎、南风学府的卫刹老院长皆露面，引起许多关注。

作为天蜀郡分量最重的两位人物，他们直接走入最中央的亭阁，有人立刻奉上香茶瓜果。

“呵呵，老院长的精神还是一如既往的不错啊。”师总督面带笑意。

卫刹老院长淡淡笑道：“听说师总督对我南风学府作为‘天蜀郡第一学府’不满意得很呢。”

“定然是谣传。”师总督笑着摇头否认。

旋即他话峰一转，道：“‘天蜀郡第一学府’的名头都是靠实力争来的，任何人都改变不了，除非南风学府被其他学府超过。”

老院长淡淡道：“南风学府在天蜀郡崛起的时候，师总督还不知道在哪个角落混迹呢。”

这些年师总督执政天蜀郡，与老院长多有冲突，甚至涉及了南风学府的名望与利益，要知道老院长几乎将南风学府的名声当成了自己的命根子，师总督明知此事还想伤害南风学府，这是他绝对不能容忍的事情。

大夏王庭每年都会对各郡总督进行政绩评审，老院长作为天蜀郡第一学府的执掌人，自然有话语权。以双方之间的恩怨，老院长怎么可能给出什么好的评价，这也导致这些年师总督始终难以升迁。

随着时间积累，双方的恩怨越来越深，如今见面，自然是一番唇枪舌剑。

特别是今年，如果师总督的政绩评审还是不能达标，那么他大概率会被调走，被分派到一个比天蜀郡更差的郡地。这也是师箜想尽办法要将南风学府“天蜀郡第一学府”的招牌摘走的主要原因。

中亭这里气氛冷凝，其他地方却热闹非常，宋家、蒂法家、贝家这些天蜀郡大家族的家主皆已现身。金龙宝行的吕会长也满面春风地过来了，毕竟这次大考，他的小侄女可是会大大露脸。

在一处亭阁，蔡薇与颜灵卿也到了，作为洛岚府的一员，她们当然要关注自家少府主在大考中的成绩。当然更多的是因为她们与姜青娥是关系极好的闺密，所以对李洛都有种弟弟般的感觉，再加上李洛长得帅，性格也没有作为少府主的傲慢，虽然有时候会皮一下，但还是很讨人喜欢的。

“你说少府主这次能进前十吗？”蔡薇优雅地斜靠着椅背，随手取过一根香蕉剥开，性感红唇开合间，贝齿轻轻咬断。

若有男子在场，这一幕怕是会被撩得心火灼体。

颜灵卿玉指敲了敲桌面，忍不住道：“你这个狐狸精，收敛点行不行。”

“又没有外人。”蔡薇委屈道，旋即从果盘中取出一片木瓜递给颜灵卿，道，“你多吃点这个，补一补。”

“你得寸进尺了是吧！”颜灵卿怒了，当即起身，直接扑上去压住蔡薇，使劲挠起痒来。

蔡薇被挠得花枝乱颤，最后只能求饶：“饶了我吧，我错了。”

那可怜兮兮的娇媚模样，哪有洛岚府大管家平日的冷静与理智。

颜灵卿冷哼一声，这才坐了回去，道：“李洛应该是第七印的相力级别，从明面上看，他想要进前十难度不小。但如果南风学府的吕清儿夺得第一的话，额外得到的十五个名额里，李洛拿上一个倒是不难。”

蔡薇轻笑一声，道：“我却觉得，少府主要进前十不难。”

颜灵卿诧异地看了她一眼，不知道她哪里来的这么大信心。

“你别看他平日里没有半点少府主的架子，骨子里还是很骄傲的，毕竟是那两位的儿子，还与青娥有婚约……以他的性格，或许不会对第一生出执念，但也不会接受被人‘带进’圣玄星学府的事。”蔡薇说道。

“当然最重要的是，出于直觉，我总认为咱们这位少府主没表面显露的那么简单。”

颜灵卿若有所思。李洛有时候的确给人一种摸不透的感觉，明明只是一个才有相没多久的人，但短短一个月做成的事情并不少。

“希望他能够靠自己的本事进入前十，夺得录取名额吧，否则，这种被顺带着拿到录取名额的人，日后到了圣玄星学府都有点尴尬，再加上他还是洛岚府的少府主以及青娥的未婚夫……啧啧，想起这事，我觉得李洛去圣玄星学府未必是好事。”颜灵卿扶了扶银质镜框，清冷的脸上流露出同情。

蔡薇轻轻点头，她同样是从大夏王城过来的，对圣玄星学府比较了解，她很清楚姜青娥在那里的名气，说是万众瞩目都一点不为过。李洛如今在南风城还好，风波吹不过来，可一旦去了圣玄星学府，就会直面姜青娥那璀璨到让人眼瞎的光环所带来的压力。

换个承受能力差的人，恐怕都不敢扛。

在她们说话间，场中的气氛突然沸腾起来，两女投去目光，然后就见到各个学府的队伍入场了。她们眸光扫去，一眼见到了站在南风学府队伍中的李洛，毕竟那一头银灰色的头发以及帅气的模样太好认了。

“少府主长得真好看，头发颜色变了后更帅了呢。”蔡薇笑着评价道。

颜灵卿没好气地道：“颜控，肤浅。”

但她也没否认，继承了父母优良基因的李洛，在外表上的确挑不出半点毛病。

在无数目光的注视下，一名身穿星光长袍的身影出现在高台上。

长袍上的星辰绽放出银色光辉，那是圣玄星学府的导师服，来人正是圣玄星学府派来的监督员。

“各位天蜀郡的学员，我是圣玄星学府的导师安烈，今年的学府大考将以积分制分出排名。”那位名为安烈的圣玄星学府导师看上去约莫三十岁，能在这个年纪成为圣玄星学府的导师，也算年轻有为。

随着他的声音落下，只见各学府的领队导师取出一个个晶牌，分发给各自的学员。

李洛也拿到了晶牌，它约莫巴掌大小，上面铭刻着学府校徽，还有各自的名字。

“大考开始的那一刻，所有人都会进入两个评审关卡，通过这两个关卡，你们会得到基础积分。

“两个评审关卡中禁止学员互相动手，一旦通过关卡，就可以自由行动，抢夺其他人的晶牌并夺走积分，这就是第三层的淘汰赛。当然，同一学府的学员之间无法互抢积分。

“你们的终点是白灵山西南方向的深处，那里有一片古城废墟，名为白灵墟，到了那里，你们会知晓最终规则。”

随着安烈不疾不徐的声音落下，所有学员的面色渐渐凝重起来，空气中仿佛都弥漫着紧张。

说完规则后，安烈看了一眼天色，旋即露出灿烂的笑容。

“现在我宣布，学府大考正式开始。”

话音一落，这方天地间的紧绷气氛陡然炸裂开来，化为鼎沸之气，铺天盖地地蔓延开来。

大考，终于开始了。

第五十章

考试要动脑子

“轰隆！”

随着安烈导师宣布大考开始，诸多学员前方的地面上有无数树木破土而出，彼此纠缠，最后形成一条条走廊，里面黝黑，通往白灵山深处。

南风学府队伍前面，林风与徐山岳两人凝视走廊片刻，然后对着身后的学员们挥了挥手。

“动身吧。”

当他们的声音落下，只见一道道人影身上升腾起不同色泽的相力，然后疾射而出，冲进了走廊。

与此同时，其他学府的学员也倾巢而动，一时间场面极为壮观。

那位圣玄星学府的银袍导师则走进居中的亭阁，师总督与老院长对其微微点头，笑道：“辛苦安烈导师了。”

虽说从实力、地位来说，安烈比他们要差，但有圣玄星学府监督员的身份，他们也不能轻视。

而且安烈年轻有为，虽说现在只是银辉导师，但他有潜力，未来若升任金辉导师，在大夏国也算是一个人物。

圣玄星学府内的导师有三个等级，以银辉、金辉、紫辉来划分。据说银辉导师的硬性标准就是实力需达到地煞将境，金辉是天罡将境，而最顶尖的紫辉导师则需要达到封侯境。只不过就算在底蕴深厚的圣玄星学府，紫袍导师都极为稀少。

安烈笑着回礼，在一旁坐下，道：“天蜀郡藏龙卧虎，想必今年的大考会格外激烈，不知道今年是南风学府继续领跑，还是会有异军突起？”

这个问题不论是师总督还是老院长都无法回答，他们只是一笑，然后便将目光投向前方竖立着的一面晶壁，上面被分割成了许多镜面，届时安置在白灵山中的光影石会将画面传输回来，还会显示所有学员的积分排名，并且实时更新。

白灵山外气氛沸腾，李洛随着人群拥入一条树木缠绕而成的走廊，他发现随着不断前行，前方的分岔口越来越多，犹如在给人群分流。

随着一拨拨人流不断分开，周围基本变成了陌生人，不过李洛与赵阔还在一起，还有几名南风学府的学员。

这般不断前行持续了约莫一刻钟，李洛等人终于见到走廊的尽头，一座木门出现在面前。

随着他们到来，那高大的木门缓缓开启。

李洛、赵阔对视一眼，然后顺着队伍小心翼翼地走入其中。

当最后一人走进时，木门轰然关闭，光芒绽放出来，众人发现这竟是一座极为宽敞的大殿，以木头制造而成，厚实沉重。

所有人保持安静，紧张地四处看着。

李洛与赵阔站在边上，也在四处打量。听圣玄星学府的导师说，他们会先遇见两道评审关卡来获得基础积分，眼下这里应该就是第一层吧。

只是，究竟怎么考验呢？

就在李洛疑惑间，突然他的耳朵一动，隐隐听见了一些声响，旋即他猛地盯着大殿上方，那里有两个尺许左右的黝黑孔洞。

声音就是从那里传来的。

声音很快变得越来越大，后来所有人都察觉了，抬头警惕地盯着那两个孔洞。

“吱吱！”

在所有人的注视下，两个孔洞中突然冲出了两股黑色洪流，刺耳声音响彻不停，竟然是无数黑色的四翼蝙蝠！

这些蝙蝠个头粗壮，有脸盆大小，爪牙锋利，双目赤红，看上去吓人得很。

无数蝙蝠飞入大殿，不由分说地对着下方的学员冲去。

学员们急忙运转相力，以各种手段应对着四翼蝙蝠的冲击，到了这一刻，谁都明白，此次的考验就是这些四翼蝙蝠的攻击。

李洛也运转起相力，他不敢让蝙蝠近身，所以都是远程攻击，将冲过来的蝙蝠隔空击毙。

随着四翼蝙蝠越来越多，开始有人惊叫出声，因为他们发现，一旦被蝙蝠击中身躯，胸口处的积分晶牌就会有红光闪烁。

“不能让蝙蝠击中身体，否则会降低我们的基础分！”有人大喝出声。

有人慌乱地哀号不已，因为已经被连续击中多次，显然第一轮的评审关是得不到多少基础分了。

“原来如此。”

李洛恍然，旋即与赵阔贴在一起，不断斩杀着自四面八方袭来的四翼蝙蝠。

只是这些蝙蝠仿佛永无止境一般不断扑来，到后来，赵阔都忍不住号了起来：“要顶不住了，累死了！”

李洛飞快扫视，望着源源不断的四翼蝙蝠，目光闪烁了一下，突然一把抓住赵阔的手腕，身形疾退到人群边缘。

“别动，不要化解我的相术。”

他说了一声，旋即运转相力，淡淡流光在他的身躯之上蔓延，同时流到了赵阔的身上。

流光之下，李洛与赵阔的身影仿佛在渐渐变淡。

“这是中阶相术，水影术？”

赵阔见状一愣，旋即望着前方扑来的四翼蝙蝠，忍不住道：“洛哥，你这没用啊，要不要出手砍了这些蝙蝠？”

李洛没有说话，覆盖在两人身躯的相力上似有光芒闪烁起来。

赵阔见李洛没回话，只能咬紧牙，强忍着出手砍死那些四翼蝙蝠的冲动。

就在赵阔等待着即将到来的攻击时，他却猛然见到，那些原本冲着他们袭来的四翼蝙蝠仿佛突然失去了攻击目标，茫然地停了下来，最后又转身对着其他人飞去。

“这……”赵阔惊讶地睁大了眼睛，道，“还能这么玩？”

他难以置信，一个中阶的水影术竟然能够直接避开蝙蝠的感知？

他低头看了一眼，发现自己的影子都消失了，当即震惊地道：“洛哥，你这水影术有点变态啊，简直跟传说中的隐身术一样了。”

“什么隐身术，只是借助水光折射将我们藏在光线下罢了，一个低级的障眼法，只要凝神感知一下，就会被人发现。”李洛没好气道。

“那也很了不起，我可没见过有人能将水影术修炼到这么厉害。”赵阔赞叹道。

李洛笑了笑。他没说出来的是，普通的水影术当然做不到这一步，能够如此，是因为他有光明相力的协助，水与光的结合才能让水影术的隐蔽效果如此之强。

“接下来就不用出手了，在这里等着结束就行了。”李洛悠然地道。

“洛哥，你不仅长得帅，脑子还这么好用，圣玄星学府没有特招你，真是眼力不行。”赵阔高兴了，一通吹捧。

“算了，毕竟以后是我们的母校，不用过于苛责。”李洛大度地道。

“嘿，想不到洛哥你还有如此广阔的心胸。”

赵阔一脸感叹，就在他趁无聊打算先抱紧李洛大腿的时候，突然见到一道被四翼蝙蝠追得上蹿下跳的人影在不断接近这边。

“洛哥，那家伙有点眼熟啊。”他说道。

李洛看去，嘴角一抽，那个被追得鬼哭狼嚎的不是虞浪还会是谁。

“别理他，当没看见。”李洛说道。

虞浪是六品风相，速度极快，虽然喊得狼狈，但也没被四翼蝙蝠追上。

“不对啊，洛哥，他在往这边撞，难道知道我们躲在这里？”赵阔连忙说道。

李洛一看还真是，不由得有些脑壳痛。

就在这时，随着虞浪接近此处，他贼眉鼠眼地看了李洛两人躲着的地方，压低声音道：“洛哥、洛哥，快拉兄弟一把。”

李洛装死。

“你再不拉我，我就引一堆蝙蝠过来，把你们撞出来。”虞浪见没反应，立刻威胁道。

“虞浪，你这么坏迟早被人闷棍打死。”

一道无奈的声音传来，紧接着一只手掌凭空伸出，一把扯住虞浪的手臂，光芒流动间，将他的身影也遮住了。

后方冲来的四翼蝙蝠再度茫然地停下，最后四散开来。

第五十一章 三个零分

大殿之中乱成了一锅粥。

众多学员都使尽所有手段去斩杀、躲避着仿佛永无止境的四翼蝙蝠，但由于蝙蝠数量太多，很多学员身上开始挂彩，被四翼蝙蝠尖锐的爪牙抓出了一道道血痕，胸口处的晶牌也在不断地闪烁着红光。

只有部分实力较强的学员，机智地迅速找到队友互相依靠，受损不算太大。

只是在所有人都忙着对付四翼蝙蝠时，没人注意到，在大殿边缘处有三个人在淡淡的光影下轻松避开了四翼蝙蝠的攻击，正对着大殿内的众人评头论足。

“哈哈，快看那个家伙，脸都快被抓烂了。”

“哇，这个人才倒霉，被四翼蝙蝠抓了一下裆部，看他扭曲的脸，不知道以后会不会有心理阴影？”

“可怜。”

“……”

三人看着大殿内狼狈的众人，皆心怀同情，同时有点后悔进来前忘了带点吃食，不然此时看着热闹吃着点心，当真美事一件。

李洛突然看了一眼虞浪，皱眉道：“你能不能别靠我这么近？不恶心吗？”

这家伙此时紧紧抓着李洛的手掌，还不断贴近，一股汗臭味扑面而来，让李洛感到强烈不适。

虞浪振振有词道：“你这坏家伙，万一突然把我丢出去怎么办？我当然要抓紧一点了。”

李洛无语，心想：要不是看在你帮我隐藏信息的份上，真想把你给踢出去……

“洛哥，咱们这应该是完美表现了吧？这一关如果不给满分，我都觉得天理难容。”一边的赵阔笑得嘴角都要裂开了。

李洛点点头。这层评审关他们可一次都没被四翼蝙蝠击中过，如果是以这个来评分的话，这里应该无人能够超过他们。

在三人悠闲看戏时，大殿内的四翼蝙蝠肆虐了约莫半个小时后，仿佛收到了什么命令，突然倒卷而回，化为黑色洪流飞回大殿上方那两个黝黑的孔洞之中。

这一关的考验结束了。

大殿内，不少满身鲜血的学员瘫坐下来。

此时，大殿上方有一颗晶石闪烁起光芒，一道光网迅速扫描而来，掠过在场每一个人的身躯。

紧接着，众人见到他们胸口处的晶牌上开始有数字跳动起来。

“咦？我有基础积分了，四十六分！”

“我是五十分。”

“倒霉，我才二十分！”

“……”

各种惊喜、沮丧的声音在大殿中响起，乱糟糟一片。

当众人在为自己的积分或欢喜或沮丧时，在边缘处的李洛、赵阔、虞浪三人却处于一种蒙了的状态。

他们发现，自己晶牌上显示的积分依旧是零。

“怎么可能！”赵阔目瞪口呆。

“我们明明完美避开了四翼蝙蝠的攻击！”虞浪怒了，觉得受到了不公平对待。

李洛犹豫了一下，道：“会不会是水影术效果太好，把探测光线也给挡住了，直接漏掉了我们？”

赵阔一脸惊愕，还能这样？水影术遮蔽效果太好也有错？

“刚才的探测光线好像真没落在我们身上。”虞浪想了想，道。

一时间三人面面相觑，心态崩了。

谁都没想到会是这么一个结果……他们原本高高兴兴地等着满分的基础分，结果却因为躲得太好，探测光线没找到他们而给了个零分。

太过分了吧！

“不行，我要去申诉！这是他们的失误！”虞浪愤怒地道。

李洛撇撇嘴，道：“现在出去就直接失去大考资格了。算了，零分就零分吧，反正基础分也是拿来被人抢的，再说，不是还有下一层评审关吗？”

听他这么一说，虞浪的神色才缓和了些，但还是忍不住骂骂咧咧。

李洛散去水影术，三人显露出身影，顿时引来大殿内的一些目光，当他们见到三人晶牌上的零分时，都一脸愕然。

因为他们见到场中就算最惨的人都有几分，可能给的是表现分，却没有一个人是零分。李洛他们三人，究竟干了什么？

大殿内响起幸灾乐祸的窃笑声。

面对那些目光，李洛三人面无表情，懒得在这里继续停留，直接朝着大殿另一侧已经大开的一扇木门快步走去。

好气啊，本来是他们看这些人的笑话，结果到头来却被人家笑，人生的跌宕起伏在这里演绎得真是淋漓尽致。

当李洛三人朝下一关走去时，在白灵山山脚下，此时也是人声不断。

因为那面巨大的晶壁上开始有许多分数跳动起来，一个个名字不断冒出，吸引着所有目光，同时引起阵阵惊呼声。

片刻后，分数跳动渐渐停止，此时排在前方的名字清一色挂着一百分的基础分。这是评审关的满分。

不出意外，吕清儿、师箜等人的名字排在最前面。

无数道视线扫过，突然有人惊疑出声，因为他们见到了三个奇怪的分数……

零分？

要知道其他人最差也有一分，算是一个表现分，至于零分还真是没见过。

所以三个零分一出来，顿时引起热议。

特别是当他们见到三个零分中一人的名字时，更是哗然。

南风学府，李洛。

那不是洛岚府的少府主吗？这位在天蜀郡的名气可不小，怎么眼下鼓捣出了一个零分？究竟是个什么情况？

“喂，那个零分不会是少府主吧？”蔡薇同样看见了那个显眼的零分，红润小嘴震惊地一点点张开。

颜灵卿揉了揉眉心，道：“南风学府除了他叫李洛，还能有谁？”

“怎么会是零分呢？”蔡薇哭笑不得，这究竟是做了什么啊？

颜灵卿摊了摊手：“你问我，我问谁去。”

“无所谓了，两层评审关只是为了获得基础积分而已，真正决定结果的还是最后的淘汰赛。”

蔡薇无奈地道：“这个少府主，真是不让人省心。”

中亭内。

老院长、师总督以及安烈导师看见三个显眼的零分，一时间都有些错愕。

旋即，师总督笑道：“老院长，你们南风学府的学员倒是很特殊啊。”

老院长皱着眉头望着三人的名字，有些头疼。这三个刺头究竟在干什么啊，真是太丢人了。

心中无奈，老院长对师总督讥嘲的话语当作没听见，反正只是一层评审关而已，算不得什么。希望接下来这三个小祖宗别乱搞事了，真当他提不动刀了吗？

第五十二章

鬼面魔藤树

当李洛三人走出树木虬结的大殿大门时，眼前的景色顿时大变，一片幽暗的森林中巨树林立，暗黑色的树枝扩张开来，遮蔽了天空，给人一种阴森的感觉。

李洛他们看了一眼这片幽暗森林，目光停在前方一块晶壁上。

上面有文字流动，散发着淡光。

他们仔细阅读了一下文字，神色变得郑重起来。

“这一关考验，是夺取‘鬼面果’。”

在这个幽暗森林中存在着一种特殊的植物，称为鬼面魔藤树，其性凶残，喜欢绞杀任何靠近的生物，然后将尸体埋葬在根茎处，用血肉滋养、壮大自身。

鬼面魔藤树成熟后会结出一颗鬼面果，而第二层评审关就是必须取得一颗鬼面果，获取基础积分。

“鬼面魔藤树不好对付啊，魔藤之上布满毒刺，异常凶狠，单打独斗的话，连八印相力等级的人都很难从它那里抢走鬼面果。”赵阔皱眉道。

原本打算溜走的虞浪赶紧把脚收了回来，道：“我建议咱们三人联手抢夺鬼面果，如何？”

“我看你刚才似乎是想单飞啊。”李洛笑道。

虞浪尴尬道：“怎么可能，我们可是历经患难的生死之交。”

李洛摇摇头，懒得理会这满嘴跑火车的家伙，但也没反对虞浪的提议，虽说自己未必没有办法独自取得鬼面果，但既然有人协助，自然会轻松许多。

能轻松获得，又何必自己一人埋头苦干？

“走吧。”

李洛说了一声，然后一马当先朝幽暗森林之中走去，身后的虞浪、赵阔赶紧跟了上来。

三人同行，朝着森林深处而去，行进一段时间后，他们听见右侧的远处传来了动静。

三人对视一眼，悄悄上前，拨开茂密树丛，见到前方的一片淤泥湿地中，有一棵黑色的大树矗立，大树浑身缠绕着黑色的蔓藤，蔓藤之上有黑刺，甩动间如同黑色大蟒般，破风声刺耳地响起。

在大树粗壮的树干上隐约可见一张狰狞的面孔，让人不寒而栗。

正是一棵鬼面魔藤树。

在这棵鬼面魔藤树周围，已有六七个人在联手围剿，一道道相力光芒绽放，不断对魔藤树发动攻击。

而魔藤树也在凶狠地反击着，带着毒刺的蔓藤狠狠抽下，力道惊人，将那六七个人鞭打得鬼哭狼嚎。

“太惨了。”

虞浪不忍直视。这六七个人实力一般，相力等级都只在六印左右，即便人多，却依旧被魔藤树压制着。

每次被蔓藤抽中，噼啪的声响都让人头皮一麻，仿佛想起了爹娘挥舞的皮鞭。

不过短短一会儿，眼前这个临时队伍就被抽得浑身鲜血，狼狈逃离，亏得魔藤树的攻击范围有限，否则他们想要撤退都没这么简单。

三人目睹了一场惨剧，都忍不住摇摇头。

“这鬼面魔藤树有点棘手啊。”赵阔有些忧虑地道。虽说他们的实力比刚才的队伍要强，但想要穿过鬼面魔藤树那狂暴蔓藤的攻击，夺得树枝上的鬼面果，恐怕不是简单的事情。

“虞浪，你先去试试。”李洛想了想，说道。

虞浪闻言，顿时不满地嘟囔道：“为什么叫我去啊？”

“你是风相，速度最快，你不做先锋谁做？”李洛笑道。

虞浪无法反驳，只能骂骂咧咧地上前，青色相力弥漫，旋即他的身影如风般冲了出去，卷起气浪。

"啧，不愧是号称南风学府最快的男人。"赵阔见状，面色古怪地嘻嘻笑道。

李洛盯着虞浪的身影。这家伙的速度的确很快，而且看得出来，他将更多精力投入到了速度的修行上，这是很聪明的选择。

"刺啦！"

当虞浪迅速接近时，鬼面魔藤树感应到了，如巨蟒的蔓藤当即呼啸而下。

虞浪迅速躲避开来，然而随着他的接近，魔藤树犹如察觉到了威胁，越来越多的蔓藤呼啸而来，不断封堵着他的闪避空间，渐渐地，虞浪的身影不再如之前那般潇洒，开始有些狼狈了。

最终他选择撤退，身影一闪，退出魔藤树的攻击范围，落在李洛、赵阔身旁。

"不行，根本近不了身，更别说去抢鬼面果了。"虞浪抹了一把脸上的汗水，无奈地道。

"其实不算太难。"李洛笑了笑，先前虞浪已经把这棵鬼面魔藤树的攻击频率都逼了出来，他道，"接下来我们一起出手，赵阔在前面当肉盾，我辅助他缠住魔藤树的正面攻势，你从侧面伺机出手夺走鬼面果。

"只是这样一来，苦头大部分会被赵阔吃下。"

赵阔闻言憨笑一声，道："放心吧，我皮糙肉厚得很。"

李洛点头，没说什么矫情的话。既然是合作，那每个人都要起到相应的作用，他不想因为与赵阔关系好，就让他坐享其成，而且那样的话，恐怕赵阔也不愿意。

"行。"虞浪更没意见。

定好了简单的作战计划，三人不再犹豫，李洛自腰间抽出双刀，赵阔也从背上将大斧取下。

"动手！"

随着李洛一声低喝，赵阔咆哮出声，壮硕魁梧的身躯如蛮熊般冲出，以最狂暴的姿态冲向了魔藤树。

淡淡的银光相力散发，银熊相催动时，令赵阔本就壮硕的身躯再度膨胀了一圈。

"嗤！"

魔藤树应对得很快，巨蟒似的蔓藤闪电般呼啸而来，带起尖锐的破风声。

赵阔手中大斧挥舞，宛如暴风之刃一般，将正面袭来的蔓藤狠狠斩断，碧绿色的汁液四溅。

脚下的淤泥此时突然爆裂，竟有蔓藤自地下钻出，直袭赵阔下半身。

但一道闪烁着蓝色光泽的刀光掠过，将蔓藤切割开来。

身上升腾着蓝色相力的李洛立于赵阔身后，双刀时不时带起蓝光，将一些袭向赵阔的蔓藤斩断。

两人不断向魔藤树逼近。

随着两人越来越接近魔藤树本体，那魔藤树开始爆发，无数蔓藤疯了般袭来，即便李洛极尽所能地帮忙抵挡，依旧有些蔓藤抽打在赵阔的身上，带起一条条血痕，但他一声不吭，紧咬着牙，一步步不断逼近。

“虞浪，出手！”

这个时候，李洛知晓时机差不多了，当即一声暴喝。

“好嘞！”

早就在侧方准备的虞浪听到招呼声，顿时暴射而出，速度施展到极致，趁魔藤树被李洛两人吸引了所有注意力时，直扑树枝上悬挂的一颗鬼面果。

虞浪的速度极快，眨眼间便接近了鬼面果，可当他伸手摘取时，下方的泥土突然炸裂开来，竟有一道诡异的人影暴射而出，要抢先一步夺走这颗鬼面果。

这般变故让虞浪面色铁青，破口大骂。没想到竟然有人躲在暗处，等待着当黄雀！

就在虞浪眼睁睁看着来人比他更快一步时，不远处的李洛却是一声暴喝：“虞浪，闭眼！”旋即一抬手，指尖有一颗蓝色光球早已凝聚而起，暴射出去。

蓝色光球在虞浪与那道突袭人影的不远处陡然炸裂，下一瞬，刺目的强光爆发开来。

第五十三章

土相廉重

当李洛的暴喝声传入耳朵的那一瞬，虞浪心中掠过万千念头，眼前的局面闭眼更会给对方可乘之机，但出于对李洛行事风格的了解，他还是一咬牙，闭上了眼睛。

所以，当刺目强光爆发的刹那，虞浪避开了光线刺激，凭借着先前的记忆，伸手一把抓向了那颗鬼面果。

反观那突袭的人，则被这突如其来的强光惊了一下，双目刺痛，速度不由自主地减缓了一些。

强光乍现，迅速消失。

虞浪抓住了鬼面果，旋即面色冷厉，袖中一柄细剑弹射而出，青色相力涌动，带起破风声，毫不留情地对着那道近在咫尺的人影暴刺而去。

“哼。”

突袭之人此时已明白出手失败，当即一声冷哼，一拳轰出，黄色相力呼啸，带着沉重之力直接与虞浪硬碰了一记。

相力炸裂，那人的身躯仅仅只是一晃，反观虞浪则是倒射而出，落在了不远处的地面上。

在虞浪得手的那一瞬，李洛与赵阔迅速脱离了鬼面魔藤树的攻击范围，然后赶到虞浪身旁，眼神凛冽地注视着前方那道人影。

“呵呵，好快的反应啊，这都没抢到。”面对三人冰冷的视线，那道人影淡笑出声。

此时他显露出了样子，是一名高壮的少年，一头短发，身上肌肉发达，充满着蛮横的力量，给人一种视觉上的压迫感。

“东渊学府的人？”赵阔一眼就看见了对方胸口处的晶牌，校徽是东渊学府。

“廉重，东渊学府的第二名，六品土相，八印实力。”虞浪一言道破了对方的身份。不愧是编写了大考资料的人，对各大学府的顶尖学员都了若指掌。

李洛神色淡淡，道：“东渊学府的人这么喜欢抢东西吗？你们的教学理念很有问题啊。”

“大考规则可没有说不能抢哦。”廉重笑眯眯地道。

“抢东西倒无所谓，关键是跟地鼠一样躲了半天，这都没抢到，那就有点气了。”李洛笑道。

廉重脸上的笑意淡了一些。此次偷袭他蓄谋已久，原本以为必定能手到擒来，最后还能嘲讽对方一番，可没想到李洛的反应这么快，直接给予反击，让他失了手。

“李洛，还真是小瞧你了。”廉重盯着李洛，旋即淡笑道，“不过这只是一道开胃小菜而已，你不必得意。”

“听你的意思，这是盯上我了？”

“没办法啊，老大放了话，他没空招呼你，所以让我们给你找点乐子。”廉重似是无奈地笑道。

“师箜？”李洛若有所思。

“现在跟你动手没什么意思，这里还不能抢积分，等过了这一关，淘汰赛开始的时候，我会来找你的。”廉重说道。

旋即他看了一眼赵阔、虞浪，道：“你们两人如果聪明的话，早点跟他分开，老大放了话，我们东渊学府的人都会针对他，你们跟着只会自找倒霉。”

“是吗？”赵阔眼睛一瞪，冷笑道，“我巴不得你们这些东渊学府的狗东西过来送分呢。”

虞浪抖了抖手中细剑，故作深沉道：“我和李洛是生死之交，情深似海，想要我离开他，除非……你加钱。”

“不识趣的东西，随便你们。”廉重摇了摇头，懒得再多说，身影一动，朝着幽暗森林深处离去。

“喂！加多加少起码给个数啊，实在不行还可以还价啊！”虞浪急忙道。

他还想追赶，却被李洛拦下：“没必要浪费时间，而且在这里动手的确没意思，又不能抢他的积分。”

"太嚣张了。"虞浪骂骂咧咧的，显然还是很气，也不知道是在气廉重试图偷袭，还是在气对方连加价都不肯。

赵阔看向李洛，皱眉道："洛哥，东渊学府的人如果真要针对你，我们也去找人反制他们吧。"

如果不找人的话，对方明显人多势众，打不过啊。

"不急，先看看吧。"

李洛倒是神色从容。那师箜显然没将他放在眼里，所以收拾他的任务都交给了廉重等人，只是如果对方真要这么针对他的话，他不介意让他们知道什么叫作肉包子打狗，有来无回。

咦，不对，我可不是狗。

"喏，这是这次的收获。"虞浪递过手中的鬼面果。

"先给赵阔吧，他挨得最惨。"李洛笑道。

赵阔身上有着一条条血印子，看上去颇为凄惨，但这些都只是皮外伤，以他的防御力，很快就能恢复。

赵阔闻言，没有多说什么，伸手接过鬼面果，反正待会儿他也要帮李洛、虞浪再夺一颗鬼面果。

他握住鬼面果，然后捏碎，取出果核，用力挤压，挤出一滴绿色汁液滴落在胸口处的晶牌上，然后晶牌上的积分直接跳到了一百。

"走吧，继续找第二颗。"李洛说道，然后与两人继续深入。

在接下来的一个小时里，三人再度找到了两棵鬼脸魔藤树，如法炮制，而这次没有再出现干扰，两颗鬼面果顺利到手，李洛与虞浪的基础积分也到了一百。

在基础分达到一百后，继续夺取鬼面果就没有用处了，三人不再停留，直接朝着第三层淘汰赛所在的方位全速行进。

白灵山山脚下，巨大的晶壁上，积分在不断地变换、跳动。

无数道视线聚焦在上面，热闹非常。

积分榜上，依旧是清一色的满分占据着前排，足足两百的基础积分，这些人中还是吕清儿、师箜等人领衔。

最显眼的是晶壁上方，有两个镜面投影着画面，相当具有视觉冲击力。

第一个是吕清儿，她俏生生地立于一棵鬼面魔藤树之上，此时，魔藤树那些令人头疼无比的蔓藤竟然全部被冰晶冻结，她长发飘飘，身姿纤细，再加上那清丽动人的容颜，那一刹那，不知道让多少人领略到了这位南风学府第一人的魅力。

而第二个画面便是师箜，他手持一颗鬼面果，面带笑意，他身后是一棵冒着黑烟的魔藤树，上面还偶有雷光闪烁。

两人都只依靠自己的力量打败魔藤树，夺取了鬼面果。

骄人的战绩让他们赢得了更大的呼声，所有人都明白，今年的大考第一名大概率就在两人之间。

蔡薇与颜灵卿没有过于关注那些画面，她们的眸光锁定着积分榜，当见到李洛的积分终于从零分变成一百分后，方才如释重负地松了一口气。

虽说评审关卡只是为了得到基础分，可如果李洛真是两个零分进去，未免太奇葩了些。

随着越来越多学员以各种各样的手段夺得鬼面果，这里的气氛开始变得越来越火热，所有人都知道，两层评审关只是一场前戏，是为了给每一个人提供一些基础分，以供接下来的淘汰赛所用。

当淘汰赛开始时，这场大考才算是正式揭幕。

白灵山中。

李洛、虞浪、赵阔三人走出幽暗的森林，一条溪流出现在眼前，溪流对岸则是地形复杂的连绵丘陵地带，充斥着树木、巨石。

三人对视一眼，心中明白，渡过溪流便是淘汰赛的场地了。

他们没有犹豫，相力涌动间，身影一闪，掠过数丈宽的溪流踏足河对岸，开启了大考的淘汰赛。

第五十四章 钓鱼三人组

当李洛三人渡过溪流踏足对岸时，他们发现不远处也有一些人影掠过来，彼此目光交汇了一下，便不约而同地各自散去，迅速钻进地形复杂、林木茂密的群山中。

李洛三人同样进入了茂密的山林中，听着群山间的鸟鸣声，神色都变得凝重了。

“接下来你们怎么打算？”李洛看向赵阔、虞浪两人，问道。

赵阔笑道：“本来打算进了淘汰赛，自己先去混点积分，不过现在觉得还是先跟着你吧。”

“是因为廉重的话？”李洛道，“没必要如此，他的威胁我没怎么在意。”

“洛哥你肯定有能耐，我当然知道你不怕他，但就是担心对方召集东渊学府的人围剿你，我虽然实力比不上你，可如果遇见这种情况，好歹还能帮你分担一点。”赵阔说道。

旋即他又咧嘴笑道：“而且……跟着洛哥，混分数不是更快吗？”

李洛笑了笑，他知晓赵阔这样做，更多还是想为他做点什么，于是他没再多劝，点了点头。

“你呢？”他看向虞浪。

虞浪拨弄了一下刘海，深沉地道：“你知道我的本事，只要我愿意，这淘汰赛我虞浪将如鱼得水，所以如果你愿意花高价聘请我保护你，我可以看在我们的交情上为你打个对折，一千金！”

话还没说完，李洛与赵阔就朝前方走了。

虞浪急了：“五百金！”

李洛依然没搭理他。

虞浪愤怒地道："你要是觉得价格不好，倒是还个价啊！太不给面子了！都是从哪儿学来的坏毛病。"

"五金。"李洛伸出左手晃了晃，嘴角噙着笑意。

"成交！"

李洛差点闪了腰，道："你是真的奇葩。"

虞浪得意地道："只要你敢还，我就敢应。李洛，你以为五金就能羞辱我？真是天真。"

李洛无奈地摇摇头，眼中带着笑意。他知道不论是赵阔还是虞浪，都是担心他被东渊学府针对，所以才选择跟着他，免得他到时候阴沟翻船。

两人虽性格不同，却都是值得深交的好友。

"我有一个提议。"虞浪突然说道，"咱们三人一起太扎眼了，我建议赵阔一人在前独行，然后李洛用水影术带着我隐匿于后方。"

李洛若有所思道："你想钓鱼？"

鱼饵就是赵阔，他独自一人，看上去憨厚老实，很容易被其他心怀不轨的人盯上，试图抢夺他的积分。

"这个办法好。"

赵阔笑起来，然后收敛神情，顿时就给人一种憨直、木讷甚至有点胆怯的感觉。

"赵阔，你这演技在南风学府真是埋没你了。"虞浪见状震惊地道。

赵阔憨笑着挠了挠头。

"那就这么办吧。"李洛见状，拍板定了下来。

钓鱼三人组，正式成立。

森林之中灌木密集，诸多光斑自树叶缝隙间投射而下。

一道魁梧的人影小心翼翼地行走于林间，目光闪烁警惕地盯着四方，一副谨慎至极的模样。偶尔，他甚至会在一处阴影中躲上片刻，然后方才悄然前行。活脱脱给人一种"我很害怕、我很弱小"的感觉。

李洛和虞浪在魁梧人影后方的隐秘处盯着，他们望着赵阔那谨慎的模样，有些失神。

“演得也太入骨了。”虞浪感叹一声，他原本以为自己已经很擅长演戏了，但现在看来赵阔也不是个简单角色。

李洛深有同感地点点头，而且他觉得赵阔是真的用心在演戏，当真是干一行爱一行啊，很有潜力。

“不过其他人也很谨慎。”

李洛看了某处阴影一眼，他早就发现有两个人盯上了赵阔，却始终没有动手，而是更加谨慎地吊在赵阔后面，一直关注着他。

对方是在确认赵阔究竟是不是真如表面上的这么胆怯害怕。

而且那两人已经数次探测过赵阔的后方，但李洛的隐匿手段不是他们能够窥破的，反而因此被李洛察觉了踪迹。

但李洛感觉得出来，那两人已经有些按捺不住，赵阔的演技出神入化，他们怕是要上钩了。

就在李洛默念着倒计时的时候，密林中树叶抖动，两道人影急射而出，落在赵阔前后，刚好将他的退路堵住。

这般变故顿时让赵阔大惊失色，旋即面色含怒地道：“你们想干什么？我是南风学府的，你们敢动我试试？”

这副色厉内荏的模样，看得暗处的李洛与虞浪再度在心中赞叹拍掌。

两人似乎来自两个不同的学府，但实力不弱，浑身相力升腾，都达到了七印境。

“兄弟，跟你半天了，你是南风学府的赵阔吧？我在大考资料上见过你……别说废话了，把积分交出来吧。”拦路的两人说道。

“做梦！”赵阔怒吼，银色相力升腾间，已将自身的银熊相催动起来。

他这一动，那两人更是毫不犹豫地出手了，只见他们手持长剑，一前一后快若闪电般对着赵阔攻去，下手相当凌厉、凶狠。

只是，就在他们的攻击即将落在赵阔身上的那一瞬，两人身后突然有细微的破风声传来。

两人浑身汗毛顿时倒竖，然后他们就见到赵阔原本胆怯的脸上浮现出一抹得意的笑容。

“中招了！”

两人瞬间明白过来，心中满是不安与愤怒，明明已经很小心地探测过很多次了，为何还是没能发现？

心中冰寒，但两人也是狠角色，直接运转相力，剑锋直指赵阔。他们知道此时已经入套了，眼下只能联手先将这扮猪的家伙抓住作为人质，让对方投鼠忌器。

赵阔察觉到了两人的意图，不仅不躲，反而眼露凶光，模样跟之前的胆怯截然不同。

他手中大斧挥舞，仿佛形成了斧轮，直接与两人硬碰在一起。

“当！”

金铁声响起，火花四溅，赵阔一声闷哼，身躯被震得倒射而出。两人的实力并不弱于他，如今联手，自然瞬间就将他压制住。

但还不待两人继续追击，他们身后便有两道雄浑相力咆哮而至，直接轰在他们后背之上。

“扑哧。”

两人一口鲜血喷出，如滚地葫芦般栽了下去。

待再度挺身而起时，一柄湛蓝短刀与细剑就抵在了他们的脖子上。

“兄弟，再乱动就要放血了。”一旁传来嬉皮笑脸的声音。

两人对视一眼，面色变得灰暗沮丧，骂道：“你们南风学府的人太阴险了吧，竟然还玩钓鱼！”

“如果你们不贪心的话，那也钓不上来啊。”

李洛笑了笑，然后招呼虞浪、赵阔各自取下晶牌，在那两人的晶牌上蹭了蹭，将他们的积分清零了。

随着两人积分归零，只见晶牌突然闪烁起急促的红光，而后竟有一道道光线延伸出来，将两人结结实实地捆了起来。

这就是被淘汰的意思，而暂时的捆缚是为了限制他们移动，免得干扰了其他学员。

取了积分，三人懒得再与这两个家伙说话，施施然转身而去，隐隐间还有声音传来。

“收获不错，不知道下一个倒霉蛋是谁？”

“希望比这两个家伙肥点吧。”

“赵阔，你的演技是真不错啊，这两个人已经很谨慎地跟了你半个小时，结果还是被你骗了出来。”

“哈哈，过奖过奖。有一些细节还能提升，比如他们现身抓我的时候，我应该表现出更惊恐的情绪，这样才会更加逼真。”

“你真是非常敬业啊。”

“做事嘛，不就得干一行爱一行吗？”

“你这说得我都无言以对了……”

“……”

第五十五章

陷入迷雾

随着学府大考进入淘汰赛阶段，白灵山外巨大的晶壁上，积分跳动得越来越快，由此可以看出里面的战况究竟是何等激烈。

无数视线汇聚于此，时不时爆发出惊叹或哀号声，每个人都在关注着自家学府学员的成绩。

蔡薇与颜灵卿也时刻关注着少府主，当见到李洛的积分稳步增长时，两人的脸上都露出了笑意。

“少府主还不赖嘛。”蔡薇轻摇花簇蒲扇，娇笑道。

“现在应该还没遇见强敌，随着时间的推移，留下来的都是棘手的对手，到时候才能看出真正的水准。”颜灵卿谨慎地分析道。

蔡薇笑靥如花：“不过，我相信少府主一定可以的。”

“这么有信心？”

“因为颜值即正义。”蔡薇一本正经地道。

“无聊。”颜灵卿扶了扶银质镜框，懒得搭理她。

密林中。

“叮！”

李洛三人围着一个倒霉蛋，在他绝望的目光中将他的积分蹭了个干净，然后扬长而去，留下倒霉蛋泪流满面。

“我们的积分都到一千五百分了。”

李洛看了一眼各自的晶牌，这一千五百分是他们大半个上午努力的成果，而这些背后是一群贪婪而倒霉的鱼儿。

“感觉越来越难钓了。”赵阔有些忧愁。刚才一个小时下来，只有这一个倒霉蛋上钩。

“因为我们钓鱼的名声都传出去了。”李洛说道。

他们不是没有失手过，有些鱼儿极为滑溜，实力也不凡，被跑掉了一些，这些人跑掉之后把李洛他们钓鱼的事情散播了出去。还在这一片的学员，怕是不会轻易上钩了。

“一直钓鱼本就不现实，随着越来越多人被淘汰，之后想再夺得积分，就需要硬战了。”李洛对此无所谓，他没指望着一直钓鱼下去。

赵阔、虞浪点点头，他们同样明白这一点。

三人闲聊间，脚步却并未停下，仍然戒备着四周不断前进。然而随着深入密林，他们发现林中开始有薄薄的雾气蔓延开来，然后迅速变得浓烈。

李洛脚步一顿，眉头皱起，道：“有点不对，退出去。”

三人立即转身，朝着原路迅速退回。

奔跑了数分钟，李洛突然转头，发现原本跟在身后的虞浪与赵阔不知何时消失不见了。

李洛沉思了数息，在附近的灌木丛中找了找，最后看见了一朵朵灰色的蘑菇。正是这种蘑菇在不断喷吐着迷雾。

“是迷雾菇。”

李洛有些无奈。迷雾菇喷吐的迷雾能够让人迷失方向，他们在不知不觉间竟踏足了一片迷雾菇的区域。刚才虞浪与赵阔应该是在跑路时迷失了方向，走着走着就掉队了。

“真是麻烦啊。”

李洛抬脚将迷雾菇踩碎。这迷雾虽然麻烦，但有时间限制，只要等雾气散掉一些，应该就能找到两人。

与此同时，在迷雾另外一侧，赵阔与虞浪仍然走在一起，他们发现与李洛走失后，有点疑惑，面面相觑的同时，只能继续小心翼翼地前行着。

走了一会儿，他们听见前方传来脚步声，顿时一喜，赵阔试探地叫了一声：“洛哥？”

脚步声愈发清晰了，紧接着一道人影出现在视野中，而当他们看清楚对方时，面色顿时一变。

不是李洛，而是一个之前碰过面的人——曾试图夺走他们的鬼面果、来自东渊学府的廉重！

此时，廉重面带冷笑地盯着两人，道：“李洛没等到，倒是先遇见了两个小跟班。”

赵阔、虞浪毫不犹豫地分头就逃。对方在这里守株待兔，显然早就做好了准备，他的目标应该就是李洛。

谁知他们的身影刚动，只见逃窜的方向各有两道人影走出，刚好将他们的退路封堵了。

对方竟然还有四个人，而且看胸口晶牌，都是东渊学府的人。

“跟他们拼了！”赵阔眼露凶光。

虞浪却举起了手，连忙道：“投降，投降，我们投降！”

廉重怔了怔，嘴角掀起一抹讥诮：“南风学府的人，骨头这么软吗？”

赵阔怒吼道：“虞浪，你在做什么？！投降他们就会放过你吗？！”

“赵阔，他们是冲着李洛去的，跟我们没太大关系啊。”虞浪说道。

“你这个垃圾！”赵阔满脸怒火，一拳狠狠地砸了过来。

虞浪赶紧躲开，面色有些难看，道：“过分了啊，我们又不是李洛的小弟。”

旋即他看向正在看戏的廉重，道：“兄弟，放我一马吧。”

廉重笑道：“你之前不是跟我说，你跟李洛是生死之交吗？”

虞浪尴尬地道：“开玩笑，那只是场面话而已。如果你愿意放我一马，我可以帮你找到李洛，他之前跟我们约定了特殊的联系方式。”

赵阔目眦欲裂，疯狂地冲过来就要捶死虞浪，却被东渊学府的两名学员拦了下来。

廉重双目微眯，盯着虞浪：“你觉得我会相信你？”

虞浪眼眶含泪，道：“你如果打听过就会知道，我和李洛之间其实有着极深的仇怨，在南风学府的预考上，他手段狠毒，把我打成重伤，让我在床上躺了好多天，直到现在每当下雨天时，我的身体都会隐隐作痛。之前我是倒霉遇见了他们两人，被威逼胁迫，才跟他们同队的。”

一名东渊学府的学员在廉重耳边低声道："这人我听说过，在南风学府出了名的见钱眼开，为了赚钱不择手段。在南风学府的预考上，他的确被李洛打得很惨，听南风学府的朋友说，当时李洛把他打得血流了一地，简直见者流泪。"

廉重眉头皱了皱，此时又听见虞浪的声音："其实我之前就暗示过你啊。"

"暗示什么？"

虞浪露出含蓄的笑容："我让你加钱啊……只要你加钱，我就可以帮你啊。"

廉重愣了愣。当时虞浪的确说了这话，但他怎么可能会信，可眼下再想想，结合虞浪的传闻，难道真的是暗示？如果是这样，这家伙还真够无耻的。

廉重双臂抱胸，淡淡道："如果你真能把李洛引来，我可以放你一马。"

不管这家伙说的是真是假，只要能引来李洛就行。

虞浪大喜，道："没问题！"

"这个赵阔跟李洛的关系极好，我们可以把他当作人质，等引来李洛时，威胁李洛，让他投鼠忌器。"旋即他还贴心地出着主意。

廉重闻言，不由得盯着虞浪看了片刻，道："你出卖队友也太顺手了吧？"

虞浪露出尴尬的笑容。

"虞浪，你不得好死，你等着，我不会放过你的！"赵阔暴跳如雷。

"捆起来，堵住他的嘴巴。"廉重挥了挥手。

四名东渊学府的学员一拥而上，将赵阔捆了起来。

廉重站到虞浪身边，一柄斩刀横在了他的脖子上，笑道："现在就用你们的联系方式，把李洛给我找来。若他不来，你们就直接被淘汰。"

虞浪一拍胸脯，满脸正色："老哥你放心，李洛一定会中招，你们擒住他的时候，务必要狠狠打他的脸，我对他的容貌实在是痛恨许久了！"

廉重闻言，摸了摸自己粗犷、普通的面庞，旋即不知道想到了什么，眼中涌出恨意。

他最讨厌这种靠脸吃饭的小白脸！虞浪这话简直说到他心坎去了。

打架可以输，帅哥必须挂！而帅到李洛这种程度的，必须千刀万剐！

第五十六章

引诱李洛

虞浪与廉重约定好后，便从怀中取出一只竹哨放在嘴边，一道细微且尖锐的声音在迷雾中传开。

赵阔听见声音，立即疯狂挣扎起来，旁边四个东渊学府的学员赶紧将他死死压住。他挣扎不动，面庞都涨红了，眼中含着泪花，咬牙切齿地看着虞浪，仿佛恨不得将他生吞活剥了一般。

原本对虞浪还有点怀疑的廉重见到赵阔这个反应，方才放心了一些，旋即心里对虞浪的鄙夷更甚了。

这家伙还真是没半点骨气。也好，眼下他就需要这种软骨头。

“走，慢慢前进。”

廉重吩咐一声，虞浪便迈开步伐，向着前方行进。

某处，静待着迷雾渐渐消散的李洛突然睁开了微闭的眼睛。

他听见了哨音。

李洛的眉头微微皱起，手指旋即按在旁边的树干上，按照哨音的节奏轻轻点动起来，片刻后自语道：“五个人？应该是廉重带的人吧？这两个家伙怎么这么倒霉？”

之前联手钓鱼的时候，李洛就与赵阔、虞浪做了准备，其中之一便是以哨音传递简单的信息。按照约定，如果发生这种情况，没被抓住的人就得想办法救人，如果对方太强，就尽可能地去找南风学府的同学帮忙。

“廉重……”李洛轻轻撇嘴，双掌摸着腰间的双刀刀柄，眼中浮现出些许冷意，“之前让你跑了，还真以为收拾不了你吗？”

李洛转身，毫不犹豫地朝着哨音传来的方向走去，很快，他的身影消失在了迷雾之中。

迷雾中，数道人影正在缓缓前行。廉重挟持着虞浪在前，后面四名东渊学府的学员则前后夹着赵阔。

哨音不断传开，廉重皱眉道："怎么还没反应？"

虞浪无奈地道："迷雾这么大，可能李洛刚才跑远了？"

廉重有些不耐："搞快点，别浪费我们的时间。"

虞浪连忙应是，然后用力吹响哨音。

没人注意的是，后方的迷雾中隐隐有些波动，淡淡的水光荡漾，就在所有人都将注意力放在前方时，一只手掌诡异地伸出，一把抓住最后一人的肩膀，拳风呼啸，砸在他的脑袋上，一拳就将人砸晕过去。

东渊学府另外三人陡然间反应过来，立即暴喝道："有人偷袭！"

前方的廉重面色一变，猛地转头看向后方，然而就在这一瞬，只见数颗蓝色光球自迷雾中暴射而出。

"砰！"

光球爆炸，刺目的强光爆发。在场几人眼睛刺痛，忍不住闭了眼睛。

这个时候，第一时间就闭上眼睛的赵阔一头撞开三人，然后栽进迷雾中。

"中招了！"廉重此时哪里还不明白被算计了，当即大怒，手中斩刀就对着面前的虞浪砍下去。

虞浪脚掌一蹬，风相之力爆发，身影如风般掠了出去，刚好避开刀锋的范围。

"哈哈，蠢驴还想抓小爷？"虞浪讥笑一声，然后冲进迷雾中，迅速消失。

廉重面色铁青，黄色相力爆发，旋即暴射出去，手中斩刀化为一道凶狠银光，闪电般对着虞浪消失的方向飞驰而去。

"当！"

迷雾中，蓝光乍现，与廉重那一记刀光相撞，斩刀立刻倒射而回。廉重一把抓住刀柄，眼神阴沉地盯着那里。

只见淡淡的雾气中，李洛手持双刀，面带笑意地看着他，身后是赵阔与虞浪二人。

“好啊，你们竟敢耍我。”廉重眼神狠狠地盯着虞浪与赵阔。这个时候，他哪里还不明白发生了什么，虞浪的哨音虽然引来了李洛，但也透露了信息，让李洛没有稀里糊涂地冲进他们的包围圈，反而还准备充分暗算了他们一波。

虞浪轻叹一声，道：“大兄弟，不是我骗你，其实是……他给的钱更多！”

说着，他冲着廉重眨了眨眼，意思很清楚——你要不要加钱？

廉重脸都气绿了，呼吸粗重，眼神凶狠。

“喂，这家伙气得跟牛一样，咱们先撤吧？这里的迷雾似乎要散了。”虞浪见状，连忙说道。

李洛却没有动，而是笑道：“为什么要撤？这么大的鱼，好不容易钓起来，我可舍不得放回去。”

虞浪一惊，忙道：“你被猪油蒙眼了啊？这家伙可是八印实力，而且还有三个帮手。”

“那三个人交给你们没问题吧？”李洛问道。

“你来真的啊？”虞浪面色变得郑重。

李洛盯着廉重，轻轻点头道：“我的耐性被他消磨得差不多了，我觉得他应该付出点代价才行。”

虞浪与赵阔对视一眼，沉吟数息，最终点点头。

“好，我也想收拾一下这几个浑蛋。”赵阔眼中涌出兴奋，抓起大斧，唰唰斩了两下。

对面的廉重见到这一幕，原本愤怒的脸却突然笑了起来。

“你们竟然不跑？”他有些不可思议。

李洛费尽心机救下赵阔与虞浪，此时应趁着迷雾还未完全散去赶紧逃跑才是，可没想到，李洛好像还打算找他的麻烦？这人长得帅，难道脑子就不好使了吗？

廉重手握斩刀轻轻挥舞，刀光切割着空气，带起唰唰声。他盯着李洛，嘴角的笑容渐渐变得狰狞。

“李洛，不要以为你是什么少府主，我就不敢动你，在这里失败了，丢脸的只会是你以及洛岚府。”

李洛微笑道：“可不要妄下结论，否则到时候翻车了，岂不是丢人又丢份？”

“哦？你也配？”廉重讥讽一声，然后挥了挥手，对着身后的三名东渊学府的学员道，“虞浪、赵阔就交给你们，我先将这李洛收拾了。”

三人应下。他们都是七印的实力，三对二，并不惧对方。

“我们先去了，你自己小心，如果搞不定就发信号，我们找机会撤。”虞浪低声提醒一句，然后就与赵阔奔向别处。

对方三人立即跟上。

随着他们离去，这里就只剩下李洛与廉重对峙了。

廉重手握斩刀，眼神凶狠而轻蔑地盯着李洛，但这一次他没有再说废话，黄色相力猛然爆发，八印相力尽数展现，压迫感扑面而来。

“李洛，你现在后悔也来不及了！看我把你这张脸踩个稀巴烂！”

大笑中，廉重已暴射而出，刀光呼啸，卷起黄芒对着李洛重重地劈斩而去。

第五十七章

水芒术

“呼！”

廉重出手毫不留情，八印相力全开，黄色刀光气势凶狠地斩向李洛。

面对他的凶悍攻势，李洛却没有闪避，他脚尖一点，身形如飞鹰般掠出，手中双刀之上绽放着蓝色的水相之力。

“当！”

刀光硬碰，相力喷涌，卷起附近地上的树叶。

两人硬碰一记，却让廉重面色微变，因为他发现李洛竟然完全不惧他的八印相力，他压制不了对方。

“怎么会?！他明明只是七印的实力！”廉重心惊。

“八印似乎也不怎么样啊。”

李洛露出笑容，如今随着水光相进化到六品，再加上相力达到七印，八印的对手已经不可能再如预考时的宋云峰，给他带来那般压力了。

“大言不惭！”廉重怒笑，相力涌动，刀芒怒斩。

李洛却比他出手更快，双刀在手，蓝光流转，只见一道道刀光宛如水波一般，以一种连绵之势对着廉重扑面而去。

廉重眼神含怒，手中大刀凶悍迎上，如狼似虎。

“当！当！”

短短片刻间，两人过招数十回合，刀锋相撞的金铁之声在林间回荡。

随着战斗持续，廉重感觉到李洛的攻势愈发凶猛，刀锋上的力量也变得雄浑起来。

“是高阶水相术，九重碧浪?！”

廉重面色微变。这道水相之术能在战斗间逐渐叠加威能，一旦将能量成功叠起，无疑会给他带来不小的压力。

廉重斗战经验不少，当即心念一动，土黄相力喷涌，刀光斜劈而下，其势厚重：“高阶相术，地斩！”

刀光落下，地面直接被切开一道痕迹，但李洛双刀闪电般挥舞，如水波般的刀光连绵不断，将对方的攻势尽数接了下来。

“想破我的九重碧浪？似乎力量不够啊。”李洛轻笑一声。

廉重的面色愈发难看，他不明白李洛明明只是七印，为何会如此难缠。

之前的交手中，他能够清晰地感觉到，李洛的相力仿佛充斥着莫名的灵性，能够在微妙间处处制衡他的土相之力，仿佛李洛的相性是高品相一般。

但据他得来的情报，李洛只是一道五品相而已啊，怎么会棘手到这种程度？

在廉重心绪杂乱间，李洛的眼神却陡然间变得犀利。

九重碧浪的聚势已成，是时候反击了。

李洛一步踏出，浑身蓝色相力高涨，宛如碧波，手中湛蓝的水纹刀光芒大盛，雄浑强势的刀芒闪电般对着廉重的胸口斩下。

这一击，异常凶狠。

李洛陡然间爆发的反击，让廉重面色凝重，九重碧浪的聚势积累使他根本不敢小觑李洛这一刀。

于是，他深吸一口气，身躯之上土黄色的相力喷涌而出，随着一声暴喝，竟在身躯表面形成了淡淡的光甲。

“高阶相术，地甲！”

淡淡的黄色光甲覆盖全身，力量流转于光甲之上。土相相力厚重，最擅长防御，眼下廉重已不敢再小瞧李洛，自然要将自身优势发挥出来。

“嗡！”

蓝色刀光斩下，落在廉重胸口的光甲上，震得光甲激烈抖动，隐隐有裂纹浮现，而高壮的廉重也被震得倒射出十数步，重重地撞在一棵大树的树干上。

胸口隐隐传来刺痛，他却松了一口气，凭借着地甲强横的防御力，他接下了李洛的最强一击。

“好硬的乌龟壳。”

李洛感叹了一声。不愧是擅长防御的土相，廉重之前与他比拼攻势，本就是托大放弃优势，如今选择防御，反而变得棘手了。

此时廉重满脸凝重，经过交手他已明白，李洛的实力丝毫不弱于他，甚至他还被逼得必须依靠土相的优势，展开防御来消耗李洛的力量。

“李洛，你的确很厉害，七印相力却能把八印的我逼得如此狼狈。但你想要赢我，也是不可能的。”廉重周身黄色相力不断涌动，加固着光甲。

李洛摩挲着下巴，盯着廉重那身厚厚的光甲，有点无奈：“大兄弟，你这就是耍赖了啊，打不过就躲在龟壳里？刚才不是很嚣张吗？”

廉重冷哼一声，完全不理会李洛的挑衅，坚持躲进龟壳，道：“那你倒是来打我啊。”

李洛哑然，旋即笑道：“你既然有这种变态的要求……那我就成全你吧。”

“哼，嘴硬。”廉重讥讽道。

李洛微微一笑，他收起日纹刀，单手握着水纹刀，下一刻水相之力涌动，在刀身之上流转。

渐渐地，水相之力竟形成了蓝色刀芒，于刀刃上吞吐不定，让整把刀看上去仿佛高速流动的水刃一般。

“高阶相术，水芒术？”

廉重见状，却一眼洞穿对方所施展的招数，旋即冷笑更甚。水芒术是入门级水相术里攻击力比较强横的一种，是将水相之力高速运转，从而带来凌厉的切割性。只是水相之力终归不擅长攻击，李洛想要凭此打破他的地甲，却不太可能。

李洛低头注视着刀刃上流转的水芒，轻轻一笑，低声自语道：“普通的水芒术的确破不了你的龟壳……但是我的水芒术可不普通。”

在他说话间，只见蓝色的水芒中突然有一些刺眼的光点闪烁，唯有李洛知晓发生了什么。

光明相力涌入，形成一道道极为细微的光束，水相之力以光明相力为通道，于是，流转间速度达到了一个惊人的程度。

以这种特殊的方式催动的水芒术当然不会普通，李洛将其命名为……第一版加强水芒术！

廉重望着李洛刀刃上流转的水芒，他只感觉颜色似乎变得更加纯粹了，他不明白发生了什么，却有一种如芒在背的不安之感。

李洛没有让他不安多久，身影直接暴射而出，手中的水纹刀仿佛带起了碧波，于半空中飞舞而过，掠向廉重。

廉重咆哮："来啊！我不怕你！"

在他的咆哮声中，李洛的身影与他擦身而过，手中刀芒同样掠过了他身上的土黄色光甲。

李洛出现在廉重的身后，他没有回头，只是神色平淡地将水纹刀缓缓插入腰间的刀鞘。

而他的身后，廉重脸上的神情凝固，下一瞬，他身躯表面的土黄色光甲轰然爆裂开来。

廉重缓缓地仰天倒下，扬起一地尘埃。

谁都没注意到，密林间一颗悬挂的晶石闪烁着光芒，将这场战斗投影到了白灵山的晶壁之上。

第五十八章

大吃一波

白灵山山脚，喧嚣而沸腾。

巨大的晶壁上积分不断变换着，同时顶部还投影出一场场激烈的战斗，时不时引来诸多惊呼声。

直到某一刻，画面突然一阵变化，只见两个人于一片林间对峙的画面被投影了出来。

一处亭阁中，有些无聊的蔡薇玉指剥开一颗葡萄，正打算放进红润小嘴中，眸光突然一顿，停在了晶壁之上。

“那人……好像是少府主？”蔡薇惊讶地道。

颜灵卿闻言，立即投去目光，见到了对峙的两道人影。

“还真是……”

蔡薇连葡萄都不吃了，连忙坐直了娇躯，道：“他在跟谁打？”

颜灵卿也不认识，但她很快从周围越来越多的哗然声中得到了信息：“是东渊学府的第二名，叫作廉重，六品土相，八印实力。”

“李洛怎么会去招惹这种强敌？”

“淘汰赛，少府主就算不去招惹别人，也会被别人盯上的。”蔡薇柳眉轻蹙，美眸盯着晶壁上的画面，眨也不眨。

一旁的颜灵卿也认真起来，全神贯注。她们明白，这是一场硬战。

她们聚精会神地关注着，画面中的李洛与廉重直接开战，每一次激烈的对碰都让二人的神色微微变幻。

随着战斗持续，两人越来越惊讶，因为她们见到李洛竟然没有落入半点劣势。

他明明只是七印的实力，却将八印的对手死死压制。特别是最后李洛的水纹刀上水芒流转，一刀斩碎了廉重身上的光甲，让蔡薇忍不住激动地拍案叫绝。

“少府主好厉害呀！”

一旁的颜灵卿红唇微张，眼中带着难以掩饰的愕然。

她同样没想到，李洛竟然如此顺利地击败了一位八印强敌。这份漂亮的战绩，让人挑不出任何毛病。

她注视着画面中李洛缓缓归刀入鞘的背影，觉得他与平常老老实实在工作台前炼制灵水奇光的少年完全不一样了。

现在的他，更加锋芒毕露。

或许，这才是真正的李洛。平日里的温和调皮，只是在掩盖锋芒……

“这下子我相信他真的能闯进前十了。”颜灵卿轻笑一声，清冷的眸子中终于有了饶有兴致的意味。

亭阁之外响起了此起彼伏的惊呼声，李洛与廉重这场战斗的结果震惊了不少人。

主亭中，老院长、师总督以及安烈导师同样看见了战斗画面。

老院长满脸笑容，眼中有遮掩不住的得意，他道：“东渊学府的第二名竟然被我南风学府排名十五的李洛打败。哈哈，有趣。师总督，你说是不是？”

师总督面庞轻轻抖了抖，笑道：“不愧是洛岚府的少府主，当真是让人意外。”

“这一位就是洛岚府的少府主李洛吗？与姜青娥有婚约的那位？”一旁的安烈导师突然问道。

老院长笑着点点头。

“长得倒是不赖……呵呵，李洛虽然还没进圣玄星学府，但他的名字在圣玄星学府早就十分响亮了。”安烈导师似笑非笑道。

“打败一个八印的对手，不见得就能进圣玄星学府吧。”师总督淡笑道。

“那你可得好好看着了。”老院长眼皮一抬，声音不咸不淡。

对于自己这场战斗在山外引起的热议，李洛自然不知晓，此时他拖着昏迷过去的廉重和之前被他偷袭放倒的那名东渊学府学员，走向另外的战圈。

拨开灌木丛，只见前方战斗正激烈，让李洛惊讶的是，东渊学府明明人数占优势，却被赵阔与虞浪两人死死地压制住了。

赵阔充分发挥了他肉盾的功能，手中大斧唰唰劈斩着，承受着大部分攻击；虞浪则如风般来回穿梭，凌厉刁钻的攻击直指三人要害，一时间将他们逼得有些狼狈。

照这个局面下去，恐怕对方很快就会出现伤势了。

李洛笑了笑，迈步走了出来。

他一出现，让场中激烈的战斗为之一滞，不论赵阔、虞浪还是东渊学府的三人，都投来了震惊的目光。

特别是当他们见到被李洛拖着的昏迷过去的廉重后，震惊感就更加强烈了。

“我的天！李洛你这个变态竟然把廉重打败了？”虞浪目瞪口呆。

李洛笑着点点头，然后将廉重和那名东渊学府学员一起丢在前面，盯着那三名东渊学府的学员：“还要顽抗吗？”

在他的注视下，那三名东渊学府的学员骇得魂飞魄散，再没有作战的勇气，转头就要分散逃窜。

李洛早有准备，屈指连弹，水光弹呼啸而出，在他们眼前爆炸开来，刺眼的强光让三人顿时惨叫出声。

赵阔、虞浪抓住机会，攻势陡然爆发。

短短片刻，三人便哀号着倒地。

“把他们的积分都分了吧。”李洛笑道。

“哇，这可真是大鱼啊。”虞浪双眼放光，对方五人个个分数都不少，特别是廉重，竟然有两千四百分。

虽然看得眼热，但虞浪没有打廉重积分的主意，反而道：“李洛，廉重的积分你就自己吃了吧，我和赵阔把另外四人的分了就行。”

东渊学府另外四人的积分加起来有两千多，虽然比不上廉重，但也算一笔不小的收获了。

李洛闻言想要说点什么，但只听赵阔笑道：“洛哥，廉重是你独自打败的，我们可不能占这个便宜，而且你有潜力冲击前十，没必要跟我们纠结这些。”

见到两人都这么说，李洛不再矫情，取下晶牌，将廉重的积分蹭了个干净。

虞浪与赵阔的脸上露出垂涎的笑容，在东渊学府四人惊恐的目光中，将他们的积分洗成了白板。

“我们老大不会放过你们的！”悲愤绝望中，东渊学府的人发出怒吼，同时不争气地流下了悔恨的眼泪。

这一场战斗后，李洛的积分达到三千九百分，虞浪、赵阔也有了两千多分。

虽然看不见积分榜，但照李洛的估计，自己应该能进前三十，虞浪、赵阔也能进前一百。

他的脸上露出笑容，虽然离前十还有一些距离，但也不远了。

“东渊学府的大兄弟……还真是贴心啊。不知道后面还有没有？”

淘汰赛越到后面，留下的人就越难缠，想要夺取积分还真有点不容易。这廉重带着人来送温暖，简直让人感动得想给他们颁个奖。

“走吧，我们离白灵墟应该不远了。”

李洛说了一声，然后迈步向前走去，赵阔、虞浪跟了上来。

一旦抵达白灵墟，淘汰赛就将进入最激烈的阶段。

第五十九章

白灵墟

在解决了以廉重为首的东渊学府的阻截后，李洛三人继续前行，期间又陆陆续续遭遇了一些强敌，最终都以对方含泪贡献出积分而结束。

两个小时后，李洛三人站在一处高地，望着出现在前方的一片辽阔废墟。

这里原本是一座废弃的城镇，岁月侵蚀，早已残破不堪。破败的建筑林立，蔓延到视线尽头。

废墟中有巨树蔓藤破地而出，遮挡着视线。

这里就是白灵墟，此次学府大考的决战之处。

李洛三人警惕地望着四周，然后缓缓靠近白灵墟，在废墟的边缘，他们发现了一座矗立的晶壁。

只见晶壁上浮现出文字，正是淘汰赛最后阶段的规则。

规则其实很简单，当白灵墟中只剩下十个人的时候，学府大考就会直接宣布结束，然后再以各自的积分排出名次。

此时，李洛他们突然看见胸口处的晶牌光芒闪烁，然后投射出来，在面前形成了淡淡的光幕。

"是积分排行榜。"虞浪讶异地道。

显然，到了白灵墟，就可以自主查看积分榜了。

李洛望着榜单，只见第一名就是吕清儿的名字，她的积分达到了九千五百分。

"啧啧，厉害啊，这是祸害了多少人啊！"李洛笑道。

他们使尽各种手段钓鱼，期间还有廉重来送福利，眼下积分也才四千多，而吕清儿比李洛高了一倍，可见真是一路神挡杀神、佛挡杀佛。

在吕清儿后面，不出意料是东渊学府的师箜，达到了八千三百分。

师箜后面，基本都是五千分左右。李洛看见自己的排名，第十七名，而虞浪与赵阔则是三十多名。

“洛哥，接下来如果遇见强敌，情况不对你就先自己跑路吧。我们两人到这个排名已差不多是极限了，到时候有机会就发挥最后的光和热，给你创造点价值。我相信虞浪也是这么想的，是不是？”赵阔盯着积分榜看了片刻，说道。

虞浪闻言沉吟几秒，道：“其实我感觉自己还可以再抢救一下。”

赵阔被噎了一下，怒视虞浪：“不用抢救了，你已经凉了。”

虞浪只得点头：“好好，我凉了凉了。”

虽说虞浪习惯性地耍宝，但看得出来，他也赞同赵阔的话。他们两人是七印的实力，却没有李洛这么变态，如果遇见八印强敌大概率要输，随着来到白灵墟的狠人越来越多，他们跟着李洛会从帮手变成累赘。

白灵墟最终要淘汰到只剩下十人，他们不可能指望跟着李洛留到那个时候，那样反而会给他带来不小的压力。即便李洛不在意，他们却不能将此视为理所应当。

而且最重要的是，他们进前十也没多大意义，只要吕清儿能够夺得第一名，分发给南风学府的录取名额，以他们的排名同样能享受到。

李洛闻言笑了笑，道：“到时候看情况吧。”

其实他的目标只是进入前十，获得一个录取名额，至于争夺第一这个重任，南风学府已经有吕清儿扛着了，他没必要去抢这个风头。

“走，先进白灵墟找个地方躲着看看。”

李洛一挥手，带着两人进入地形复杂的白灵墟。

与此同时，在白灵墟另外的方向。

师箜站在一处晶壁前，面色平淡地望着面前淡淡光幕形成的积分榜，他的目光盯着第一名的吕清儿看了许久。

“老大，廉重的名字没在榜单上，他出事了？”师箜身后，一名东渊学府的学员震惊道。

师箜闻言有点惊讶，他这才看向后面，果然没发现廉重的名字，倒是见到了排在第十七的李洛。

他双目虚眯了一下，之前吩咐廉重去“照顾”李洛，怎么反而是廉重被淘汰，李洛升了上来？

“他应该是被李洛淘汰了。”师箜道。

“啊？那个李洛不是七印吗？怎么可能淘汰廉重？”旁边的人难以置信。

“总有各种办法的，而且你们真以为李洛是个废物吗？”师箜笑了笑，眼中却有冰寒之意流露，“这位少府主可一直藏着拙呢。”

“那需要做点什么吗？”

师箜摆了摆手，道：“现在最重要的目标是吕清儿，李洛虽然有些出人意料，但还没资格让我们改变计划。先不用理会他，等解决了吕清儿，他就只是跳梁小丑，不足为惧。”

师箜说着，迈步走进了白灵墟。

在进入白灵墟后不久，师箜在一处残垣断壁上看见了一道明显刚刻画不久的记号，当即一笑，然后沿着记号穿过一条条杂草丛生的残破街道。

如此约莫十数分钟，他走进了一间破败的屋子。

屋内一片阴暗，当师箜走进来时，只见阴影中走出了四道人影，其中三人正是此前与他有过约定的项梁、池苏、宗赋，而最后一人赫然是宋云峰。

“师箜，你还是被吕清儿甩了一些积分啊。”项梁见到师箜，咧嘴一笑。

师箜淡笑道：“暂时的领先，没必要计较。”

“说吧，我们什么时候动手？”池苏问道。

“现在最重要的是要确定吕清儿的位置，做好完全准备，让她没有任何机会逃掉，否则她一旦逃走，恐怕不会再给我们第二次围剿的机会。只要用她拖住时间，或者把人数减少到只剩下十人，就可以强行结束大考了。”宗赋缓缓道。

师箜点点头，然后看向宋云峰，笑道：“确定位置的事情，恐怕就要麻烦云峰了。”

项梁三人也看向宋云峰，在他们的注视下，宋云峰的面色有些不自在，他隐隐感觉到对方的眼神中带着鄙夷。

项梁三人毕竟与南风学府的立场不同，要对付吕清儿很正常，但宋云峰可是南风学府的人，现在竟然帮着师箜对付吕清儿，这就是吃里扒外了。

虽说站在他们的角度，很乐意有宋云峰这种内奸相助，但这不妨碍他们对宋云峰的人品表示鄙夷。

“我已经做好准备了。”宋云峰心中不爽，但还是面无表情地道。

“那就多谢云峰了，这次事情若成了，你就是最大的功臣。”师箜真诚地感谢道。

第六十章

四面埋伏

随着时间流逝，白灵墟迎来了越来越多的学员，而能走到这里的无不是经过重重竞争，打败了诸多强敌，算是天蜀郡这一届的精英了。

他们的到来打破了这片废墟的宁静，此起彼伏的战斗爆发于各处。

战斗的激烈也体现在积分榜上，不论是白灵山外还是山内，所有人都能见到榜上积分的剧烈变化，时不时有排在前面的名字突然消失，被另外的名字取而代之。

激战在持续，无数视线紧张地看着积分榜，随着人数锐减，学府大考进行到最激烈的阶段。

一座残破的建筑中。

李洛听着不远处发生的战斗，看向面前晶牌上的积分榜，感叹道："淘汰得也太快了吧。"

短短不过一个多小时，积分榜上原本的一百多人现在只剩下六十人了。

这段时间他倒没有遇见敌人，积分也没有变化，但是排名已经从第十七名掉到了第二十三名。

"太凶残了。"一旁的赵阔点点头。

在他们说话间，一道人影如风般刮了进来，现出虞浪的身形。

"外面现在太乱了，到处都在打。"虞浪在外面探测消息，他的风相速度极快，适合当个斥候。

"有什么发现吗？"李洛问道。

虞浪点点头，面色变得凝重，道："我刚才无意间发现了师箜的身影，而且他的身边竟然还有项梁、池苏、宗赋三人。”

李洛闻言，眼神顿时一凝，道：“他们难道联手了？”

“我怀疑他们联手去对付吕清儿了。”虞浪舔了舔嘴唇，沉声道。

放眼学府大考，能够让师箜如此煞费苦心的，除了吕清儿，恐怕没其他人了。

一旁的赵阔面色一变，从某种意义来说，他们能否得到圣玄星学府的录取名额，这个希望不在李洛身上，而在吕清儿身上。只有她夺取第一名，她获得的额外名额才能将他们带入圣玄星学府。

李洛的眉头缓缓皱起，道：“这个可能性很大，师箜的心机很深，必然为此做了周全准备，吕清儿如果真的被他们针对，就有危险了。”

如果师箜有了这般谋划，对他们而言，吕清儿必然不能出事，一旦吕清儿被淘汰，那么南风学府的其他人可能会被师箜全部扫除。

即便是他，也不可能独自面对师箜、项梁、池苏、宗赋的联手攻势。

李洛沉默了数息，旋即深吸一口气，看向虞浪道：“他们往哪个方向去了？”

虞浪迅速给他指了一个方向，道：“你要去？”

“你们也清楚吕清儿的重要性，我得去看看。若是她那里出了问题，我们恐怕都不好过。”李洛叹了一声，道。

虞浪、赵阔闻言点点头。

“你们两人暂时留在这里，我一人去更方便。”李洛说道。

“好，你多加小心。”

虞浪与赵阔明白，那个层次的战斗不是他们能参与的，所以没多说什么，只是提醒了一声。

李洛点点头，不再多说，身躯一震，蓝色相力若隐若现，一层水光遮蔽了身体，就这样悄无声息地掠了出去。

白灵墟某处。

吕清儿坐在一处废墟的高楼中，她容颜清丽，白色衣衫勾勒出细细的腰肢，白色长裤包裹着翘臀，让本就修长的双腿显得更加笔直纤细。

她长发垂落，在腰间轻轻飘荡。

这唯美的一幕，倒与此处的废墟之景格格不入。

此时吕清儿从怀中取出一个小布袋，里面装着一些果干，她拿出来送入口中，细嚼慢咽，补充着一天的消耗。

突然，她见到一道倩影掠了进来，来人是蒂法晴。

之前进入白灵墟时她就遇见了蒂法晴，对方见到她当然是喜出望外，想跟着混一混积分，吕清儿没有拒绝，同学一场，她不介意顺手帮一把。

“清儿，你可真给我们女孩子争光，那么多男生都被你一个人压制住了。”蒂法晴笑嘻嘻地吹捧道。

吕清儿淡淡一笑，道：“还没结束呢。”

蒂法晴点点头，道：“这一次学府大考，东渊学府是个劲敌，我有些担心那个师箜。”

“他的确是个强敌。”吕清儿不否认，那个师箜连她都感觉到了威胁。

“嗯嗯，这种时候同一学府的人总能互相帮一下，我刚才留了记号，这是大考前宋云峰提醒我的，说如果到最后遇见了你，你又需要帮助的话，就用这种记号通知他，他如果看见的话，就会赶来帮忙。”蒂法晴笑道。

吕清儿嘴里咀嚼的动作猛然一顿。

她偏头看向蒂法晴，清冷的眸光变得凌厉：“你说你在附近给宋云峰留了记号？”

蒂法晴被她的眼神吓了一跳，讷讷道：“是啊，怎么了？宋云峰毕竟是我们南风学府的第二名啊，如果他能来帮你，就不怕师箜了。”

吕清儿盯着蒂法晴看了十数秒，旋即将小布袋放入怀中，俏脸冷淡地起身。

“我先走了，你别跟着我了。”

“清儿……你、你这是怎么了？我做错了什么吗？”蒂法晴连忙问。

吕清儿没有理会她，脚尖轻点，娇躯便轻盈地掠出高楼，落在一座乱石废墟中，就欲迅速潜行离去。

虽然她不知道蒂法晴留下的记号会不会带来什么，但她不想就这样暴露自己的行踪，她本能地觉得那样不安全。

“希望是我想多了。”吕清儿心中掠过这般想法。

就在她欲离去的一刹那，娇躯陡然紧绷起来，脚下的乱石爆裂，绿色的光芒暴射而出，朝着她的脚踝缠绕而来。

袭击来得太突然，但吕清儿不是全然没有准备，她临危不乱，脚尖一点，冰冷相力喷涌而出。

袭来的绿光瞬间被冰冻，露出行迹，仿佛是某种绿色的蔓藤。

“啪啪啪！”

前方响起了拍掌声，吕清儿俏脸冰寒地看去，便见到一道人影站在残垣断壁上，面带笑意注视着她。

正是师箜。

在吕清儿的左右以及后方，皆有一道人影闪现而出，将她的所有退路完全堵死。

“吕清儿，抓到你了。”项梁眼睛炽热，咧嘴笑道。

此时吕清儿的前后左右除了师箜，便是项梁、池苏、宗赋三位排名同样靠前的强敌。

一时间，宛如绝境。

不远处的残破楼阁上，晶石光芒闪烁，将这一幕投影到了白灵山山脚的晶壁上。

然后，山脚的气氛瞬间被引爆。

第六十一章

围猎吕清儿

白灵山山脚巨大的晶壁上投影出吕清儿被围剿的画面，引起了一片哗然，一道道目光充斥着震惊。

“那是南风学府的吕清儿，积分榜第一名。”

“她这是被针对了？师箜、项梁、池苏和宗赋，啧啧，都是积分榜前几名的人啊。”

“这次南风学府危险了，师箜显然是有备而来，恐怕早就为此做好了谋划。如果吕清儿被他们淘汰，失去第一名的南风学府，今年恐怕会被东渊学府超越。”

“这几个人的脸皮也太厚了，竟然围攻这么漂亮的小姑娘。”

“他们又没违规，只能说吕清儿太不小心了。”

“……”

各种各样的声音在山脚下响起，所有人都振奋起来，不管怎么看，这场战斗恐怕是此次大考最精彩的一幕。

亭阁中，颜灵卿与蔡薇看向晶壁，俏脸凝重。

“吕清儿可能要出事。”蔡薇说道。

“这是针对南风学府的一场行动。”颜灵卿一针见血地道。

对方如此精准地把握了吕清儿的行踪，不仅出动了师箜，还请来另外三个积分榜前五的人，这是不给吕清儿任何逃脱的机会。

“麻烦了啊。”

蔡薇柳眉微蹙。李洛是南风学府的人，她当然站在这边，再加上吕清儿之前还帮了溪阳屋一把，于情于理，她都不希望吕清儿被淘汰。但她的意念改变不了这场精心设计的围攻之局。

主亭中，此时的气氛悄然间变得凝滞，空气的流动都仿佛停止了。

老院长的脸色陡然阴沉下来，他的身体上有雄浑强横的相力若隐若现，一股强大的压迫感弥漫出来。

一旁的师总督却不在意这股压迫，嘴角反而噙着一抹淡淡的笑意。

“看来师总督为这场围攻出了不少力吧？”老院长阴沉的声音响起。

这场围攻不仅有东渊学府，还有另外三个学府的人参与，分明就是蓄谋已久的计划，而不是临时所为。

项梁、池苏、宗赋三人只是学员，他们选择跟师箜合作，大概率是受背后学府的指示，而能撮合几大学府联合对抗南风学府的，整个天蜀郡恐怕只有这位师总督有这个能耐了。

师总督面带笑意道：“南风学府霸占‘天蜀郡第一学府’的招牌太久了，如今这个局面，只能说是人心所向。”

“师总督来了天蜀郡，当真是一颗老鼠屎坏了一锅汤。”老院长毫不留情地讥讽道。

师总督眼中掠过怒意，淡淡道：“这也是老院长逼的啊。”

“你放心，今年王庭的政绩评审老夫还是会给你差评的，到时候，师总督应该要挪位置了。”老院长冷冷道。

师总督脸上浮现出一抹冷笑，道：“你放心，丢了第一学府的招牌，南风学府的评审可就没那个含金量了。”

两人的眼神没有对上，可言语间的恨意却让主亭内的气氛压抑至极。

那位安烈导师则眼观鼻、鼻观心，完全不掺和两方的争斗。这种围攻情况他见多了，只要没有人违规，他就不会插手。

他只是盯着晶壁上的画面，心中暗暗叹息，面对这种困局，那位叫作吕清儿的小姑娘，怕是可惜了……

遍布残垣断壁的废墟中。

吕清儿俏脸冰冷地注视着前方的师箜，清脆的声音中带着凛冽的寒气：“为了这场围攻，看来你是煞费苦心呢。”

“这是对清儿你最大的重视啊。”师箜笑道。

吕清儿轻轻摇头，知晓废话无用，当即娇躯上涌动起冰白色的相力，双手之上的冰蚕丝手套倒竖起细微的白鳞，看上去宛如虎兽的舌头一般，轻轻一握，怕是能直接剐出一片肉丝。

这副特制的冰蚕丝手套，就是吕清儿的武器。

项梁、池苏、宗赋三人立即运转相力，各自取出武器，目光凌厉而忌惮地锁定着吕清儿。

场中气氛凝固了一瞬。

下一刻，项梁三人陡然出手，自三个不同的方向化为三道光影暴射而出，凌厉的攻势对着吕清儿笼罩而下。

吕清儿的长发在相力的鼓动下飞舞，面对三人联手的攻击，她不仅没有退后，反而主动迎上。

冰白色的相力呼啸着，引得附近气温都变低了，脚下废墟出现了淡淡的寒霜。

“轰！”

四道相力直接冲撞在一起，引起相力震荡冲击，但面色出现变化的却是项梁三人，因为他们清晰地感觉到吕清儿的冰相之力究竟是何等霸道，直接将他们的相力尽数冲散。

“果然是九印实力！”

“上七品冰相！”

三人心中掠过这些想法，再度扑出。

“赤炎掌！”项梁咆哮，浑身火红相力呼啸，一掌轰出，只见一道炽热的掌印轰向吕清儿。

“毒藤术！”池苏双手合拢，碧绿相力沿着地面疾驰而出，隐约间仿佛化为绿色蔓藤，闪电般缠向吕清儿的玉足。

“水鞭！”宗赋袍袖一挥，一道蓝色水鞭破空而出，裹挟着湿润之气攻向吕清儿的眉心。

三人显然早有准备，出手颇为默契，覆盖了吕清儿周身所有要害之处。

“寒冰之环！”

吕清儿玉足陡然一跺，只见冰蓝色的光环以她为中心轰然爆发开来，所过之处寒冰凝结，来自项梁三人的攻势皆被化解。

项梁三人的气势一滞。

吕清儿却猛然攻向了项梁，纤纤玉手挥动间，带起一片寒气，让人浑身打冷战。

在吕清儿的攻势下，项梁瞬间落入下风，狼狈异常，如果不是宗赋、池苏迅速援救，恐怕不出多久他就会落败。

激战在废墟中爆发，看得人眼花缭乱。

让人咂舌的是，即便是三打一，但任谁都看得出来，这场战斗依然是吕清儿占上风，将三人压制。

如此战斗力令山外无数人惊叹连连，这个漂亮的小姑娘竟然如此剽悍。

“师箜，还不出手？！”

随着局面愈发难看，项梁终于忍不住怒吼出声。

“轰！”

就在他的声音落下的那一瞬，这片废墟仿佛有细微的雷鸣声炸响，一道雷光闪电般掠过，直指吕清儿。

突如其来的凌厉攻势引得吕清儿眼眸一凝，但她并不慌乱，对师箜的入场她早有预料。

冰蚕丝手套上当即有冰寒的相力凝聚，淡淡的冰晶浮现、蔓延。

她一掌拍出，与那道跳动着的雷光硬碰在一起。

“刺啦！”

冰霜与雷光在碰撞的瞬间横扫开来，吕清儿娇躯微微一震，与那道攻来的身影皆倒射而退。

这是此次大考中，吕清儿与他人交手，首次未占到优势。

她清丽的脸上有些许凝重，眸光望着前方那道浑身升腾着雷光相力的人影，缓缓道：“上七品雷相，果然霸道。”

“清儿的上七品冰相也不简单。”师箜笑吟吟地道，“但今日你是逃不掉的。”

吕清儿沉默了数息。师箜的实力不弱于她，再加上项梁三人围攻，她的确有很大的劣势。

只是，如果以为这样就能让她束手就擒的话，未免太天真了。

“既然你们想玩，那就陪你们玩到底。”吕清儿声音冷淡。

听到她的话，项梁等人心头一凛。

在无数道视线的注视下，吕清儿突然伸手，轻轻地褪下了手上的冰蚕丝手套。

项梁等人见状，顿时瞳孔一缩，师箜的面色也变得凝重起来。

“底牌，终于要亮出来了吗……”

第六十二章

冰玉手

雪白的手套自吕清儿双手褪下，一双修长纤细、漂亮到近乎完美的玉手出现在众人眼前。

柔荑如雪，洁净白皙，似不染尘埃。

吕清儿的双手有一种别样的美感，宛如羊脂玉精心刻就的艺术品，毫无瑕疵，让人爱不释手。

当吕清儿露出双手时，莫说在场的三个少年，就连同为女孩子的池苏都愣了愣，眼中掠过艳羡。

漂亮的脸蛋他们见过不少，可手长得这么好看的，他们还是第一次见。

平常吕清儿将它们藏在冰蚕丝手套下，真是太可惜了。

而且，那如冰晶白玉般的小手上似有神秘的冰纹若隐若现，一股极寒之气缓缓散发。

“都小心点，那是吕清儿的秘术，冰玉手……即便她只是九印，但此术的威力已能媲美将阶相术了。”师箜凝重的声音此时响起。

项梁等人闻言面色一变，再看向吕清儿那双玉手时，眼神已充满忌惮。

将阶相术对他们十印境的人而言，完全不是一个等级，那种级别的相术凭他们的相力根本无法施展，但吕清儿的秘术却能在没有踏入相师境前就发挥出将阶相术的威力，如何能不让人惊惧。

此时他们方才明白，为何师箜明明实力不弱，却要拉着他们来围猎吕清儿，原来对方有这等底牌。

吕清儿俏脸冰冷，宛如冰山，她没有多说一句废话，倩影陡然疾掠而出，直袭师箜。

师箜仿佛早有预料一般，只见他的身躯表面雷光闪烁，旋即身影闪电般倒射而退。

雷相之力同样擅长速度，并不逊色于风相。

吕清儿见状，果断放弃了擒贼先擒王的念头，身影一转，就将目标锁定为项梁。

项梁见到吕清儿急速掠来，面色大变，他可没有师箜的速度，只能一声咆哮，炽热火红的相力升腾起来，同时将手中宛如燃烧着火焰的长刀对着吕清儿怒斩而下。

“呼！”

炽热的刀光呼啸，吕清儿却毫不在意，只见她左手双指并曲，带起凛冽寒气，与劈斩下来的炽热刀光硬碰在一起。

“当！”

清脆的声音响起，项梁骇然地见到自己的刀锋上浮起厚厚的冰霜，瞬间将他的火相之力扑灭，而且冰霜还在以极快的速度蔓延，短短数息，就将他的身体凝固在了原地。

仅仅只是一击，就解决了八印实力的项梁！吕清儿冰玉手的威力让人胆寒。

池苏与宗赋见状，毫不犹豫地掉头就跑。

但吕清儿既然露了底牌，哪里会放他们逃走，当即玉足轻点，有冰霜在脚下形成，化为两道寒冰匹练，直接将两人的脚掌冻在了原地。

倩影掠走，左手双指急速点出，十数息后又有两个冰雕出现在废墟中。

电光石火间，三名在积分榜上名列前茅的精锐，就被吕清儿尽数解决了。

只不过在解决三人后，吕清儿左手上的冰霜之纹也开始黯淡下去。

“啪啪！”

后方传来掌声，师箜面带笑意地望着这一幕，赞叹道：“好厉害的冰玉手。”

吕清儿面无表情，娇躯疾射而出，直指师箜。

这一次，师箜并未躲避。

于是，吕清儿右掌拍出，凛冽寒气呼啸，连空气都隐隐有被冰冻的迹象，最后裹挟着霸道之气，直接拍在了师箜的胸膛之上。

但让人惊异的是，师箜的身体并未被冻结。

他的身体表面有狂暴的雷光跳跃，隐隐间仿佛形成了一副雷光铠甲。

“清儿，如果你是双手状态的冰玉手，还能打破我的狂雷之铠，但一手之力却不够呢。”师筌的面上露出笑容，狂雷之铠便是他的底牌。

如果是全力状态下的冰玉手，师筌还会谨慎，可如今吕清儿把一半的力量都用来对付项梁三人了，师筌就不再惧怕了。

可以说，他会找项梁三人，目的就是想用他们来消耗吕清儿的冰玉手，现在，计划正如他所愿。

雷光与寒气疯狂碰撞，彼此消耗着力量，最终吕清儿心头一沉，见到自己右手之上的冰霜之纹此时黯淡了下来。

冰玉手的力量用尽了。

“轰！”

就在此时，师筌闪电般出手，凶猛沉重的一拳带着低低雷鸣声，直接轰在了吕清儿的小腹之上。

吕清儿顿时倒飞出去，重重地砸在一片乱石中，唇角浮现出血迹。

“清儿，很可惜，最后赢的人还是我。”师筌歉意地一笑，一步步走向暂时没有反抗之力的吕清儿。

吕清儿见状，暗叹了一口气，面无表情地望着走近的师筌，虽然很不甘心，但也只能无奈选择放弃。

“你的积分，我就笑纳了。”

师筌伸出手，就要对着吕清儿胸前的晶牌抓去。

“咻咻！”

就在这一刹那，前方突然有十数颗光球暴射而至，在师筌与吕清儿之间直接爆炸开来，刺目的强光爆发。

突如其来的袭击让师筌愣了一瞬，双目刺痛，但他还是迅速伸手对着前方的吕清儿抓去。

这一抓，却落了空。

他心头一惊，急忙睁开刺痛的眼睛，然后就见到一道人影横抱着吕清儿，迅速跃进废墟中，光芒闪烁间，消失不见了。

师筌勃然大怒，身影暴射而出，试图追击，可翻过断壁，四周却不见半个人影。

师筌脸上的笑意尽数散去，取而代之的是无尽的阴沉。

那道人影虽然躲得极快，但师筌还是认了出来。

“该死的李洛！竟敢坏我的好事！”

蕴含着狂暴怒气的声音，从师筌的牙缝里挤出。

第六十三章

老套的英雄救美

乱石废墟中。

师箜浑身散发着震怒的杀气，眼神阴沉得吓人，眼见吕清儿就要被自己淘汰，最大的拦路石就要被清除，结果突然冒出一个李洛，还把人给救走了！

功亏一篑的感受，即便师箜城府颇深，可依然被气炸，当下恨不得将李洛碎尸万段。

师箜目光扫视，想要感应李洛的行迹，却毫无结果，李洛带着吕清儿仿佛隐身了一般，让人无从察觉。

搜寻了片刻，师箜知道这样下去不是办法，于是深吸一口气，压下情绪，折身回到被冰冻的项梁三人身旁，运转相力，把三人救了出来。

三人破冰而出，面庞都是一片紫青，浑身瑟瑟发抖，显然被冻得不轻。

过了好半晌，他们才渐渐恢复了一些。

师箜见状，道："吕清儿被李洛救走了，我们的任务还没完成。

"眼下当务之急是找出他们，吕清儿已被我打伤，必然需要时间恢复伤势，而且她的冰玉手力量耗尽，短时间内无法催动，只要找到她，淘汰她很容易。"

项梁三人闻言，点点头。他们付出了这么多，当然不希望无功而返。

"光靠我们几人怕是不够，这里地形太过复杂，我建议将吕清儿重伤的消息扩散出去。白灵墟中还有其他学员，如果吕清儿是巅峰状态，他们自然不敢生出异心，可如今吕清儿重伤，又背着那么多积分，胆大的人会有想法的。"宗赋突然说道。

这话一出，顿时得到其他人赞同，连师箜都眼睛微亮，笑着点头。

"赶紧行动吧，不要给他们太多时间。"

师箜吩咐一声，旋即众人便忙碌起来。

白灵山外。

看着吕清儿被突然出现的人救走，场外顿时响起无数道如释重负的声音。抛却其他的因素，仅从视觉上来说，他们当然更支持看上去漂漂亮亮的吕清儿，更何况她还是被围攻的弱势一方。

只不过他们明白，吕清儿已经被打伤，就算被救走，恐怕也只是延缓了一点被淘汰的时间。

“救走吕清儿的好像是少府主呢。”虽然李洛的身影一闪即逝，但蔡薇眼力不错，隐约间还是认了出来。

颜灵卿道：“李洛这一手英雄救美很老练啊，时机火候把握得简直完美，哪个小姑娘受得了？”

蔡薇似笑非笑地道：“难不成青娥要多一个情敌了？”

颜灵卿幸灾乐祸：“如果是这样，那就有好戏看了。”

她们这里笑谈着，主亭处的气氛却依旧沉凝，但随着吕清儿突然被救走，老院长阴沉的神色倒是缓和了些。只不过他仍然没有开口说话，他很清楚到了这个局面，南风学府已经陷入劣势了。

吕清儿被重创，战斗力受损之下，要想再与师箜对决并取胜，难度太大了。

一旁的师总督一脸平和地喝着茶，没有因为吕清儿被救走就勃然变色，他同样清楚即便最后时刻出了变故，但这个变故也来不及改变局势了。

吕清儿已经不是最大的问题，接下来只要师箜找出她，夺了积分，一切就都结束了。到时候，天蜀郡第一学府的金字招牌，照样会落在东渊学府头上。

想到这一点，师总督的唇角忍不住浮现出淡淡的笑容。

对了，刚才救人的是李洛吧？洛岚府的人还是一如既往的让人心烦啊，不过没关系，只要他能继续执掌天蜀郡，有的是办法把洛岚府在这里的产业一点点地推倒、蚕食。

白灵墟某处，一个自残垣断壁中生长而起的大树树洞中，李洛将怀中的吕清儿轻轻放了下来。

他低头一看，发现吕清儿正目不转睛地看着他的脸庞。

“虽然我知道这样子的英雄救美对你来说杀伤力太大，但我还是希望你能克制自己。”李洛沉思道。

吕清儿轻啐了一口，柳眉轻轻一蹙，体内传来的刺痛让她知道自己的伤势不轻。

“伤势怎么样？”李洛见状问道。

吕清儿叹了一口气，有点沮丧：“比较重，恐怕接下来战斗力会锐减，我真的太大意了。”

“那可就麻烦了，现在师箜他们应该发了疯地在找我们，如果他足够聪明，一定会引来其他学员，我们迟早会被挖出来的。”李洛皱了皱眉头，道。

“抱歉。”吕清儿低头道。

“你道歉做什么？”李洛不解道。

“没能夺得第一，辜负了你们的期望，还让南风学府失去额外的录取名额。”吕清儿轻声道。

“这关你什么事啊，录取名额都是要靠自己去争取的，至于多余的名额，你能夺得第一是你的本事，夺不到第一，就是南风学府其他人运气不好。”李洛没好气地道，“我认识的吕清儿可没这么矫情啊，你是不是被打傻了？”

吕清儿生气地瞪了李洛一眼，道：“你才被打傻了呢。”

李洛笑了笑，道：“对了，差点忘记了，虽然你受伤了，但我是水相啊，可以帮你疗伤！”

“我这个伤势短时间恐怕恢复不了。”吕清儿迟疑道。

“能恢复多少算多少吧。”李洛说道。他的水光相非常特殊，水相与光明相都有治疗的效果，两者叠加，想必会有奇效。

于是他伸出手掌，握住吕清儿那纤细白皙的小手。

然而他刚拉住，吕清儿却宛如触电一般，猛地抽回了手，白皙清丽的脸蛋变得通红，同时美眸羞恼地盯着李洛：“臭流氓，你做什么！”

李洛被她剧烈的反应吓了一跳，旋即苦笑道：“用我的水相之力帮你疗伤啊。”

吕清儿支支吾吾道：“那、那也别握我的手呀。”

李洛挠了挠头，无语道：“我这点单薄的相力，隔着衣物的话效果就弱了啊。要不你转过去，我把你的衣服褪下一点。”

吕清儿咬着小白牙，羞怒地看着他，宛如凶猛的小母虎。

“不治了！太难伺候了！咱们就在这里等着被淘汰吧。”李洛生气了。女孩子就是麻烦，疗个伤都能这么磨叽，他李洛也是有脾气的！

“别……”吕清儿见他要起身，连忙阻拦，旋即低头道，“那、那你继续吧。”

李洛轻哼一声，然后坐下，伸出手掌粗暴地抓住了吕清儿的小手。不知道是不是修炼秘术的原因，吕清儿的小手娇嫩冰凉，玉石般的触感让人有把玩的欲望。

李洛面无表情地想着，迅速运转着体内相力，只见蓝色的相力顺着手掌涌动，陆陆续续钻进吕清儿体内，为她疗愈着伤势。

随着李洛的水相之力涌入体内，吕清儿眼中顿时掠过一丝惊诧，因为她发现李洛的水相之力极为精纯，疗伤的效果比她想象的更好。

淡淡的柔和之感自受伤的地方散开，驱散着刺痛。

吕清儿看了一眼被李洛抓住的小手，贝齿紧咬着红唇，微微偏头，用长发将俏脸遮掩了一半。此时她面色酡红，身子都在微微颤抖，这副模样平日里可不会出现在她身上。

吕清儿其实并不是抗拒被李洛抓着手，只是因为修炼了冰玉手，她的双手在没有运转相力时会变得极其敏感，所以平时她会戴着冰蚕丝手套，从不让人触碰。

眼下，李洛鲁莽地抓了她的手，还要脾气让她乖乖听话，想到这一点，素来骄傲的吕清儿就有点委屈。

第六十四章

人质没了

白灵墟中如今一片混乱。

还留在这里的学员都收到了师箜等人散播的消息——南风学府的吕清儿被重创，已经躲了起来。

消息一出，顿时引得各方蠢蠢欲动，谁都知晓现在吕清儿是积分榜第一名，如果谁能够好运地将她找出来，岂不是一下子就能飞跃到第一？

他们之前忌惮吕清儿，是因为她强横的实力，可如今她都受了重伤，还怕个什么？

于是，一些贪心的学员开始四处搜寻，大有一副掘地三尺都要把人找出来的架势。

……

一处断壁上，师箜面无表情地望着白灵墟各处的骚动与混乱，眼下他们已经找了一个小时，但李洛仿佛带着吕清儿消失了一般，半个人影都看不到。

“不知道怎么回事，总感觉有点不安。”师箜偏头对着一侧的项梁等人皱眉说道。

宗赋道：“不必急躁，这样一寸寸地搜寻，他们躲不了多久的。”

师箜吐了一口气，他也知道着急没用，只是心中那种莫名的感觉让他极为不舒服。

突然，他听见一些声响，转过头便见到宋云峰自不远处的废墟中走了出来，而且他的手中似乎还抓着一个人。

“我应该能帮你把李洛逼出来。”宋云峰淡笑道。

他指着手中被捆缚得结结实实的人，道：“这人叫作赵阔，是李洛在学府里的好友，之前他与虞浪一直跟着李洛。李洛能察觉到你们的行动，大概率是虞浪发现然后通知了李洛，只是他在暗中观察你们的时候，没注意到我也盯住了他。

“你们与吕清儿交手时，我就潜了过去。赵阔被我抓住了，但虞浪有些滑溜，被他跑掉了。”

赵阔此时手脚被捆缚着，连嘴巴都被堵了起来，双目喷火地盯着宋云峰。

之前宋云峰发现他们的时候，他们其实有所察觉，只是对于同一学府的人，终归少了几分警惕，毕竟彼此之间不能抢夺积分，少了最大的竞争动力。

但他与虞浪都没想到的是，宋云峰会突然对他们出手。

危急关头，赵阔主动撞上宋云峰，给虞浪争取了一点逃跑的时间，他却被抓住了。

宋云峰不理会赵阔的喷火目光，道：“虽然大考中不能伤及性命，但我们可以把这家伙吊起来戏耍、玩弄，我相信李洛会发现的，到时候就看他愿不愿意现身救他的好朋友了。”

“哈哈，云峰，你真是及时雨啊！”师箜身影掠下，忍不住大笑起来。

然后他转头对着池苏道：“把赵阔吊到一个显眼的地方，我倒是要看看，李洛究竟是要保他的兄弟，还是要保吕清儿。”

宗赋皱了皱眉头，道：“会不会做得太过了？”

师箜摆了摆手，淡淡道：“李洛不多管闲事就没这些了，一切都是因他而起。”

池苏闻言，点头应下，手一抬，绿色的蔓藤自地里延伸出来，将赵阔缠住。

树洞中。

李洛睁开微闭的眼睛，望着面前的吕清儿，发现她的俏脸酡红一片，身子也在微微颤抖，当即奇怪地道：“你没事吧？”

吕清儿贝齿紧咬着红唇，轻轻摇头，声音细微地道：“好了吗？”

李洛笑着点点头，然后松开了握住吕清儿的手掌，吕清儿如释重负，紧绷的娇躯松缓了许多。

吕清儿脸上的绯红散去，她感应了一下体内的伤势，不由得震惊道：“我的伤势好了近八成。”

这才不到一个小时，她的伤势竟然在李洛的帮助下恢复了一大半，这家伙的治疗效果这么强吗?

“李洛，你太厉害了！”吕清儿欢喜道。

李洛谦虚地摆了摆手，道：“你先抓紧时间恢复相力。”

吕清儿美眸缓缓闭拢，运转起能量引导术，开始恢复消耗的相力。

李洛站起身，来到树洞前，眺望着这片废墟，旋即眼神一凝，面色阴沉地望着某处。

他转头看了一眼吕清儿，然后运转水相之力，施展水影术覆盖自身，待得身形变淡许多后，他自树洞迅速溜了下去。

李洛淡淡的身影在废墟间跳跃前行，十数分钟后，他在隐蔽处停了下来，眼神冰冷地望着前方的空地。

那里的一座残破高楼上，一道人影被吊着，竟然是赵阔。

师箜等人立于周围，目光锐利地扫视四周。

“李洛，我知道你看得见这里，废话我也不与你多说，把吕清儿交出来，你这个朋友，我就放了。”师箜响亮的声音传开。

然而四周一片安静。

“你如果不出来，可就别怪我让你这朋友颜面扫地了。”师箜冷笑，他抓起一颗石头，直接捏碎，然后屈指一弹，碎石便击打在赵阔身上。剧痛顿时让赵阔额头冒出冷汗，但他却死死咬着牙齿，不发出丝毫声响，因为他知道，对方就是故意要他出声逼出李洛。

“嘴巴倒是挺硬。”

师箜淡笑，屈指连弹，一颗颗碎石在雷相之力的包裹下，不断击打在赵阔周身，带起沉闷的声音。

赵阔的身躯剧烈弹动起来，仿佛被重创的鱼。

“咻！”

就在此时，突然有破风声响起，只见一道青色的光影闪现而出，破口大骂：“师箜，你别落到小爷手中，不然小爷把你倒立浸粪坑！”

师箜面无表情地看了那人一眼，一旁的宋云峰道：“他就是虞浪。”

“赵阔，我来救你了！”

虞浪一声怪叫，身影暴射而出，直指被吊着的赵阔。

宋云峰冷哼一声，闪身而出，一掌拍向虞浪，而对方仿佛未曾防御，任由他一掌轰在身上。

虞浪身躯一震，嘴角浮现出鲜血，但他的身影却仿佛风中的叶子，诡异地飘掠而出，迅速接近赵阔。

师筌眉头一皱，就欲出手。

此时虞浪张嘴一喷，一道青光射出，竟直接射在了赵阔的胸膛上，把他的晶牌给击碎了。

虞浪缓缓落下，望着如饿虎般再度扑来的宋云峰，他不急不缓地将胸口的晶牌摘下，当着他们的面一把捏碎。

“哈哈,小爷没晶牌了,小爷被淘汰了,你来打小爷啊。”虞浪挺起胸膛,对着师筌、宋云峰等人笑嘻嘻地道。

师筌、宋云峰等人愕然地停下，他们以为虞浪是来救赵阔的，结果这家伙根本没这个意图，反而主动把自己与赵阔都淘汰了。

如此一来，他们不能再对淘汰的人做任何事，否则就违规了。

一时间，师筌、宋云峰的面色都变得难看起来。

第六十五章

我好了

废墟空地中。

虞浪笑嘻嘻地坐在地上，赵阔则吊在上面随风荡漾，也在放声大笑。

“虞浪，你的小脑瓜还真聪明。”

“过奖了。”虞浪拨了一下刘海，谦虚地回道。

师箜面无表情地看着两人，然后收回目光，他们已经没有任何利用价值了，只能在这里逞个口舌之快，没必要理会。

宋云峰则有些恼怒，毕竟这个计划是他提出来的，却没想到被虞浪跳出来破坏了。

“虞浪，你们原本有机会混进前十，结果选择自我淘汰，你觉得划算吗？”宋云峰冷笑道。

虞浪懒洋洋地道：“你这种人是不会理解的，宋云峰，我虞浪虽然爱钱，但好歹还有底线，最起码，帮助其他学府坑害自家学府这种吃里扒外的事，我是不会做的。”

“你说这些话对我没有用，我之后就能顺利去圣玄星学府，而你们就到此为止了。”宋云峰淡淡道。

虞浪笑道：“那可不一定，连你之前被李洛逼成平局的事都会发生，还有什么是不可能的？”

宋云峰眼中怒意浮现，虞浪嘴巴真是损，专门戳他的痛处。

师箜摆了摆手，制止他与虞浪浪费口舌，道：“算了，这个办法不行，那就继续搜寻吧，他们躲不了太久的。”

宋云峰闻言点点头，不再理会虞浪的聒噪。

只是他们都未曾发现，在不远的隐蔽处，李洛正望着这一幕。

他的神色平淡，仿佛情绪没有任何波动一般，可熟悉李洛的人知道，对于这个平日里温和且很好接触的人来说，这副表情究竟代表着什么。

他是真正动怒了。

李洛的目光在师箜与宋云峰身上停顿了几秒，然后不再犹豫，直接转身而去，身影消失在远处。

就在他离去时，师箜仿佛有所察觉，眉头微皱，望着他消失的方向。

刚才似乎感应到了一道充满敌意的目光，会是李洛吗？如果是的话，那就最好，刚才那一幕应该会激起他的怒火吧？

只不过，弱者的怒火又能如何呢？

树洞中。

李洛回来时，吕清儿还在闭目恢复中，他没有惊醒她，而是在一旁盘坐下来，闭目修炼。

时间流逝，又一个小时过去。

天际夕阳西下，暗红的光芒铺在白灵墟中，令天地都变得朦胧起来。李洛能够听见，越来越多的声音朝着这个方向而来，是搜查过来的人。

当李洛睁开眼时，发现一旁的吕清儿正看着他，目光与他对视了一下就匆匆移开。

“恢复得如何？”李洛问道。

“还不错。”吕清儿嫣然笑道。

李洛沉默了数息，道：“你这个状态能打赢师箜吗？”

吕清儿迟疑了一下，轻轻摇头，道：“不行，师箜的实力并不弱于我，如果我的冰玉手是完全状态，应该可以打败他，但现在冰玉手的力量耗尽，暂时还恢复不了，再加上我的伤势终归没有完全恢复……师箜的狂雷之铠相当厉害，没有冰玉手，我恐怕破不了。”

李洛眉头皱了皱，如果是这样，岂不是师箜会夺得第一？

吕清儿看着李洛，有些疑惑，她感觉到他的情绪似乎有点不对劲，当即小心地问道：“李洛，你怎么了？”

李洛淡淡道：“我要趁前十名还没有决出来之前，把师箜和宋云峰都淘汰掉。”

吕清儿一惊，眼下在白灵墟中的人本来就不多了，而以师箜、宋云峰的实力，进入前十是很稳的事，李洛想要他们连前十都进不去，怎么可能呢？

"他们刚才抓住赵阔羞辱了一番，想要把我逼出去，但虞浪偷偷出手把赵阔淘汰了，他自己也捏碎晶牌，自我淘汰了。"李洛平静道。

吕清儿闻言，清丽脸颊怒火浮现："太过分了！"

她这才明白为何刚才李洛的情绪不对，往日温和的模样都不见了，显然动了真怒。

"我帮你，虽然师箜很难缠，但真要死斗，他不见得就能赢！"吕清儿沉默了片刻，突然一字一顿道。

李洛看了她一眼，从她的眼中看出了狠决之色。他有些意外，难道吕清儿还有更大的底牌吗？

看样子这种底牌定然需要付出不小的代价，否则她之前不会宁愿被淘汰也不愿使用。

"没必要。"李洛有些感动，笑着摇了摇头，"师箜就由我来对付，你去解决项梁、池苏、宗赋这三个人。"

吕清儿吃惊地看着他："你去对付师箜？"

虽然不想说出打击李洛的话，但事实是，李洛只是七印实力啊，师箜却拥有上七品雷相的九印实力！远比宋云峰之流强悍太多。

李洛无奈地笑道："本来不打算在大考上抢你风头的，但是谁让他们这么咄咄逼人呢？所以不要怪我，我真的是被逼的。"

"谁在乎这风头啊，但是你……不要逞强好不好？我都说了可以帮你打败师箜。"吕清儿忍不住跺了跺脚，道。

她怕李洛一意孤行，到时候反而栽在师箜手里。

"对我有点信心好吧。"李洛笑道。

"你这七印相力跟师箜差太远了！"吕清儿说道。

"这一点你倒说得对。"李洛点点头，旋即笑道，"所以我打算突破到八印！"

吕清儿无语："现在哪有时间让你突破呀？"

李洛竖起手："等等。"

吕清儿莫名其妙："等什么？"

"三……二……一……

"我好了。"李洛吐了一口气。

吕清儿满头雾水，刚欲说话，美眸陡然间睁大，惊愕地望着眼前的李洛。

因为就在此时，她感应到李洛体内的相力剧烈波动了一下，那是……相力等级提升了？

真的升到八印了？！

她凌乱了，不带这么玩的吧？李洛是个什么变态啊！

（未完待续）

万相之王 1 空相少年

ABSOLUTE RESONANCE

万相之王 1 · 空相少年

作者
天蚕土豆

选题策划
知音动漫图书 · 时代坊

封面插图
Dr. 大吉

封面 & 内文设计
方茜

策划编辑
余慧

执行编辑
杨鸿

出版社
中国致公出版社

总出品
湖北知音动漫有限公司

制作出品
知音动漫图书 · 时代坊

平台支持

图书在版编目（CIP）数据

万相之王.1，空相少年/天蚕土豆著.—北京：
中国致公出版社，2021
ISBN 978-7-5145-1215-1

Ⅰ.①万… Ⅱ.①天… Ⅲ.①幻想小说－中国－当代
Ⅳ.①I247.5

中国版本图书馆 CIP 数据核字(2021)第 148335 号

万相之王.1，空相少年/天蚕土豆 著

WANXIANG ZHIWANG . 1 , KONGXIANG SHAONIAN

出　　版	中国致公出版社 （北京市朝阳区八里庄西里 100 号住邦 2000 大厦 1 号楼西区 21 层）
出　　品	湖北知音动漫有限公司 （武汉市东湖路 179 号）
发　　行	中国致公出版社（010-66121708）
作品企划	知音动漫图书·时代坊
责任编辑	杨　鸿
责任校对	魏志军
装帧设计	方　茜
印　　刷	武汉鑫兢诚印刷有限公司
版　　次	2021 年 8 月第 1 版
印　　次	2021 年 8 月第 1 次印刷
开　　本	787mm×1092mm　1/16
印　　张	18
字　　数	290 千字
书　　号	ISBN 978-7-5145-1215-1
定　　价	36.80 元